Kati Seck

Die Stille zwischen Himmel und Meer

Roman

BASTEI LÜBBE
TASCHENBUCH

BASTEI LÜBBE TASCHENBUCH
Band 17 590

Dieser Titel ist auch als E-Book erschienen.

MIX
Papier aus verantwortungsvollen Quellen
FSC® C019821

Originalausgabe

Umschlaggestaltung: U1berlin/Patrizia Di Stefano
Unter Verwendung von Motiven von © 123RF.com und
© getty-images: Jose Manuel Espinola Aguayo | EyeEm
Satz: Urban SatzKonzept, Düsseldorf
Gesetzt aus der Minion Pro Regular
Druck und Verarbeitung: C. H. Beck, Nördlingen
Printed in Germany
ISBN 978-3-404-17590-1

5 4 3 2 1

Sie finden uns im Internet unter www.luebbe.de
Bitte beachten Sie auch: www.lesejury.de

Für all jene, die manchmal verloren gehen.

PROLOG

Vor sieben Jahren
Der eine Tag

Ich kauerte auf dem Rücksitz eines Polizeiautos und kniff jedes Mal krampfhaft die Augen zu, wenn der Wagen eine Straßenlaterne passierte. In der Dunkelheit der Nacht leuchteten die Lampen wie Milchstraßen in der unendlichen Leere des Universums.

Vorne unterhielten sich die beiden Polizeibeamten, die mich vor zwei Stunden von *dort* weggeholt hatten. Sie hatten mich in eine Decke gewickelt, aber meine Zähne klapperten trotzdem. Dabei war es nicht kalt. Die Sommernacht war lau, der graue Asphalt glänzte dunkel, und es roch nach etwas Schwerem, das mir das Atmen beinahe unmöglich machte. In mir selbst war alles gefroren, als hätte ich in eisigem Wasser gebadet, dessen Kälte sich bis in mein Herz fraß.

Vorsichtig wagte ich es, die Augen zu öffnen, als der Lichterschein hinter meinen Lidern verebbte. Die Häuser waren verschwunden, dafür gab es jetzt rechts und links nur noch Nacht und Bäume. Weit über mir hing der Vollmond und warf sein fahles Dämmerlicht auf die Umgebung. Die dunklen Flecken auf seiner Oberfläche erinnerten an ein Gesicht, das lächelte, und ich zwang mich, ruhiger zu atmen.

Je länger wir fuhren, umso mehr entspannte ich mich. Ich

starrte einfach den Mond an, unentwegt. Er verharrte an der gleichen Stelle, als wolle er mir folgen, egal, wie schnell die Wälder an mir vorbeirauschten oder wie oft sie ihn vor meinen Blicken verbargen.

Das Auto raste. Der Mond blieb. Ich starrte zu ihm auf, immerzu auf den Mond, um den Himmel auszublenden, denn so viel Raum konnte ich nicht ertragen.

»Wie alt ist das Mädchen nochmal?«, hörte ich einen der Männer fragen.

»Siebzehn.«

»Und wie lange war sie da unten ...« Er verstummte.

»Zwölf Jahre.«

Eine Wolke verdeckte den Mond. Ich sah nur noch einen silbernen Schimmer hinter den dünnen Wolkenrändern glimmen.

Ich zog mir die Decke über den Kopf, damit der Himmel nicht über mir zusammenbrach, und presste die Handflächen auf meinen Mund.

I.

Gegenwart
Oktober

»In drei Kilometern links halten und in Richtung ...«

Ich stellte die monotone Frauenstimme leiser, die mir seit fünf Stunden aus dem Navigationsgerät entgegentönte.

Noch etwas über eine Viertelstunde bis zum Zielort, zeigte die Routenberechnung an. Keine Stauwarnung, keine Baustellen. Ich war um fünf Uhr morgens losgefahren, um dem schlimmsten Verkehr zu entgehen, aber zu dieser Jahreszeit trieb es außer mir ohnehin nicht mehr viele Besucher in den hohen Norden. Die Zeit, im Sand zu liegen und sich in Träume zu flüchten, die man nach dem Sommer wieder vergaß, war vorüber.

Jetzt, wo ich bald da war, schlug das schlechte Gewissen, das mich den ganzen Weg begleitet hatte, allmählich in nervöse Anspannung um. Meine Mutter war gegen diese Reise gewesen. Sie hatte die Idee von Anfang an für sinnlos gehalten, sogar für gefährlich. In den ersten Wochen hatte sie sich geweigert, auch nur ein Wort davon zu hören.

»Willst du dir das wirklich antun?« Aufgeregt war sie vor ein paar Stunden neben mir auf und ab gelaufen, während ich meinen kleinen Fiat mit Koffern und Taschen vollgestopft hatte. Von der frühen Uhrzeit – am Horizont zeigte sich noch nicht einmal eine Ahnung des Sonnenaufgangs – hatte sie sich nicht abschrecken lassen.

»Ja, Mama. Wir haben das doch oft genug durchgekaut. Ich *muss* das einfach machen. Für mich.«

»Aber du kennst dort doch niemanden. Wer soll dir helfen, wenn ...«

Ich hatte meine Ungeduld und die leise Angst, dass sie womöglich recht hatte, heruntergeschluckt und meine Mutter umarmt. Für sie war es fast ebenso schwer, loszulassen, wie für mich, zu gehen.

»Es sind nur fünf Stunden Autofahrt. Zwischen uns liegen keine Welten. Wenn irgendetwas ist«, ich klopfte mit den Fingerknöcheln gegen das Blech meines Wagens, »dann bin ich im Nullkommanix wieder hier.«

Mit dem Versprechen, mich zu melden, sobald ich heil angekommen war – und auch sonst mindestens zweimal täglich –, war ich losgefahren und hatte den Regen, der Mainz in eine Stadt aus grauen Wohnbauklötzen und sich spiegelndem Asphalt verwandelte, hinter mir gelassen. Nach gut zwei Stunden Fahrt ging die Sonne auf, trocknete die Straßen und ließ meine Angst verschwinden, bei Nässe und Dunkelheit einen schrecklichen Unfall zu verursachen.

Zumindest das Wetter schien es gut mit mir zu meinen.

Bei der nächsten Ausfahrt setzte ich den Blinker und verließ die Autobahn. Mein Herz begann schneller zu schlagen, als ich mich auf einer kleinen Landstraße wiederfand. Vor mir öffnete sich eine Welt, die ich bisher nur aus Fernsehreportagen und Bildbänden kannte. Ich dachte immer, so sattgrün, wie die Wiesen darin dargestellt wurden, könnten sie in Wahrheit niemals sein. Die endlosen Felder schienen sich von der Heuernte erholt zu haben, und das Gras beugte sich im Wind.

Ich kurbelte das Fenster herunter, um den Geruch der frischen Weiden einzulassen, und zerrte meine Wollmütze vom Kopf. Die Luft war kühl und verursachte Gänsehaut auf meinen nackten Unterarmen. Aber sie war so klar und mit einem feinen salzigen Duft durchzogen, dass ich so tief einatmete, wie ich nur konnte. Der Luftzug blies meine Haare wirr durcheinander, und ich musste lachen. Es war einer dieser seltenen kurzen Augenblicke, in denen ich selbst nicht mehr wusste, warum ich eigentlich so nervös gewesen war.

Denn das mit der Nervosität war so eine Sache: Nach all den Jahren, die ich mit Therapien, Psychologen, Reden und Verarbeiten, Reden und Weinen, Reden und Reden und Reden verbracht hatte, wusste ich im Grunde meines Herzens, dass ich überlebensfähig war; dass ich in die Welt hinausgelassen werden konnte, ohne hilflos in ihr unterzugehen. Aber zwischen dem Wissen, etwas tun zu können, und es dann *tatsächlich* zu tun ... Dazwischen lagen manchmal noch ganze Universen.

Das Navi lotste mich durch einige überschaubare Ortschaften mit höchstens ein paar hundert Einwohnern. Die Dörfer ähnelten einander, mit den Reetdachhäusern, die mich an Hobbithöhlen erinnerten. Die Büsche und Wildpflanzen in den Vorgärten wucherten wild in die Höhe und ließen die Schilfdächer manchmal nur erahnen. Und ganz weit hinten, wo der blaue Himmel ein wenig heller wurde, schien es, als schwebte ein grauer Schleier über dem Boden: das Meer.

Ich war zum allerersten Mal in meinem Leben am Meer.

Das Navi befahl mir schließlich, in eine kleine Seitenstraße abzubiegen.

Um zwölf Uhr war ich mit Hilde Baltruweit verabredet,

der Vermieterin des Häuschens, in dem ich während meines Urlaubs wohnen wollte. Wie gut, dass ich kaum frei gemacht hatte, bis ich mich letzten Monat entschied herzukommen. Denn nun verbrauchte ich beinahe meinen ganzen Jahresurlaub auf einmal. Meine Chefin war mir mit ihrem typisch mitleidigen Lächeln begegnet, als sie meinen Urlaubsbogen abgezeichnet hatte – ich hatte ihr angesehen, dass sie sich fragte, ob ich die Sache wirklich durchziehen würde. Ich konnte es ihr nicht einmal verübeln, schließlich war ich als das Mädchen bekannt, das nichts zu Ende brachte, nicht einmal einen einfachen Urlaub, geschweige denn einen Job. Ich war das Mädchen ohne Vergangenheit und das Mädchen ohne Zukunft.

Zur Zeit bereitete ich mich auf eine Ausbildung als Erzieherin vor, nachdem ich verschiedene Praktika ausprobiert hatte. Seit ein paar Monaten absolvierte ich ein Freiwilliges Soziales Jahr im Kindergarten, und abends jobbte ich und reinigte verwaiste Büroräume. Floristin und Bürokauffrau waren nichts für mich gewesen. Ich hatte einen schwarzen Daumen, und Papier mochte ich nur zum Lesen. Mit Kindern hingegen konnte ich umgehen, weil ich mich bei ihnen nie verstellen musste. Bei ihnen fühlte ich mich nie so klein wie unter Gleichaltrigen.

Skeptisch starrte ich auf den Bildschirm der elektrischen Karte. Sie wies mich an, in wenigen Metern auf einen Feldweg abzubiegen, der beunruhigend ländlich wirkte. Der Boden war hier nicht einmal mehr asphaltiert. Bald wurde der Weg so schmal, dass ich nur vorwärts schleichen konnte.

»Das ist nicht dein Ernst«, murmelte ich, während ich das Auto im Schneckentempo über die unbefestigte Fahrbahn lenkte. Es gab kaum genug Platz, um den Schlaglöchern auszuweichen, die von den nächtlichen Schauern mit Wasser gefüllt waren. Krampfhaft umklammerte ich das Lenkrad und kniff die Augen zusammen, als sich hinter der nächsten Biegung eine winzige Siedlung zeigte. Zwischen knorrigen Bäumen und hochgewachsenen Gräsern standen in der Abgeschiedenheit des Dorfrandes zwei dunkelrote Reetdachhäuser säuberlich nebeneinander. Der Weg führte an den beiden Häusern und einem kleinen Parkplatz vorbei und schlängelte sich dann einige hundert Meter zwischen Wiesen und mit Strandhafer bewachsenen Dünen hindurch, um weit hinten am Strand zu enden.

Ich hielt vor der Tür des Hauses, in dem ich laut Adresse die nächsten vier Wochen wohnen sollte, und stieg aus. Die Luft war frisch, obwohl die Sonne spätherbstlich warm auf meinen Kopf schien. Ich schmeckte einen vagen Anflug von Salz auf der Zunge. Das Meer wurde von den beiden Häusern verdeckt, sodass ich nur eine Ahnung davon erhaschen konnte. Aber ich wusste, es war da, wenn ich ein paar Schritte in seine Richtung machte.

Dann flog die Haustür des anderen Häuschens auf, und eine ältere Frau, die sich gerade die Hände an einem Geschirrtuch abtrocknete, kam heraus. Sie hatte rabenschwarzes Haar, durch das sich einzelne graue Strähnen zogen. Um ihre Schultern lag ein knallbunter, grobmaschiger Poncho. Hätte sie einen Besen in der Hand gehabt, hätte ich sie für eine Hexe auf dem Weg zum Blocksberg gehalten. Es fehlte nur noch der Rabe auf ihrer Schulter.

»Abraxas«, entfuhr es mir.

»Wie bitte?«

»Äh ... hallo«, sagte ich. Mein Lächeln folgte etwas verspätet und sah sicherlich verkrampft aus.

Falls Hilde mich für seltsam hielt, ließ sie es sich zumindest nicht sofort anmerken. »Sie müssen Edda sein, richtig?«

Sie warf sich das Geschirrtuch über die Schulter und erwiderte mein Lächeln. Dabei erhellte sich ihr ganzes Gesicht, und um ihre Augen bildeten sich Lachfalten, bis sie von innen heraus zu strahlen schien.

Ich nickte.

»Kommen Sie rein, na los.« Sie winkte heftig, und ich bemerkte Mehlflecken auf ihrem Pullover. »Ich habe vorhin Kuchen gebacken. Apfelkuchen, den mögen Sie doch, sagten Sie.«

Wieder nickte ich und schluckte den Kloß in meinem Hals herunter. Fremde Menschen und Orte weckten in mir immer noch den Drang, wegzulaufen, zu fliehen, obwohl ich gelernt hatte, diesen Impuls zu kontrollieren. Aber diese Frau war mir nicht fremd. Nicht völlig. Wir hatten telefoniert, mehrmals sogar. Ich hatte ihr ein wenig von mir erzählt, und sie hatte offenbar nicht alles davon vergessen.

Ich folgte ihr die zwei Stufen hinauf ins Innere des Hauses.

»Ich wohne allein hier«, erzählte Hilde. »Aber die meiste Zeit des Jahres habe ich Feriengäste, es ist also selten einsam.«

Mir stieg der Duft von Schwarztee in die Nase. Auf dem Teppich im Flur räkelte sich ein schwarzer Kater, der mich gelangweilt beobachtete und dann mit gestrecktem Schwanz vor uns in die Küche spazierte.

»Na ja, ganz allein wohnen Sie nicht, oder?« Ich deutete auf den Kater.

»Achten Sie bloß nicht auf den Miesepeter.« Hilde runzelte die Stirn und scheuchte das Tier aus der Küche. Dann hängte sie das Geschirrtuch über die Heizung und holte zwei

Teller aus dem Schrank. Sie hatte eine alte Küche, mit einem großen Kamin zum Heizen und einem altmodischen Herd. Darüber schwangen gusseiserne Töpfe und Pfannen kaum merklich in der sanften Brise, die durch das geöffnete Fenster hereinblies. Die Wände waren in einem zarten Fliederton gestrichen und passten zu der ausgeblichenen weißen Einrichtung und den geblümten Tassen in der Holzvitrine. Die Sitzecke, zu der Hilde mich führte, war sorgsam restauriert und erinnerte mich an den Flohmarkt mit Vintagemöbeln, den ich letztes Jahr einmal besucht hatte.

Das Schönste und zugleich Beunruhigendste aber war der Ausblick. Ich saß auf der Eckbank, ein hellgrünes Kissen mit Rosenstickereien unter mir, und starrte aus dem Fenster. Da war es. Das Meer. Es war so weit, so endlos, dass es mich ängstigen sollte. So wie mich alle Dinge ängstigen, deren Ende ich nicht sehen konnte oder die ich nicht unter Kontrolle hatte. Das Meer aber machte mir keine Angst, nicht wirklich. Es ruhte still in sich und spiegelte das Licht der am Himmel stehenden Sonne. Ein Schimmern, das mich verführte, mich auf die seichten Wellen zu legen, um mich umschmeicheln zu lassen wie von fließender Seide.

»Sie haben drüben denselben Ausblick, meine Liebe.« Hilde goss dampfenden Tee in meine Tasse und schob mir ein Stück Kuchen auf den Teller. »Das Ferienhaus ist etwas größer als mein Häuschen, und die wichtigsten Räume gehen zum Meer hinaus. Man kommt schließlich an die See, um Ruhe zu finden, nicht wahr?«

»Es ist auf jeden Fall wunderschön«, sagte ich und hob die Tasse zum Mund. Der Tee war so kräftig, dass ich beinahe das Gesicht verzogen hätte, aber Hilde sah mich gerade eindringlich an, sodass ich mich zusammenriss. Ich wollte, dass sie einen guten Eindruck von mir hatte.

»Wenn Sie irgendetwas brauchen sollten, können Sie gern jederzeit klingeln. Meistens bin ich zu Hause oder im Garten. Unter der Woche ist auch meine Enkeltochter Mia da, wenn mein Sohn und seine Frau arbeiten. Unten im Dorf sind ein Supermarkt und eine Bäckerei, wenn Sie morgens frische Brötchen essen wollen. Alles Weitere finden Sie in der nächsten Stadt, mit dem Auto ist man in fünfzehn Minuten dort.«

Hilde nahm einen Schlüsselbund von der Anrichte und legte ihn vor mir auf die Tischplatte. Ein angelaufener Eisenanker diente als Schlüsselanhänger. Als ich den leicht rostigen Geruch nach Metall wahrnahm, drehte sich mir der Magen um.

»Der Haustürschlüssel sowie der Schlüssel für eine Holzhütte hinter dem Haus, wo Sie Gartenmöbel finden. Ein Fahrrad steht da auch, wenn Sie Lust haben, zu radeln. Es gibt ein paar schöne Wege in der Nähe. Im Wohnzimmerschrank liegt eine Karte mit Tourenvorschlägen. Eine Wanderkarte gibt es auch.«

»Danke«, sagte ich leise und meinte die Schlüssel, den Tee und die unverfälschte Art, mit der Hilde mich trotz meiner Vorgeschichte behandelte. Meine Mutter hatte darauf bestanden, dass ich meiner Vermieterin erklärte, wer ich war und was es mit diesem Urlaub auf sich hatte. Das gesamte Telefongespräch über hatte meine Mutter neben mir ausgeharrt und mich mit Argusaugen beobachtet, damit ich kein Detail ausließ. Es war eben dieser sorgende Blick, mit dem sie mich seit Jahr und Tag bedachte, der mir mittlerweile die Luft zum Atmen nahm. Wir wussten es beide, und nur deswegen hatte ich am Ende doch gehen dürfen.

Ich steckte die Schlüssel hastig in meine Handtasche und warf noch einmal einen Blick auf das Meer. Die Flut trieb die

Wellen zum Ufer, wo sie gegen den Strand schlugen. Wasserperlen stoben hoch, und ich hielt den Atem an, für einen flüchtigen Moment nur, in dem das Wasser dort oben in der Luft innezuhalten schien. Es war schön. Aber es war auch … zügellos.

Sieh genau hin, flüsterte eine Stimme in meinem Kopf. *Das meinen sie, wenn sie davon sprechen, dass die Zeit stillsteht.*

Ich atmete langsam aus. »Wie weit geht das Meer zurück, wenn Ebbe ist?«, wollte ich wissen.

Hilde folgte meinem Blick aus dem Fenster. »Etliche Kilometer, Sie können das Wasser dann gar nicht mehr sehen. Wenn Sie allein ins Watt wollen, müssen Sie sich unbedingt einen Tidekalender besorgen, und Sie sollten auf keinen Fall zu weit gehen. Oder Sie machen erstmal eine geführte Wanderung, es gibt hier in der Region einige Anbieter.«

Ein Teil von mir wünschte sich, hinauszugehen, einfach loszulaufen und einen Ort zu erreichen, an dem nie zuvor jemand war. Bei dem Gedanken schauderte ich. Watt. Ich hatte im Internet Fotos davon gesehen: brauner Schlamm, Krebse, glitschige Algen und Muscheln, auf die man trat, wenn man nicht achtgab. Ich würde lieber am Ufer sitzenbleiben und dem Meer dabei zusehen, wie es einfach schön war und in sich ruhte.

»Wenn Sie mir das hier noch unterschreiben würden, hätten wir den Papierkram hinter uns.« Hilde schob ein Stück Papier in mein Sichtfeld, mit der Unterschrift darauf bestätigte ich die Aushändigung der Schlüssel. Ich nahm den Kugelschreiber, den sie mir entgegenhielt, und setzte meinen Namen auf die gestrichelte Linie. Im Schreiben hatte ich immer noch nicht so viel Übung, wie es in meinem Alter üblich sein sollte. Meine Schrift war ungelenk und wie die eines Kindes. Das war einer Arbeitskollegin einmal herausgerutscht, bevor sie die Hand vor den Mund geschlagen hatte.

»Ich schätze, Ihrer Mission steht nun nichts mehr im Weg, Edda. Genießen Sie Ihren Urlaub. Überschätzen Sie sich nur nicht. Das Meer hat schon manchen verschluckt und nicht mehr hergegeben.«

Für einen Moment verlor sich Hildes Blick in der Ferne, und ich dachte an hinterlistige Meerjungfrauen, die mit ihrer Schönheit mutige Seemänner in den tiefen Ozean lockten. Während ich das Wogen der Wellen betrachtete, verstand ich diese Sehnsucht, die das Meer erweckte und doch niemals stillen konnte.

Wir standen gleichzeitig auf, aber ich war schon fast aus der Küche hinaus, bevor Hilde hinter der Bank hervorgekommen war. »Ich finde schon allein raus, vielen Dank«, warf ich ihr über die Schulter zu.

Ihr Kater stand auf dem Treppenabsatz, als habe er auf mich gewartet. Mit seinen gelben Augen starrte er mich durchdringend an.

Dann trat ich nach draußen.

Ich hatte nicht bemerkt, wie sich das Wetter verändert hatte. Der Wind trieb nun vom Land her Wolken auf das Dorf zu, und die dunklen Ungetüme schwebten drohend wie giftige dunkelgraue Ausdünstungen über mir. Ich spürte die Schwere der Wolken, die sich mit Regen vollgesogen und die Farbe von Dreck und Abgasen in sich aufgenommen hatten. Sie hingen so tief, dass ich mich ducken wollte. Mühsam erinnerte ich mich an alles, was ich in den letzten Jahren gelernt hatte.

Du hast die Kontrolle, Edda. Nur du. Niemand sonst. Der Himmel wird nicht über dir zusammenbrechen, wenn du es ihm nicht befiehlst.

Und doch, genau das schien er tun zu wollen. Ich hob vorsichtig das Kinn, um einen Blick nach oben zu wagen.

»Hey du«, rief eine helle Stimme hinter mir.

Ich fuhr herum. Ich hatte niemanden kommen hören, aber auf einmal stand ein kleines Mädchen vor mir und neigte den Kopf. Zwei rotblonde Zöpfe hingen über ihre Schultern, und ein wenig erinnerte sie mich an Pippi Langstrumpf, obwohl ihr die Sommersprossen fehlten und sie stattdessen eine Brille mit dicken Rändern auf der Nase trug.

»Bist du die Neue?« Mit der ausgestreckten Hand wies sie auf das Ferienhaus.

Ich nickte beklommen. Über uns rumpelte es bedrohlich. Ein Grollen, das tief aus der Kehle eines Raubtiers zu kommen schien und vom Himmel in hundertfachem Echo zurückgeworfen wurde. Eigentlich wollte ich in diesem Augenblick nichts lieber als wegzulaufen. Aber ich konnte das Mädchen nicht einfach stehenlassen. Das wäre unhöflich gewesen.

»Ich bin Mia. Wie heißt du?«, fragte sie.

Über dem Meer blitzte etwas auf.

»Wie heißt du?«, wiederholte Mia ihre Frage beharrlich.

»Edda.« Ich versuchte, gelassen zu wirken, und ging zum Wagen, um meine Reisetaschen aus dem Kofferraum zu holen.

»Edda?« Sie sprach meinen Namen seltsam aus, so ganz anders als andere Menschen, bis er fremd in meinen Ohren klang.

»Genau.« Ich nickte. »Der Name kommt aus Island.« So genau wusste das zwar niemand, aber ich mochte die Vorstellung, dass mein Name von dieser rauen Insel stammte.

»Island?« Mias Miene verzog sich, während sie nachdachte. Dann hellte sich ihr Gesicht auf. »Ponys! Es gibt Ponys aus Island, oder?«

Ich musste lächeln. »Ja, die gibt es tatsächlich. Klein und struppig und zäh. Ein bisschen wie du.«

Wieder blitzte es über dem Meer, diesmal erschreckend nah. Fast hätte ich die Henkel der Taschen losgelassen. Schnell verschloss ich den Wagen. Ich wollte nur die Haustür öffnen und über die Schwelle treten und dann, endlich, in Sicherheit sein. In einer kleinen behüteten Welt, in der ich genau wusste, was als Nächstes geschah.

»Hast du Angst?«, fragte das Mädchen verwirrt.

»Ja«, flüsterte ich.

»Aber wovor denn? Vor dem Gewitter?«

Meine Kehle war so eng, dass ich kaum ein Wort hervorbrachte.

»Vor dem Himmel.«

2.

In dem Haus roch es nach Leben.

Erinnerungen durchdrangen das Gemäuer, schlichen durch jede Fuge und strömten aus Fotos von früheren Urlaubern auf den Regalen und aus vollgeschriebenen, zerfledderten Gästebüchern. Es waren nicht meine Erinnerungen, und dennoch fühlten sie sich vertraut an.

Ich knipste das Wohnzimmerlicht an und trug meine Taschen über die Schwelle. Mit einem erschöpften Seufzen ließ ich sie zu Boden fallen. Mia war im Haus ihrer Großmutter verschwunden. Sie hatte mir hoch und heilig versichert, dass sie das Gewitter fortblasen würde, bis es sich über dem Meer zu tausend fusseligen Wolkenbäuschen zerstreute. Wenn sie Pippi Langstrumpf auch nur ein bisschen ähnelte, hegte ich keinen Zweifel, dass sie es tatsächlich versuchen würde.

Der Wohnraum war riesig. Hier könnte auch eine kleine Familie problemlos Urlaub machen. Auf der einen Seite waren eine gut ausgestattete Kochnische und eine Essecke aus massiver Eiche untergebracht. Ich riss nacheinander die Schubladen der Küchenschränke auf und entdeckte in einer ein geschwungenes Besteck, das mich an die Barockzeit erinnerte. Eine schwarze Sofagarnitur stand in der anderen Ecke des Raumes, umrahmt von den hohen Wänden. Unzählige Kissen waren darauf verteilt, eins war auf den dunklen Parkettboden gefallen. Daneben war ein Kamin mit dunkelroten

Fliesen und ein gusseisernes Gestell, an dem ein Schürhaken und eine verrußte Bürste baumelten. Meine Mutter hätte gesagt, dass der Raum zu düster und zu beseelt von alten Zeiten war, um gute Laune zu verbreiten, aber ich mochte ihn. Alles war sauber und gepflegt, auf dem schwarzen Flachbildfernseher befand sich kein einziges Staubkorn. Ich konnte mir gut vorstellen, wie sich heller Sand auf dem dunklen Boden abheben würde, wenn man ihn vom Strand hereinschleppte, oder wie die untergehende Sonne den Raum in tieforangefarbenes Feuer tauchte.

In einer Abstellkammer fand ich Unmengen Putzzeug, außerdem weiche Wolldecken und Bettbezüge zum Wechseln. Im ersten Stock gab es zwei Schlafzimmer mit jeweils einem angrenzenden Bad. Beide waren gleich geschnitten, nur spiegelverkehrt. Sie waren auch gleich eingerichtet: ein Doppelbett, ein Kleiderschrank und so niedrige Dachschrägen, dass ich mir nachts garantiert den Kopf anschlagen würde, wenn ich aufschreckte. Neben dem Schrank führte eine Tür zum Balkon, den man von beiden Zimmern erreichen konnte. Bunte Blumen, die ich nicht kannte, blühten in Kästen, die am Geländer befestigt waren, und verbreiteten ihren herbstlich süßen Duft, der schon flüchtig nach Vergänglichkeit roch.

Obwohl es mittlerweile regnete, trat ich auf den Balkon und rückte die beiden Stühle zur Seite, deren weiß lackierte Beine so verschnörkelt waren, dass Hilde sie gewiss auf einem Flohmarkt erstanden oder vielleicht noch von ihren Eltern geerbt hatte. Man merkte ihnen die Jahre und den Verschleiß an. Dann beugte ich mich vor und stützte meine Ellenbogen auf das Geländer. Ich wollte das Meer ansehen, wurde aber vom Himmel abgelenkt, der lastenschwer über dem Wasser hing und seinen grauen Dreck hineinspucken wollte. Eine Gänsehaut überzog meine Arme.

Ich zuckte zusammen, als es wieder donnerte, und ging zurück. Ich zog die Balkontür hinter mir zu und die Vorhänge vor. Dann packte ich meine Taschen aus und räumte säuberlich ein Kleidungsstück nach dem anderen in den Kleiderschrank. Isolde, meine *andere* Mutter, war eine Ordnungsfanatikerin gewesen. Wenn meine Klamotten nicht millimetergenau übereinander lagen, hatte sie meinen gesamten Schrank geleert, sodass ich wieder von vorne beginnen musste. Seitdem taten mir Unordentlichkeiten körperlich weh, selbst wenn niemand mehr prüfend hinter mir stand. Ich fühlte ihre Missbilligung trotzdem wie einen Bluterguss zwischen meinen Rippen sitzen.

Auf den Nachttisch stellte ich das Foto von meiner richtigen Mutter und mir. Wir saßen darauf nebeneinander auf einer Bank im Park, einen Sicherheitsabstand von zehn Zentimetern einhaltend. Zu viel Nähe war damals, vor fünf Jahren, als das Foto aufgenommen worden war, noch eine Belastung gewesen, die unsere zerbrechliche Beziehung nicht ertrug. Aber wir sahen uns äußerlich so ähnlich, dass ich es mir immer wieder gern ansah.

In meiner Tasche befand sich noch ein anderes Foto. Ich hatte es heimlich aufgenommen, im letzten Sommer, als ich mit meinem besten Freund Jan und seinem schwarzen wasserverrückten Labrador am See gewesen war. Die beiden schwammen am Ufer entlang, während ich auf dem steinigen Waldboden saß, die Kamera immer griffbereit, weil ich den richtigen Augenblick nicht verpassen wollte. Irgendwann ging die Sonne unter und färbte das Wasser leuchtend rot. Zarte Wellenkreise verloren sich irgendwo im Nichts, als ich Jan fotografierte, während er mit gerunzelter Stirn in den Sonnenuntergang starrte, Wassertröpfchen auf seinen Brillengläsern. Später, als er mich trotz meines Widerwillens ins Wasser gezogen hatte, küsste er mich.

Bis zu diesem Tag hatte ich die Liebe mit all ihren Facetten nur aus dem Fernsehen gekannt. Oder aus Büchern. Die schönste, die aufrichtigste und leidenschaftlichste Liebe fand man immer in Büchern. Vielleicht war ich deshalb nicht wirklich darauf vorbereitet gewesen, und danach war es mit uns kompliziert geworden.

Ich schüttelte den Kopf. Ich wollte jetzt nicht an Jan denken. Die leeren Taschen brachte ich in das andere Schlafzimmer und ging nach unten, um den Fernseher einzuschalten und mich von dem Gewitter abzulenken, das nun mit aller Macht hereingebrochen war. Ich wusste, dass ich bald in die Stadt fahren musste, um einzukaufen, aber bei dem Wetter widerstrebte es mir. Hilde hatte glücklicherweise etwas Brot und ein paar Grundnahrungsmittel für mich besorgt, sodass ich heute Abend nicht würde hungern müssen.

Doch gleichzeitig wusste ich, dass ich genau deswegen hier war: um keine Ausreden mehr zu finden, das Haus nicht zu verlassen – ob wegen des Wetters oder wegen zu vieler Menschen oder der Möglichkeit, dass etwas passierte, mit dem ich nicht gerechnet hatte. Ich hatte mir fest vorgenommen, meine Ängste vor dem Himmel, vor der Weite, vor den Menschen zu überwinden. Es war ja nicht so, dass ich all diesen Dingen nicht gegenübertreten *konnte*, aber es kostete mich jedes Mal eine Unmenge an Kraft. Das wollte ich nicht mehr.

Ich wollte frei sein.

Und wo konnte man freier sein als am Meer, wo man über die Wellen rennen und die Wolken mit ausgestreckten Armen auseinanderwirbeln konnte?

* * *

Vor 13 Jahren
Februar

Ich pustete den Staub von den Büchern.

Die dünnen Flocken tanzten im kalten Licht der Schreibtischlampe. Es sah ein wenig aus wie Schnee, jedenfalls stellte ich ihn mir so vor.

»Edda! Hab ich dir nicht gesagt, du sollst aufräumen? Das sieht ja wieder aus wie im Saustall hier. Warum machst du eigentlich nie das, was ich dir sage?« Isoldes Stimme war gereizt und schrill, was nie ein gutes Zeichen war.

Schnell fuhr ich mit dem Ärmel über die Buchdeckel, um den letzten Staub zu entfernen. »Ich habe Mathe gelernt«, sagte ich entschuldigend. Zum Beweis deutete ich mit dem Zeigefinger auf das Übungsheft, das aufgeschlagen auf meinem Tisch lag. Zugegeben, die Tischplatte quoll über vor Büchern, losen bekritzelten Blättern und Stiften. Aber immer, wenn ich Isolde erklären wollte, dass ich zu wenig Platz hatte, mit diesem winzigen Tisch und einem einzigen Kleiderschrank, wurde sie wütend.

Sie wurde immer wütend, wenn ich über etwas klagte, das mir fehlte. Und das schien immer mehr zu werden, je mehr ich las und je mehr ich die Welt im Radio verstehen konnte.

»Mama, wann kann ich in die Schule gehen?«, fragte ich hoffnungsvoll.

»Noch nicht.«

Noch nicht. Damit war die Diskussion beendet, wie am gestrigen Tag und an dem davor und an all den Tagen, die ich nicht mehr zählen konnte.

Isolde knipste die große Deckenlampe an, und es wurde hell. Ich hasste die Neonlampe, die ein so kaltes Licht abstrahlte, dass ich mich am liebsten unterm Bett verkrochen hätte. Ich mochte das dämmrige Licht meiner Schreibtischlampe viel lieber.

Isolde setzte sich auf mein Bett und klopfte auf die Stelle neben sich. Gehorsam stand ich auf, um mich neben sie zu setzen. Mein Pullover rutschte am Rücken etwas hoch. Ich war schon seit einem Jahr aus ihm herausgewachsen. Aber neue Kleidung gehörte auch zu diesen Noch-nicht-Dingen.

Sie legte den Arm um mich, während ich in die Matratze einsackte. Die dunklen Ringe unter ihren Augen zeugten von schlaflosen Nächten. Ihr Griff war so fest, dass es schwer war, mich nicht zu versteifen.

»Du verstehst das doch, kleine Edda, nicht wahr? Du verstehst, dass du noch nicht alt genug bist, um rauszugehen, oder? Die Welt ist so gefährlich, viel zu gefährlich für ein Kind. Überall lauern Gefahren und böse Männer und Monster. Hier bist du sicher, nur hier bei mir. Sag mir, dass du es verstehst!«

Ich nickte. Ihre Finger gruben sich in meine Schultern, und ich biss mir auf die Innenseite der Wange, um still zu bleiben. Es tat weh. *Sie* tat mir weh.

»Edda, du weißt doch, dass du mit mir *sprechen* sollst. Dieses unausstehliche Schweigen hast du nicht von mir.« Ihre Stimme war um eine Oktave in die Höhe gerutscht.

»Ich verstehe es.«

Isolde fuhr über mein Haar, zerzauste es und presste mich an sich. »Du weißt, wie sehr ich dich liebe, oder? Du spürst es doch?«

»Ja, Mama.«

Wenn ich Mama zu ihr sagte, glaubte sie mir. Dann war sie ruhig. Sie atmete gleichmäßiger. Ihre Haut war nicht mehr so grau und fleckig.

Für eine Weile jedenfalls.

3.

Gegenwart
Oktober

In meinen Träumen war es laut.

Ich zog mir das Kissen über den Kopf und rollte mich auf die andere Seite. Ein leises Seufzen entwich mir. Trotz der einen Spalt breit offenen Balkontür und der kühlen Luft im Zimmer war mir wohlig warm. Die Wärmflasche, die ich mir am Abend mit ins Bett genommen hatte, war noch nicht ganz abgekühlt. Aber in meinen Träumen hatte etwas gelärmt. Ein Hammerschlagen oder ein Feuerwerk wie dieses eine Jahr an Silvester. Es war so laut gewesen, dass ich es sogar tief unten im Keller gehört hatte. Das Radio war damals eingeschaltet gewesen, und ich hatte den Countdown am Brandenburger Tor in Berlin verfolgt und bitterlich geweint, weil die Erinnerungen an meine Eltern damals noch viel frischer gewesen waren als später. Die Türspalte hatte ich mit meiner Bettdecke zugestopft, damit Isolde nicht anhand der Lautstärke bemerkte, dass ich noch wach war. Den Ton möglichst leise geschaltet und mit der Geräuschkulisse der Raketen im Hintergrund hatte ich versucht, mir vorzumachen, mitten unter den feiernden Menschen zu sein. Bei meinen Eltern. Es hatte nicht geklappt.

Ich blinzelte, als ich allmählich aufwachte. Aber der Lärm,

den ich meinen Träumen zugeordnet hatte, verstummte nicht. Irgendwo klopfte es vehement. Es dauerte einige Sekunden, bis ich verstand, dass das Klopfen von der Haustür kam. Gab es denn keine Klingel? Oder hatte ich so fest geschlafen, dass ich sie nicht gehört hatte? Müde rappelte ich mich auf und warf einen Blick auf den runden Wecker neben dem Bett: 10:16 Uhr. Ich erschrak. So lange hatte ich schon ewig nicht mehr geschlafen.

Ich riss die Bettdecke zur Seite, und sofort zog die Kälte meine nackten Beine hoch. Selbst Schuld, dachte ich. Wenn man auch immer das Fenster offen stehen haben muss, selbst im tiefsten Winter. Ich konnte den Gedanken an Räume, die mich von allen Seiten lückenlos umschlossen, immer noch nicht gut ertragen. Ein offener Spalt war ein Schlupfloch, das stete Wissen, dass es einen Weg nach draußen gab. Dass ich dieses *draußen* häufig genauso unerträglich fand, änderte daran nichts. Manchmal fühlte ich mich wie ein Vogel in einem Käfig, dessen Türen offen standen. Nur waren meine Flügel noch gebrochen und wollten nicht recht heilen.

Weil es unten weiterhin beharrlich an der Tür klopfte, schlüpfte ich in meinen Morgenmantel und zog den Gürtel um die Taille fest. Dann lief ich auf bloßen Füßen die Treppen hinab. Die Fliesen im Flur waren bitterkalt, und ich bereute, keine Hausschuhe mitgenommen zu haben. Dabei hatte ich mir extra eine Liste angelegt. Im Internet gab es Vordrucke. Eine Sammlung von Dingen, die man bloß nicht vergessen sollte, wenn man in den Urlaub fuhr. Die Hälfte davon lag wahrscheinlich noch zu Hause auf meinem Bett.

Ich drehte den Schlüssel herum und zog die Tür auf. Hilde stand in ihrem bunten Poncho vor mir und hielt mir etwas entgegen. Eine Tüte vom Bäcker.

»Guten *Morgen*, Edda.« Sie betonte das vorletzte Wort

und schnaubte leise. Ich konnte sie förmlich denken hören – *Die Jugend von heute. Schläft zu lang und zu viel* – und musste mir ein Kichern verkneifen. »Ich habe Ihnen frische Brötchen aus dem Dorf mitgebracht. Als Willkommensgruß sozusagen. Wird also nicht zur Tradition, gewöhnen Sie sich nicht dran.« Sie drückte mir das raschelnde Papier entgegen, aus dem es nach noch warmen Brötchen duftete.

»Danke«, sagte ich erfreut.

»Haben Sie in der ersten Nacht gut geschlafen?«, erkundigte sie sich, während sie versuchte, unauffällig an mir vorbeizuspähen.

»Auf jeden Fall. Das Rauschen des Meeres ist zum Einschlafen besser als jeder Radiosender. Man muss sich nur daran gewöhnen.«

»Aha. Jaja, das dauert seine Zeit. Aber irgendwann überhört man das, auch die kreischenden Möwen. Die werden von Jahr zu Jahr schlimmer, diese Viecher. Letztes Jahr haben sie tatsächlich eine Frau an den Haaren ... Na ja, ist nicht so wichtig.« Hilde unterbrach sich und sah mich nun gespannt an, als erwartete sie eine Antwort von mir.

Mir wurde heiß. Innerlich ging ich den Katalog an Benimmregeln durch, den ich irgendwann einmal angelegt hatte. Als Hilfe. Damit ich in solchen Situationen, in denen ich plötzlich nicht mehr wusste, was mein Gegenüber von mir erwartete, nicht so schnell in Panik ausbrach. »Ehm, kann ich Ihnen einen Kaffee anbieten?«, fragte ich schließlich zögerlich, auch wenn mir das nicht richtig vorkam. Mit mir im Morgenmantel, mit nichts als einem schmuddeligen Schlafshirt drunter. Und ich wusste noch nicht einmal, ob überhaupt Kaffee da war, schließlich war ich noch nicht einkaufen gewesen.

Aber Hilde schüttelte hastig den Kopf. »Nein, nein.« Sie

trat von einem Fuß auf den anderen und schien aus irgendeinem Grund nervös zu sein. Das passte gar nicht so recht zu dem Bild, das ich mir gestern von ihr gemacht hatte. Sie machte nun mich nervös.

»Verstehen Sie die Brötchen mehr als einen erbärmlichen Bestechungsversuch«, sagte sie schließlich und rückte ihren Poncho gerade.

Ich starrte sie ratlos an.

»Sie müssen verstehen, die Technik und ich, wir haben's nicht so miteinander. Der Rechner hat manchmal so seine Macken.«

Mit *Rechner* meinte sie vermutlich einen Computer, schlussfolgerte ich.

»Das kenne ich«, murmelte ich. Unter meinen Händen hegten elektrische Geräte den Drang, sich tot zu stellen oder hinter schwarzen Monitoren zu verstecken. »Brauchen Sie Hilfe?«

Wahrscheinlich würde ich ihrem Computer nur den letzten Todesstoß versetzen, aber ich wollte meine Unterstützung dennoch anbieten.

Wieder schüttelte sie den Kopf. »Es tut mir so leid«, murmelte sie. »Ich habe das Ferienhaus doppelt vergeben. Glauben Sie mir, wenn ich Ihnen sage, dass mir das furchtbar peinlich ist. So etwas ist mir noch nie passiert. Genauer gesagt habe ich dieses Onlinedingens zum ersten Mal benutzt, und es ist direkt schiefgegangen.«

Im ersten Moment war ich sprachlos, und Angst jagte durch meinen Körper. Ich sah mich schon Koffer packen und den Heimweg antreten, bevor mein großes Abenteuer überhaupt begonnen hatte. Nicht gescheitert an mir, sondern von der Technik überlistet.

»Oh«, brachte ich heraus. »Was ... was bedeutet das konkret?«

Hilde zupfte unruhig an einem Faden, der sich aus ihrem Überwurf gelöst hatte. »Ich möchte Sie nicht vergraulen, Edda, verstehen Sie mich da nicht falsch. Sie haben zuerst gebucht, und das würde ich auch nicht übers Herz bringen. Aber der andere Gast ...« Sie holte tief Luft, als müsse sie sich wappnen. »Er kommt aus Bayern. Zwischen seinem Heimatort und diesem Haus liegen fast tausend Kilometer. Das ist eine halbe Weltreise, wenn Sie mich fragen.«

Ihre Stimme hatte einen hohen, atemlosen Ton angenommen. Das konnte nur eins bedeuten, oder? »Sie meinen, er ist bereits hier? Das wollen Sie doch eigentlich sagen, richtig?«, fragte ich.

»Eigentlich wollte ich das sagen, ja«, bestätigte Hilde meinen Verdacht. Ihr schwarzer Dutt leuchtete im hellen Sonnenlicht, das beinahe vergessen machte, wie das Gewitter in der Nacht über Land und Meer getobt war. Ich hatte nur darauf gewartet, von dem Sturm nach Oz geflogen zu werden. Oder ins Wunderland. In einen Wind des Vergessens mit einem Drink in der Hand, der mich noch kleiner machte, als ich mich ohnehin fühlte.

Ich zog den Gürtel des Morgenmantels wie eine schützende Hülle aus Samt so eng um meine Hüften, dass ich kaum noch atmen konnte.

»Und jetzt?«, fragte ich.

»Hm«, brummte Hilde und verjagte ihren schwarzen Kater, der sich an unseren Beinen vorbei in mein Haus drängen wollte. Er fauchte.

»Gibt es keine anderen Ferienwohnungen hier? Oder Hotels? Iglus?« Ich wollte die Stimmung auflockern.

»Alle belegt. Sie müssen verstehen, in diesem Dorf haben wir nicht viele Unterkunftsmöglichkeiten, und er will unbedingt im Ort bleiben ... Ich habe schon herumtelefoniert.

Das war der erste Gedanke, den ich heute Morgen hatte.« Nun wirkte sie so unglücklich, dass sich mein Magen schmerzhaft zusammenzog, weil selbst mir das nicht entgehen konnte. Ich kannte diese Miene von früher, wenn ich mich mit meinem Kellerspiegelbild unterhalten hatte.

»Na ja«, murmelte ich lahm. »Es gibt ja zwei Schlafzimmer, nicht wahr?«

Augenblicklich hellte sich Hildes Gesicht so sehr auf, dass sie mir womöglich um den Hals gefallen wäre, wenn ich nicht die Brötchentüte im Arm gehalten hätte.

»Ach Kind, Sie würden mir solch einen Gefallen tun ... Wenigstens so lange, bis ich eine andere Unterkunft gefunden habe. Sie könnten die Tage selbstverständlich kostenfrei an Ihren Urlaub dranhängen, wenn Sie möchten.«

»Ich hoffe, Selbiges gilt auch für mich«, sagte eine eisige Stimme hinter Hilde. Dann tauchte ihr Besitzer neben meiner Vermieterin auf. Ein Mann mit hagerem Gesicht und harten dunkelblauen Augen, die so gar nicht zu den Lachfältchen darum herum passen wollten. *Diese Augen sind zwei Löcher*, schoss es mir durch den Kopf. *Zwei blaue Löcher, die das Universum verschlingen und mich gleich mit.* Tief durchatmend streckte ich ihm meine Hand entgegen, die er geflissentlich ignorierte.

»Da bucht man Urlaub, um allein zu sein, und findet sich in einer WG wieder.«

Spätestens jetzt stellte ich fest, dass ich seine Stimme nicht mochte. Sie war nasal. Der Mann verstümmelte die Wörter, die er fast schon ausspie, und verschandelte die Sprache, mit der man doch so viel anstellen konnte.

Hilde trat einen Schritt zur Seite, und plötzlich verdunkelte sein Schatten den Hauseingang. Es war nur ein menschlicher Umriss, kaum einen ausgestreckten Arm breit, aber als ich die Tür zur Gänze öffnete, um Platz zu machen, hatte ich das Gefühl, dem leibhaftigen Unglück gerade Eintritt in mein Haus gewährt zu haben. Der Mann hatte etwas an sich, das mich dazu bringen wollte, nach draußen in die Sonne zu laufen.

»Wurde auch Zeit«, sagte der Mann. »Sebastian Winkler.«

»Ich bin Edda«, stellte ich mich vor.

Und dann standen wir da.

Zu zweit fremd.

4.

Ich wollte guten Willen beweisen. Deshalb machte ich mich am nächsten Tag auf, um Brötchen zu holen. Überhaupt wollte ich das bei allen Dingen in diesem Urlaub, guten Willen beweisen: Ich wollte bei geschlossenem Fenster schlafen. Ich wollte im Regen spazieren gehen und mit den nackten Füßen durch den Sand rennen. Ich wollte dem Himmel ins Gesicht lachen und mich überwinden, immer wieder und zu allem. Ich wollte Menschen erleben und das Leben selbst. Vor allem wollte ich den guten Willen beweisen, auch selbst zu glauben, dass ich all dies einmal tun würde.

Warme Brötchen waren auf jeden Fall ein Anfang, fand ich, als ich, die Tüte schwingend, den Kiesweg zum Haus zurücklief. Nicht nur für den guten Willen, sondern vor allem für die eher mies laufende Wohngemeinschaft. Die bestand bislang aus nicht mehr als ein paar Minuten mauerndem Schweigen und quietschendem Kofferrollen. Nachdem er sein Gepäck in das zweite Schlafzimmer gebracht hatte, war Sebastian für den Rest des Tages verschwunden und erst wiedergekommen, als ich schon schlief.

Drinnen riss ich die Fenster auf, um etwas von der salzigen Luft zu schmecken, und deckte den Tisch mit allem, was ich im Kühlschrank vorfand. Sebastian war offenbar schon wach. Ich hörte es über mir in seinem Schlafzimmer poltern, als er die Schranktür öffnete und kurze Zeit später wieder zuknallte. Bisher wusste ich nur eins über meinen Mitbewohner. Er konnte auf extrem laute Art schweigen.

Im Wohnzimmerschrank fand ich zu meiner Freude Kerzen. Bei Isolde hatte ich nie welche haben dürfen, weil die Feuergefahr zu groß gewesen war. Nur an Weihnachten hatte sie eine Ausnahme gemacht. Dabei liebte ich den Geruch, wenn man sie mit einem Streichholz anzündete, und den aufsteigenden herben Rauch, wenn man sie wieder ausblies. Ich stellte ein flackerndes Teelicht auf den Tisch.

Weil es keinen Tee gab, versuchte ich, Kaffee aufzusetzen. Aber die Kaffeemaschine war komplizierter als die, die meine Mutter daheim hatte. Die vielen Knöpfe und die fehlende Bedienungsanleitung ließen mich ratlos zurück.

Als die Treppenstufen knarrten, richtete ich mich erleichtert von der Anrichte auf. »Guten Morgen«, sagte ich, um einen freundlichen Ton bemüht. »Kennen Sie sich zufällig mit Kaffeemaschinen aus?«

»Kennen Sie sich zufällig mit der Regelung *Jedem ein Schlafzimmer* aus?«, fragte Sebastian barsch. »Ich habe Ihnen Ihre leeren Reisetaschen vor die Tür gelegt. Die haben das halbe Zimmer eingenommen.«

Ich ignorierte seine Bemerkung und wies hartnäckig lächelnd auf die Kaffeemaschine. Sebastian seufzte theatralisch und kam zu mir. In der schmalen Küche war so wenig Platz, dass ich zum Fenster zurückweichen musste, damit er sich zur Maschine hinunterbeugen konnte.

Er roch nach Meer, so wie ich es vermutlich auch tat. Aber er tat es noch ein bisschen mehr. Dieser salzige Geruch wickelte einen so um den Finger, dass man ihn mit jeder Stunde bereitwilliger in sich aufnahm, sich ihm anpasste. Als ich mein verzerrtes Spiegelbild im Glas der Schranktür sah, dachte ich, dass es nicht mehr lange dauern konnte, bis das

Blau in meinen Augen dem Ozean glich, bis meine Beine zu einer Flosse zusammenwuchsen und ich in die tiefblaue Freiheit hinausschwimmen konnte.

Ich schüttelte den Kopf und vertrieb diese abstrusen Gedanken. Stattdessen beobachtete ich, was Sebastian tat. Für mich sahen die ganzen Knöpfe, auf denen er herumdrückte, alle gleich aus, obwohl die verschiedenen Zeichen daneben sicherlich auf deren Bedeutung hinwiesen. Solche Kleinigkeiten waren für mich früher eine Herausforderung gewesen, bei der ich Schweißausbrüche bekam. Sie degradierten mich in den einfachsten Situationen zur absoluten Versagerin. Aber es wurde besser. Ich prägte mir genau ein, was Sebastian tat. Am nächsten Morgen würde ich es allein schaffen, da war ich mir sicher.

Da zischte der Automat, und ich machte erschrocken einen Satz nach hinten. Dabei stieß ich gegen ein Regal. Das Geschirr darin schepperte.

»Autsch«, stieß ich hervor und hob meine Hand zum Hinterkopf, an die Stelle, die schmerzhaft pochte.

Sebastian drehte sich mit einem genervten Seufzer zu mir um. Ich lief knallrot an und kämpfte gegen den Drang, zu flüchten, weil ich mir wie der größte Tollpatsch auf diesem Planeten vorkam.

»Alles okay?«, fragte Sebastian kurzangebunden. Sein Gesicht lag im Schatten, weil er vor dem Fenster stand und die Helligkeit mich blendete. Aber sein Gesicht war ohnehin eine einzige Maske, aus der ich kaum lesen konnte. Es ließ keine Regung zu, keinen Gefühlsausbruch, nichts, das darauf hindeutete, was sich hinter der Maske abspielte. Seine markanten Wangenknochen stachen zu spitz hervor und verliehen seinem Gesicht etwas unsäglich Bitteres. Wie Galle.

»Ja, sicher.« Ich ließ die Hand sinken, obwohl die Stelle noch schmerzte. Hinter uns begann die Kaffeemaschine leise zu brummen und dunkle Tropfen auszuspeien. Der Duft von gemahlenen Bohnen erfüllte die Küche.

Als Sebastian sich noch immer keinen Zentimeter bewegte und weiter auf mein Haar starrte, räusperte ich mich. »Ich habe den Tisch gedeckt«, sagte ich. »Und Brötchen geholt. Gleich um die Ecke ist ein …«

»Ich weiß.« Sebastian rückte ab und ging zielstrebig auf den Tisch zu, wo er sich auf einen Stuhl setzte. Die Kerze schob er nachlässig zur Seite. Die winzige Flamme flackerte kläglich. Ohne auf mich zu warten, begann er sich ein Brötchen aufzuschneiden.

Und worauf sollte er auch warten? Wir kannten uns nicht. Wir waren unfreiwillig in dieses Ferienhaus zusammengesteckt worden. Ein Arrangement auf Zeit, der Unwillen hing spürbar in der Luft. Wir mussten uns nichts vormachen, nichts vorspielen, was nicht da war. Keine duldsame Freundlichkeit.

Ich wartete, bis der Schmerz abgeebbt und der Kaffee durchgelaufen war. Dann füllte ich ihn in eine Thermoskanne um und nahm diese mit zum Tisch. Einen Augenblick fragte ich mich, ob ich Sebastian Kaffee in seine Tasse gießen sollte, aber plötzlich fühlte sich diese schlichte Geste viel zu intim an.

Während ich stattdessen schweigend zu essen begann, musterte ich Sebastian so verstohlen, wie es nur möglich war, wenn man sich direkt gegenübersaß. Seine dunklen Haare standen vom Schlaf zerzaust in alle Richtungen ab. Ich wusste nicht, wie ich darauf kam, doch irgendwie dachte ich bei seinem Anblick, dass er in diesem Moment gut in die einsame, verwirrte Teerunde aus dem Wunderland passen würde.

»Woher kommen Sie?«, fragte ich schließlich, als das Brötchen aufgegessen war und das Schweigen zu lang wurde.

»Aus Bayern.«

»Bayern ist groß.« Mir gelang ein Lächeln.

»70 550 Quadratkilometer, wenn Sie es genau wissen wollen«, antwortete er sarkastisch.

»Ich meinte eigentlich, wo genau Sie woh ...«

»Das habe ich schon verstanden.« Er seufzte tief. »Hören Sie: Mir ist die ganze Situation genauso unangenehm wie Ihnen.«

Ach, dachte ich, und ich hatte schon befürchtet, Sie würden vor lauter guter Laune gleich an die Decke springen.

»Ich bin gekommen, um Urlaub zu machen und einige Dinge zu erledigen. Allein. Wir werden miteinander auskommen müssen, bis ein weiteres Ferienhaus für Sie gefunden ist, aber solange möchte ich das Aufeinandertreffen möglichst vermeiden. Sie verstehen das doch?«

Ich zog eine Augenbraue hoch. »Ein Ferienhaus für *mich?*«, wiederholte ich, weil ich glaubte, mich verhört zu haben.

Sebastian nickte fest.

Einen Moment war ich sprachlos. Ich hatte einen Plan, einen Plan, der von diesem Ferienhaus, von diesem Ort abhing. Ich konnte diesen Plan nicht einfach aufgeben, nur weil dieser aufgeblasene Mann aus irgendeinem Grund glaubte, ein Vorrecht darauf zu haben.

»Ich befürchte, da haben Sie etwas falsch verstanden.« Ich schob den Teller zurück. Mir war der Appetit vergangen. »*Sie* sind *mein* Gast, also sollten Sie sich entsprechend verhalten. Ich war zuerst hier, und ich werde den Teufel tun und wieder ausziehen. Also werden Sie sich benehmen, oder Sie können

Ihre Rückreise in das 70 550 quadratkilometergroße Bayern antreten oder wahlweise mit Sack und Pack am Strand nächtigen. Es soll frisch da sein, habe ich gehört. Und schlammig. Wenn Sie Krebse mögen, haben Sie wenigstens etwas zu essen.«

Ich erhob mich und beschäftigte meine stark zitternden Hände, indem ich meinen Teller zur Spülmaschine trug. Innerlich war mir schlecht, während ich rezitierte, was ich gerade gesagt hatte. Ich hatte so kühn, so mutig geklungen, obwohl es in mir ganz anders aussah. Es kostete mich immer wieder Anstrengung, andere Menschen vor den Kopf zu stoßen, selbst wenn es nötig war. Aber ich *wollte* dieses Häuschen. Ich ließ mich nicht daraus vertreiben, nur weil ich irgendjemandem nicht in den Kram passte oder seine Planung durcheinanderbrachte. Es fiel mir schwer genug, mich an neuen Orten einzuleben, und dieses Haus hatte mich mit offenen Armen und Türen empfangen. Ich fühlte mich wohl. Und dieser Kerl, der kein Wort herausbekam, ohne in Gemecker auszubrechen, würde mir das nicht wegnehmen.

Tatsächlich blickte Sebastian mich nun überrascht an. Dann legte er sein Messer weg. »Fein«, sagte er eisig.

Der Stuhl quietschte hässlich, als Sebastian ihn zurückschob und aufstand. Dann ging er zur Garderobe und riss seine Regenjacke vom Haken. Er schlüpfte hinein und zog die schweren Schnürstiefel an, die ihm bis zum Knie reichten. Draußen goss es mittlerweile in Strömen, aber offenbar war ihm sein Stolz wichtiger, als zu verhindern, pitschnass zu werden.

»Ich werde eine Runde spazierengehen und mir die Krebse schon mal ansehen«, sagte er und knallte die Tür hinter sich ins Schloss.

Seinen Teller und die Brotkrümel darauf ließ er einfach stehen.

* * *

Vor 13 Jahren
April

Irgendwann fragte ich Isolde, warum ich die Tür nicht sehen konnte. In den Filmen, die ich ab und an schauen durfte, waren Türen groß und sichtbar, sie waren aus Holz oder Glas, manchmal auch aus Marmor oder anderen Kostbarkeiten. Das kam auf den Film an. Aber immer war gut erkennbar, dass es sich um einen Eingang handelte.

Meine Tür war anders: Sie versank in der Wand aus hartem Stein, und sie war genauso mattdunkel. Sie verschwamm mit dem Kellergewölbe, das mich umschloss, und gäbe es den Türgriff nicht, hätte ich nicht gewusst, wo die Wand begann und die Tür endete. Wenn ich mich ganz schnell um meine eigene Achse drehte, war der Raum von allen Seiten gleich. Und dann gab es keine Tür mehr.

In der ersten Zeit in diesem Keller hatte ich der Tür keine besondere Bedeutung beigemessen. Ich war verwirrt gewesen und konnte die alte und die neue Wirklichkeit kaum auseinanderhalten, sodass ich erst im Laufe der Jahre auf die Tür aufmerksam geworden war. Und ganz allmählich hatte die Tür mir etwas beigebracht: Sie hatte mich gelehrt, dass ich sie nicht öffnen konnte, niemals, nicht aus eigener Kraft. Ich war hinter ihr gefangen. Ich wusste, dass ich früher, in der Zeit vor meinem fünften Lebensjahr, nicht gefangen gewesen war. Ich erinnerte mich an grüne Wiesen und den Himmel und an zwei Menschen, die auf einer Bank saßen und mir zulächelten.

Diese Erinnerungen waren mittlerweile so blass, dass ich furchtbare Angst hatte, sie gänzlich zu verlieren. Denn nun war nur noch die Tür da; die Tür und Isolde, meine *andere* Mutter, meine *neue* Mutter.

Isolde brachte mir gerade Abendessen, als ich mich traute, sie etwas zu fragen.

»Isolde?«

Heute war so ein Tag, an dem ich *Mama* nicht über die Lippen brachte. Seit Wochen drehten wir uns im Kreis. Wegen der Schule. Überhaupt wegen des Lebens, das so gefährlich sein sollte. In Büchern war es nie gefährlich. Ich las über die Leute, las, wie sie ihr zweidimensionales Leben lebten, las, wie sie lachten und weinten. Oft gerieten sie tatsächlich in gefährliche Situationen. Meistens wurden sie gerettet. Manchmal starben sie. Und manchmal dachte ich, dass der Tod auch befreiend sein musste.

»Hm?« Sie stellte das Tablett auf meinen Tisch und schob die Bücher zur Seite, die wirr durcheinanderfielen. Ich las gerade *Die unendliche Geschichte* und flog mit Fuchur durch unbekannte Welten. Ich hoffte, Isolde bemerkte es nicht. Eigentlich hätte ich mich mit Vokabeln beschäftigen sollen. Heute Abend wollte sie mich abfragen.

»Ich fühle mich eingeschlossen.«

Ich widerstand dem Drang, die Arme vor dem Oberkörper zu verschränken. Isolde mochte es nicht, wenn ich trotzig war. Manchmal gab es dann ein, zwei Tage lang nichts zu essen. Nur Kamillentee, den ich aus tiefster Seele hasste. Ich hatte kein Fenster und keine Tür, durch die ich das scheußliche Aroma hätte entweichen lassen können.

»Wie meinst du das?« Isolde stellte einen Teller mit Sandwiches und ein großes Glas Orangensaft vor mir ab. Sie sah heruntergekommen aus. Ihre Klamotten waren beinahe so zerschlissen wie meine und dazu so erdig, als hätte man sie mit Matsch statt mit Wasser gewaschen. Außerdem strömte der unangenehme Geruch von kaltem Schweiß von ihr herüber.

»Ich meine, dass ich mich eingeschlossen fühle.«

Isolde wischte sich gereizt eine Strähne aus dem Gesicht. Ihr Haar war zusammengebunden und fettete am Ansatz. Als sie sich neben mich auf die Bettkante setzte, drehte sich mir der Magen um. Eine zweite Duftnote von abgestandenem Alkohol stieg mir in die Nase. Früher hatte ich das stechende Gefühl nie verstanden, das in meiner Magengegend rumorte, das mich zugleich zu ihr zog, weil ich sie irgendwie liebte, und doch von ihr fortstieß, wenn sie vergaß, sich zu säubern, sich um sich selbst zu kümmern – und um mich.

»Eingeschlossen«, wiederholte sie so langsam wie eine alte Frau, die nicht mehr gut hören und sehen und erst recht nicht sprechen konnte. »Wie oft haben wir das schon besprochen, Edda? Wie oft?«

Ich spürte die Ungeduld, diese zehrende Panik, die in den letzten Monaten häufiger aufflackerte und immer schlimmer wurde. *Sie* wurde schlimmer, ihre Phasen gewalttätiger.

»Oft«, sagte ich kleinlaut. »Aber ich verstehe es nicht. In den Büchern …«

»Das ist nicht echt, Edda!« Nun war ihre Stimme hart und glitt in den Bereich ab, der mir Angst machte. In dieser Tonlage wetzte sie die Messer manchmal nicht nur metaphorisch. »Nichts davon! So viele Gefahren lauern da draußen, so viele Möglichkeiten, verletzt zu werden. Die Realität sieht anders aus als in den Geschichten, die du dir ausmalst. Die Realität ist hier bei uns. Im Radio und in deinen Büchern … die wollen Menschen nur auseinanderreißen. Wenn du diesen Raum verlässt, werden sich die Menschen wie Aasgeier auf dich stürzen und dir wehtun. Du bist nur bei mir sicher. Bei mir allein. Verstehst du das? Wenn du das nicht verstehen kannst, muss ich dir die Bücher wegnehmen!«

Ich verstand kein Wort. Trotzdem nickte ich, als ich sah, wie sich Isoldes Fingerknöchel weiß verfärbten.

Ich umklammerte mein Sandwich und trank gierig den Saft. Ein paar Tropfen liefen mir über die Mundwinkel.

»Verstehst du das endlich? Du bist nur bei mir sicher. Nur bei mir!«, wiederholte sie laut und flehend, kreischend. Dabei packte sie meinen Unterarm. Mir fiel beinahe das Glas herunter, als Isolde mir den kümmerlichen Rest entriss.

Am nächsten Morgen hatte ich blaue Flecken und erbrach mich in einen Eimer, der in der Ecke stand.

Der Duft nach Kamille war einfach überall.

5.

Gegenwart
Oktober

In meinen Träumen war es immer noch laut.

Dabei war niemand da, der an der Tür hämmerte oder mir einen weiteren ungebetenen Gast andrehen wollte. Der, der schon da war, schrie mit seinem Schweigen lauter, als ich es ertragen konnte. Er war wie eine tickende Uhr, die auf diese eine besondere Lautstärke eingestellt war: Man hörte ihr Ticktack nur, wenn man sich dessen bewusst wurde. Und dann verfolgte es einen auf Schritt und Tritt.

Tatsächlich war es Mia, die mich weckte. Ich lag auf dem Sofa und war eingeschlafen, während ich noch versuchte, den Streit mit Sebastian zu verarbeiten. Am liebsten wäre ich ihm nachgelaufen, um mich zu entschuldigen. Ich erhob so selten die Stimme, dass ich mich vor mir selbst erschrocken hatte. Aber etwas sagte mir, dass ich so falsch nicht gelegen haben konnte.

Als ich nun blinzelte, stieß ich einen leisen Schrei aus. Mias Gesicht war so nah an meinem, dass ich winzige Sommersprossen erkennen konnte, die ich zuvor nicht bemerkt hatte. Alle Farbe im Raum schien sich in Mias knallpinkem Pullover zusammenzuziehen.

»Anziehen!«

»Was? Wie, anziehen?« Ich war noch nicht einmal wach.

Mia wies auf meinen Mantel, der an der Garderobe hing. »Die Jacke natürlich.«

Ich richtete mich auf und zog eine Augenbraue hoch. »Wieso? Und wie kommst du überhaupt hier rein?«

Mia wurde rot und beugte sich vor. Ich konnte leichte Schlieren auf ihrer ungeputzten Brille ausmachen. »Ich habe Omas Ersatzschlüssel geklaut. Sag's ihr nicht. Sonst kann ich dir in Zukunft keine Wunder mehr zeigen.«

»Wunder?« Wider Willen musste ich lachen. Jetzt war meine Neugier doch geweckt. Schwerfällig erhob ich mich und schlüpfte in meinen Mantel. Und da der Wind hier ganz schön kalt werden konnte, zog ich auch meine Wollmütze an.

»Verrätst du mir wenigstens, wohin es geht?«, fragte ich. Vorsichtshalber nahm ich das Handy in die Hand. Zwei Anrufe in Abwesenheit von meiner Mutter. Dabei hatte ich sie bereits nach dem Frühstücksdesaster angerufen. Vom Frühstück hatte ich erzählt, vom Desaster nicht. Schnell steckte ich das Telefon in meine Manteltasche. Ich konnte mich nicht auf den Urlaub einlassen, wenn mich ständig jemand an meine Ängste erinnerte.

»Das geht nicht.« Mia schüttelte den Kopf, dann war sie schon draußen. Ihre Stimme war nur noch eine Ahnung. »Ein Wunder verliert seine Magie, wenn man es ausplaudert. Du musst es dir ansehen, Island-Frau.«

Ich lächelte und schloss hinter mir ab. Der zweite Schlüssel fehlte. Mia starrte ungeduldig zu mir zurück, während sie eilig vorlief, als wäre ich ihr nicht schnell genug.

Neben meinem Fiat stand Sebastians riesiger Mercedes. Er hatte hinter mir geparkt und schräg noch dazu, sodass ich kaum hinauskommen würde. Sofort stieg wieder der Ärger in mir hoch. Ich kannte diesen Mann nicht, dennoch gelang es ihm, mich auf die Palme zu bringen. Er schien sich dafür nicht einmal sonderlich anstrengen zu müssen.

»Komm, schneller! Wunder warten nicht.«

Mia nahm meine Hand, und diesmal ließ ich mich bereitwillig auf sie ein. Es war kein Gewitter da, keine dunklen Wolken, kein Sturm. Die Welt schien stillzustehen und mir eine Schonzeit geben zu wollen. Es war befreiend, ohne eingezogene Schultern vorwärts gehen zu können, ohne die Angst, der geballte Himmel könnte auf einen niederprasseln. Agoraphobie nannte meine Therapeutin meine Angst. Ich nenne sie *klein sein in einer großen Welt.*

Ein paar Minuten liefen wir schweigend durch die Wiesen und schließlich durch die Dünen. Wir gingen einen Weg hinunter, der von hohen Gräsern gesäumt und mit Brettern ausgelegt war.

Dann waren wir am Strand. Das Meer hatte sich verzogen und nur Watt zurückgelassen. Weil ich die falschen Schuhe anhatte, blieben wir in Ufernähe. Dennoch war ich aufgeregt. Ich konnte das Tosen der Wellen nicht hören, weil sie zu weit weg waren, aber die Ruhe war ebenso faszinierend. Sie hüllte mich in einen Kokon, der vergessen ließ, wie grausig der Morgen begonnen hatte.

»Wo ist das Wunder?«, fragte ich.

Mia lachte. »Siehst du es nicht?« Mit dem Arm machte sie eine weitschweifende Geste.

Natürlich.

Aus der vermutlich von Hilde selbstgenähten Umhängetasche, die sie über der Schulter trug, zog Mia zwei Decken hervor. Eine davon breitete sie auf dem Boden aus und setzte sich darauf. Dann bedeutete sie mir, Platz zu nehmen. Ich zögerte. War der Boden nach dem nächtigen Regen nicht schrecklich kalt und feucht?

»Morgen sind wir krank«, murmelte ich und ließ mich neben das Mädchen fallen.

»Quatsch.« Die andere Decke legte Mia über unsere Beine. »Wir bleiben nur bis zur magischen Stunde.«

Ich gab ein fragendes Brummen von mir und warf ihr einen Seitenblick zu. Für ihr Alter sah sie sehr ernst aus. Dann dachte ich daran, dass ich damals genauso ausgesehen hatte. Aber die Umstände waren ganz anders gewesen.

»Die magische Stunde ist, wenn der Wind dreht. Na ja, eigentlich dreht der Wind nicht. Vielmehr sagt man, der Mond tut es. Ich warte immer darauf, dass er sich plötzlich umdreht und uns mit seinem Gesicht anlacht.« Sie kicherte leise. »Jedenfalls kommt gleich die Flut. Es muss spannend sein, wenn man die Kraft des Wassers zum ersten Mal sieht.«

»Aber die Flut dauert doch einige Stunden, oder nicht?«, warf ich ein.

»Wir beobachten auch nur den Wendepunkt.«

»Und den kann man hören?«, fragte ich zweifelnd. Das Meer war doch meilenweit entfernt.

Mia warf mir einen Blick zu, den nur ein Kind einem Erwachsenen zuwerfen konnte. Diesen *»Muss man dir denn alles erklären?«*-Blick.

»Natürlich nicht. Aber darauf kommt es nicht an.«

»Worauf kommt es denn an?«

»Schließ einfach die Augen und hör zu.«

Dann sagte Mia nichts mehr, sondern starrte nur geradeaus. Ich folgte ihrem Blick, aber ich bezweifelte, dass wir am Ende dasselbe sahen, denn die Aussicht war zu unendlich. Trotzdem tat ich wie geheißen. Ich schloss die Augen und lauschte dem Wind, der stetig über das Watt blies. Irgendwann glaubte ich, aus der Ferne etwas zu hören; ein Aufbäumen, das gewaltige Kraft versprach. Ein Donnern, dessen Ursprung man nur erahnen konnte. Das Meer drehte sich. Die Flut kam.

Zumindest glaubte ich das. Alles, was ich sehen konnte, als ich die Augen wieder öffnete, war ein grauer Schimmer, der sich näherte, ein wogendes Glitzern, das unruhig über den Schlammboden glitt und mit jeder Welle neuen Schaum auf dem Wasserbett bildete.

»Bist du sauer auf meine Oma?«, fragte Mia irgendwann, als das Wasser viel mehr als nur eine Ahnung geworden war und ich eine Gänsehaut am ganzen Körper hatte.

»Warum sollte ich sauer sein?«

»Die Sache mit dem Ferienhaus muss blöd sein.«

Ach das. War es. Aber das würde ich einem Kind nicht auf die Nase binden.

»Ist nicht schlimm«, winkte ich ab. »Fehler passieren.«

»Ich war dabei, als er ankam. Er war ziemlich unfreundlich.« Mia musterte mich aufmerksam. »Ich würde nicht mit ihm zusammenwohnen wollen. Er sieht so grimmig aus.«

»So schlimm ist es wirklich nicht. Das Haus ist ja groß genug, um sich aus dem Weg zu gehen.«

Mia seufzte leise. »Es tut mir leid. Oma ist so vergesslich geworden. Meine Eltern lassen sich scheiden, weißt du? Das belastet sie. Sie hat mehr Angst um mich als ich selbst. Das wäre bestimmt nicht passiert, wenn sie nicht immer in Gedanken wäre.«

Ich presste die Lippen aufeinander, um nicht einfach loszuplappern und etwas Unangemessenes zu sagen, wie es sonst typisch für mich war. Das Mädchen sprach die elterliche Situation so frei und gedankenlos aus, dass ich mich anstrengen musste, mich nicht täuschen zu lassen. Es berührte sie mehr, als sie zugeben wollte. Und mich berührte es ebenfalls.

Ich war eine Fremde. Fremde Menschen mussten Vertrauen erst erarbeiten. Aber der Draht zwischen Kindern und mir war schon immer anders gewesen. Vielleicht hatte ich etwas Elementares noch nicht gelernt, das man auf der Schwelle zum Erwachsenwerden erfahren sollte. Oder ich war ein bisschen wie Peter Pan: zu unbeugsam und immer auf einem Höhenflug, um dem bodenständigen Erwachsensein nicht zu nahe zu kommen.

Ich legte den Arm um Mias Schultern und lächelte. »Was ist schon ein grantiger Gast, wenn ich dafür die coolste Reiseführerin überhaupt habe? Wer sonst bekommt schon Wunder gezeigt? Das nenne ich mal Service!«

Mia schnitt eine Grimasse, dann lehnte sie sich zu mir. »Ich habe gehört, dass er hier seine Frau besuchen will.«

»Oh«, murmelte ich überrascht. Sebastian war verheiratet? Warum machte er dann so ein Theater? Konnte er nicht bei seiner Frau wohnen, statt sich wie ein Alphawolf aufzuführen, dem man sein Revier genommen hatte?

»Er wird schon Gründe für seine Anwesenheit haben«, sagte ich und rieb mir die Hände. Es war frisch geworden.

»Wir sollten langsam zurückgehen«, schlug ich vor. »Bevor wir noch eine Erkältung kriegen. Das wäre nicht unbedingt der Urlaub, den ich mir erträumt habe.«

Wir lachten und räumten die Decken zusammen. Ich beobachtete Mia, die mit wehenden Zöpfen durch den Wind lief und sich unbekümmert gab. Aber wie unsicher musste sie in Wahrheit sein, dass sie sich mir so früh anvertraute, obwohl wir uns kaum kannten?

Und dann dachte ich, wie unsicher ich selbst sein musste,

dass ich mich ihr bei unserer ersten Begegnung anvertraut hatte.

Wir benutzten für den Rückweg einen anderen Weg. Ich merkte ihn mir nicht, dafür war mein Orientierungssinn nicht ausgereift genug. Mia kannte sich aus, das genügte mir. Ich lernte die Hauptstraße des Dorfes kennen, und sie zeigte mir die Läden, von denen Hilde erzählt und die ich noch nicht besucht hatte. Außerdem wies sie mir die Richtung in die nächste Kleinstadt, in der man einkaufen gehen konnte.

Ich lud Mia vor Hildes Haustür ab, denn nach Hause hatte sie nicht gehen wollen. Der Mercedes stand noch immer vor meinem Häuschen, allerdings anders als zuvor. Sebastian war offensichtlich unterwegs gewesen. Der Wagen war von oben bis unten mit Schlamm bespritzt. Von den Reifen tropften kleine Pfützen in den Kies.

Was mich jedoch viel mehr erschütterte, war die weit offen stehende Fahrertür und das braunrote Blut, das am Griff klebte.

6.

Ich stürzte ins Haus. Mein Herz hämmerte gegen meine Rippen, als wollte es endlich frei sein, und es ließ sich kaum bändigen. Vor meinem inneren Auge wuchsen die Bilder von Isolde, vollgedröhnt mit Medikamenten oder ihren eigenen Problemen, die sie umwarfen. Nicht selten hatte sie sich dabei etwas angetan oder sich verletzt. Oder eben mich.

Sebastian stand gekrümmt vor der Spüle, und ich hörte ihn mit verhaltener Stimme etwas murmeln: Flüche.

»Was ist passiert?«, fragte ich laut und stand im gleichen Moment schon hinter ihm.

»Krebse«, antwortete er. Nässe glitzerte in den Haaren, die ihm in die Stirn fielen.

»Krebse?«, fragte ich verständnislos.

»Ich dachte, ich freunde mich schon mal mit ihnen an, da du mich an den Strand verbannen willst. Aber das Vieh hat mich gebissen. Oder geschnitten. Oder wie auch immer man das nennt, wenn es mit seinen verdammten Scheren zuschnappt. Ich bin kein verdammter Meeresbiologe.«

Jetzt erst sah ich, dass er seine blutende Hand unter den kalten Wasserstrahl hielt. Ich atmete tief aus und verbannte die Schreckensvisionen, die ich mir in den letzten Sekunden ausgemalt hatte. Ein verfluchter Krebs. Und wegen eines Krebses duzte er mich plötzlich? Ich kam nicht nach.

»Sie wollten nicht ernsthaft einen Krebs fangen?«

Sebastian zuckte die Schultern. Sein Gesicht war noch immer außerhalb meines Sichtfelds. Er drehte den Wasserhahn ab und wandte sich dann zu mir.

Ich seufzte. »Sie wissen schon, dass das Ganze ziemlich barbarisch ist. Lebendig in heißem Wasser kochen und so.« Als er wieder nicht reagierte, ging ich ins Bad und durchforstete die Schränke nach Pflastern. Dem Himmel sei Dank war das Ferienhaus bestens ausgestattet.

»Kommen Sie her«, sagte ich und trat ans Fenster, wo es heller war als in der schmalen Küchennische. Vorsichtig zog ich ein Pflaster aus der Plastikverpackung und nahm Sebastians Hand in meine. Trotz des kalten Wassers war sie angenehm warm. Ich beugte mich über den verletzten Handballen, tupfte das Blut mit einem Küchentuch ab und blies behutsam über die Wunde. Dann verklebte ich sie mit dem Pflaster.

»Bitte schön. Fertig«, verkündete ich. Ich hatte gerade einen Krebsbiss verbunden oder vielmehr einen Krebs*schnitt*. Vor meinem inneren Auge wuchs das Bild von Sebastian am Strand, wie er über den Sand robbte, um sich einem Krebs zu nähern. Ohne es zu wollen, musste ich lachen.

Sebastian kniff die Augen zusammen. »Hast du gerade auf meine Hand gepustet?«

»Ähm. Offensichtlich.« Ich versuchte das Lachen zu unterdrücken. »Gab es das in deiner Kindheit nicht?« Unwillkürlich fiel ich ein in dieses seltsam klingende persönliche *Du*. Als würde ein bissiger Krebs uns plötzlich verbinden.

»Doch, sicher. Aber ich bin kein Kind mehr.«

Da war sie wieder, diese entrückte Abneigung gegen mich oder einfach alles. Ich unterdrückte ein gereiztes Seufzen und setzte mich an den Tisch. Dann klopfte ich mit den Fingerspitzen auf die Tischplatte.

»Bitte setz dich«, sagte ich.

Er schien mit sich zu ringen, ob er meiner Bitte einfach so, ohne wenigstens einen ironischen Kommentar, Folge leisten konnte. Aber er tat es. Er ließ sich mir gegenüber nieder, und wie heute Morgen saßen wir da.

»Wir brauchen Regeln«, erklärte ich.

Er legte den Kopf schief. Ich hätte schwören können, dass ein flüchtiges Lächeln über seine Lippen glitt, doch vielleicht bildete ich es mir nur ein. Ich konnte mir nicht einmal vorstellen, dass er fähig war, zu lachen.

»Wir brauchen also Regeln«, sagte er. Seine Stimme war ein bisschen weicher als gestern. Nicht mehr so harsch gegen alles, was er mit seinen Worten berührte.

»Ja, das tun wir«, antwortete ich nickend. »Dieser Urlaub ist mir wichtig. Sehr wichtig. Ich habe lange dafür gearbeitet, und ich möchte, dass er perfekt wird.«

»Und ich störe diese Perfektion.« Er formulierte es als Feststellung, nicht als Frage.

Ich wusste nicht, was ich darauf erwidern sollte. Es war schließlich die Wahrheit. »Ich möchte einfach keinen Ärger«, murmelte ich. »Verstehst du das?«

Er sagte lange nichts. Dann lehnte er sich vor. Seine verpflasterte Hand lag dicht neben meiner, und ich spürte die Wärme meinen Unterarm entlangkriechen.

»Ich will dir nichts kaputtmachen.«

Mit weit aufgerissenen Augen blickte ich ihn an. Hatte ich mich gerade verhört? Oder ging er tatsächlich gerade einen Schritt auf mich zu?

»Nun sieh mich nicht so an«, sagte er und runzelte die Stirn.

»Wie auch immer.« Mit dem Zeigefinger malte ich unsichtbare Muster auf das Holz. »Badezimmer. Ich weiß, wir haben zwei, aber meins hat keine Badewanne. Wenn du außer Haus bist, würde ich deines gern nutzen. Ist das okay?«

»Du willst baden? Ach, das ist okay. Ich brauche sie eh nicht. Dafür schlafe ich gerne aus. Wenn du also ...«

»... leiser sein könntest? Das ist kein Problem.« Ich stützte mein Kinn auf die Handfläche. »Wie ist es mit dem Einkauf? Und kochen?«

Sebastian lachte trocken. »Kochen kann ich nicht sonderlich gut. Aber ich kann einkaufen. In meinen Wagen passt sowieso mehr rein als in dein ... Gefährt.«

»In mein was?«, hakte ich entrüstet nach.

»In dein Auto.«

»Okay. Was noch? Waschmaschine täglich abwechseln? Spülmaschine ausräumen auch?«

Wieder nickte er. »Nur Kaffee kochen werde ich. Da bin ich pingelig. Ohne Kaffee bin ich unausstehlich.«

Ich zog eine Augenbraue hoch. »Mit doch auch.«

Er verzog keine Miene.

»Dann wäre da noch das Wichtigste.« Ich legte eine bedeutsame Pause ein. Er rührte sich noch immer nicht.

»Musik«, fuhr ich fort.

»Musik?« Etwas in seinem Tonfall irritierte mich, aber ich konnte es nicht fassen.

»Jawohl. Wenn das Meer fort ist, ist es so still. Und wenn du schon nicht mit mir sprichst, habe ich gern Musik im Hintergrund. Ein bisschen Radio oder ...«

»Auf keinen Fall.« Er ballte seine gesunde Hand auf dem Tisch zu einer Faust.

»Ich meine ja nicht laut. Nur ...«

»Habe ich mich unklar ausgedrückt?«

»Kannst du mich bitte mal aussprechen lassen?«

»Bitte.« Sebastians Stimme war schneidend.

Ich holte tief Luft und tippte mit den Fingern auf den Tisch. »Warum bist du überhaupt hier, wenn du alles blöd findest?«

»Ich habe Urlaub gebucht. Muss ich mich jetzt dafür rechtfertigen, wo und wie ich den verbringe? Warum bist du hier?«

»Ich rede nicht vom Urlaub. Ich rede von diesem Haus.«

»Auch das habe ich gebucht. Oder hast du das praktischerweise bereits vergessen?«

Was er sagte, versetzte mir einen Stich. Wenn er wüsste, wie gern ich das manchmal täte – alles vergessen, den Reset-Knopf drücken.

»Ich meine, warum du nicht bei deiner Frau wohnst.«

Stille senkte sich wie eine schwere Decke über uns. Wir atmeten im Gleichklang, und für einen Augenblick hüllte uns das in eine zerbrechliche Harmonie. In diesem Augenblick dachte ich, dass es so schlimm nicht sein musste; dass wir über dieselben Witze lachen und den Kaffee in der gleichen Stärke trinken konnten. Dass wir uns abends nicht um die einzige Wolldecke auf der Couch streiten oder uns über hereingetragenen Sand aufregen müssten. In diesem kurzen Augenblick dachte ich tatsächlich, dass es sich gar nicht so verkehrt angefühlt hatte, seine Hand zu verbinden und ihn verletzlich zu sehen.

Er zerstörte den wackeligen Frieden, indem er mit der Faust auf den Tisch hieb. »Sprich. Nie. Wieder. Von. Meiner. Frau!«, knurrte er. Und dann, dann las ich Angst in seinen Augen. Dieser mürrische, nörgelige Kerl hatte eine Heidenangst.

»Ich, ähm. Ich hörte, du wolltest sie besuchen. Dass du deswegen hier bist.« Die Worte kamen mir nur schwer über die Zunge. Sie sollten eine Rechtfertigung sein. Trotzdem stotterte ich. Ich ahnte, dass ich einen Schritt zu weit gegangen war. Einen Schritt zu tief vorgedrungen in seine Privatsphäre, in Dinge, die mich genauso wenig angingen wie ihn meine Probleme.

Heftig schob er den Stuhl zurück, und das Geräusch von kreischendem Holz auf den Fliesen tat mir in den Ohren weh. »Das ist es, was ich an Dörfern und dem Land hasse. Die Leute können ihre beschissene Klappe nicht halten. Und du tratschst gleich fleißig mit, was?«

Seine Stimme war so höhnisch geworden, dass von dem wohligen Gefühl nicht mal mehr eine Ahnung zurückblieb.

»Es tut mir leid. Ich dachte ... Ich wollte nicht ...«

»Was ich hier mache, geht dich nichts an, kapiert? Halt dich in Zukunft da raus.«

Wieder wuchs die Wut in mir. Wie gelang es diesem Menschen nur, mich innerhalb von Minuten in solch ein Gefühlschaos zu werfen? Wie sollte man da noch wissen, was man von jemandem halten sollte, wenn er seine Richtung schneller änderte als jede Fahne im Wind?

»Wir brauchen keine Regeln«, sagte Sebastian langsam, und seine blauen Augen funkelten mich an wie flüssiges Eis. »Was wir brauchen, ist eine Mauer zwischen uns. Ein anderes Haus für dich. Und zwar schleunigst.«

Mein Herz schlug mir bis zum Hals, als er sich abwandte.

»Eins noch«, sagte ich, als er schon aufgestanden war. Er sah mich unberührt an, doch immerhin sah er mich überhaupt an.

»Keine verschlossenen Türen«, bat ich.

Wortlos ging er an mir vorbei und verließ den Raum. Er polterte die Treppe hinauf. Oben hörte ich ein Türknallen.

Dann knackste ein Schloss und rastete ein.

7.

Mitten in der Nacht klingelte mein Handy.

Im ersten Moment konnte ich das durchdringende Geräusch nicht richtig zuordnen. Verwirrt richtete ich mich auf. Wer rief mich um Mitternacht noch an? Meine Mutter konnte es nicht sein. Die abgesprochenen Pflichtanrufe hatte ich abgeleistet.

Ein Blick auf das Display verschaffte Klarheit.

Es war Jan.

Ich biss mir auf die Unterlippe, während ich darüber nachdachte, den Anruf zu ignorieren. Ich konnte mich schlafend stellen. Wenn der Klingelton auf lautlos gestellt wäre, dann hätte ich nichts mitbekommen. Aber ich war einfach nicht gut im Lügen, nicht einmal, wenn niemand dabei war, der mich beim Erröten ertappen konnte.

»Hallo?«, fragte ich müde.

»Edda?« Jan hörte sich betrunken an, das erkannte ich an diesem einzigen Wort, an diesen zwei Silben. Und das wunderte mich. Jan trank nie. Zumindest nie, wenn ich anwesend war. In all den Jahren hatte ich ihn noch nie betrunken gesehen.

Ich lehnte mich mit dem Rücken gegen die Bettwand. Das Display des Handys erleuchtete den Raum und warf Schatten an die Decke.

»Jan, was willst du? Hast du mal auf die Uhr geschaut?«

»Ich weiß. Ich dachte, du bist noch wach. Offenbar bist du's auch.« Er lachte, doch es klang zittrig. Ich konnte ihn förmlich vor mir sehen, konnte sehen, wie er die Brille auf seiner Nase zurechtrückte, die verrutschte, wenn er sich zu stark bewegte.

»Ich bin wach, weil du angerufen hast.« Ich klang wütender, als ich wollte.

»Ich wollte wissen, wann du nach Hause kommst.«

»Ich bin doch gerade erst angekommen, Jan.« Ich schwieg, und er sagte auch nichts. »Ich bin erst vier Tage hier«, fügte ich hinzu. »Du weißt doch, dass ich ein paar Wochen eingeplant habe.«

»Ja, ich weiß.« Die Leitung knackte. Vielleicht war es aber auch ein Laut der Frustration.

»Edda, das alles war eine Scheißidee.«

Ich blinzelte und hielt das Telefon ein Stück weg. Es kam mir vor, als würde seine vorwurfsvolle Stimme direkt in mein Innerstes kriechen wollen. Vielleicht war es eine Scheißidee. Aber es war *meine* Scheißidee.

»Wovon sprichst du?«, fragte ich kühl.

»Von diesem Urlaub. Ich meine, was bringt das? Du bist da, irgendwo am Ende der Welt. Und deine Familie ist hier. Wie soll sich alles verbessern, wenn du abhaust?«

Ich dachte wieder an den letzten Sommer, an diesen einen Abend am See. Ich erinnerte mich genau daran, wie sich das Licht der untergehenden Sonne auf der undurchsichtigen Wasseroberfläche gebrochen hatte. Wie kleine Äste und lose Blätter in der zarten Strömung vorbeitrieben, die von jeder Bewegung ausgelöst wurde. Ich erinnerte mich an meinen eigenen leisen Aufschrei, als das kühle Wasser meine nackte Haut berührte.

Und ich fragte mich, warum ich mich an jedes einzelne

Detail erinnerte, als stünde ich gerade in diesem Moment wieder selbst im Wasser dieses Sees. Als wäre gerade einmal ein einziger Tag vergangen, nicht ein ganzes Jahr.

»Ich habe dir das alles zigmal erklärt ...«, begann ich, doch Jan unterbrach mich.

»Deine Mutter macht sich solche Sorgen. Hat sie das verdient?«

Ich lehnte den Kopf gegen die kühle Wand und schloss die Augen. Er wusste genau, welche Knöpfe er bei mir drücken musste, und das nahm ich ihm übel. Er sollte es besser wissen. Er sollte meine Schwächen nicht gegen mich verwenden.

»Geht es hier wirklich um meine Mutter, Jan?«, fragte ich schneidend. »Oder geht es vielmehr um dich?«

Wieder lachte er. »Um mich? Warum sollte es um mich gehen?«

»Ich weiß nicht. Vielleicht aus demselben Grund, aus dem du mich so spät anrufst? Vielleicht aus demselben Grund, aus dem du nicht nüchtern bist?«

Eine Weile war Stille in der Leitung. Nur dieses Knacksen war da, das alles bedeuten konnte.

»Jan?«, fragte ich nach. »Bist du noch da?«

Ich konnte ihn atmen hören. Dann legte er auf.

Mit einem Seufzen legte ich das Handy fort. Ich drehte mich auf die andere Seite, aber der Schlaf wollte sich lange nicht einstellen. Und als ich dann doch einschlief, träumte ich von Seen, deren Grund pechschwarz war, während ich in ihnen ertrank.

* * *

Vor sieben Jahren
Der eine Tag

Ich musste eingeschlafen sein.

Obwohl ich mir ganz fest vorgenommen hatte, im Polizeiauto wach zu bleiben, kam ich in einem schneeweißen Zimmer wieder zu mir. Draußen war es stockfinster, und die Nacht brandete gegen die unverhüllten Fenster. Ich lag in einem Bett, über mir baumelte ein Griff, hinter mir summte eine Neonröhre. Es roch steril, seltsam streng.

Wo war ich? Wie war ich hierhergekommen?

Ich war nicht mehr *dort*, aber es sah genauso aus. Die Eintönigkeit der Farben oder vielmehr deren Fehlen, der blanke Boden und das grelle Licht ließen mich erstarren. Sie hatten gesagt, dass ich in Sicherheit sei. Dass niemand mir mehr wehtun würde. Aber konnte ich ihnen überhaupt glauben? Hatte Isolde mich nicht all die Jahre über vor der Heimtücke der Menschen draußen gewarnt? Was, wenn ich nun von einem Gefängnis ins nächste kam? Oder wenn man mich für krank hielt und nie wieder freiließ? Was, wenn, wenn, wenn?

Ich atmete, so schnell ich konnte, dennoch schienen sich meine Lungen einfach nicht mit genügend Sauerstoff füllen zu wollen. Schwindel ergriff mich. Neben meinem Bett stand ein Schränkchen mit einer Flasche Wasser. Mit zitternden Händen schenkte ich mir ein Glas ein und trank es in gierigen Zügen leer. Dann war mir plötzlich so schlecht, dass ich würgte.

»Ganz ruhig, ich bin ja da«, sagte eine fremde Stimme. Mir war entgangen, dass jemand das Zimmer betreten hatte.

Tränen verschleierten meine Sicht, während ich weiter würgte. Eine Schale erschien vor meinem Gesicht, als ich das

Wasser wieder ausspie und Galle spuckte. Eine Hand strich beruhigend über meinen Rücken. Noch während ich mich vor Übelkeit krümmte, zuckte ich vor der Berührung zurück.

Als der Würgereiz allmählich nachließ, sank ich erschöpft ins Kissen zurück, während dieser Jemand die Bettdecke über mich ausbreitete. Erst da bemerkte ich, dass mein gesamter Körper bebte.

Ein Stuhl quietschte, dann nahm die Person neben meinem Bett Platz. Mit der Hand wischte ich über meine Augen, die tränenverklebt waren.

»Soll ich hier bleiben?« Der Mann, den ich jetzt erst richtig erkennen konnte, lächelte mich scheu an. Er trug weiße Kleidung, die mir Angst einjagte. Sie zeugte davon, dass er zum Personal gehören musste.

Sie stecken dich in eine Anstalt mit lauter Verrückten, wisperte Isoldes Stimme heiser in meinem Kopf. *Und du kommst nie, nie wieder raus. Und irgendwann bist du selbst verrückt und sabberst und brüllst. War es das wert, Edda? War es deine angebliche Freiheit wert, mich zu verlassen? War sie meinen Tod wert? Waren wir nicht glücklich zusammen, nur wir beide?*

Ich zuckte zurück und starrte ihn mit weit aufgerissenen Augen an. Durch meine ruckartige Bewegung ziepte etwas an meinem Arm. Ich registrierte, dass eine Kanüle in meinem Unterarm steckte, mit einem Schlauch, der zu einer Infusion führte.

»Nein«, flüsterte ich. Meine Stimme klang wie ein Reibeisen, so rau und unbenutzt.

Er blieb, wo er war, unbeweglich und Ruhe ausstrahlend. Mit einer Hand betätigte er einen Knopf, und das Licht dämmte ab.

»Sie sind im Krankenhaus, Edda. Sie waren sehr ausgetrocknet, als die Polizei Sie gefunden hat. Dehydriert nennen wir das. Deswegen haben wir Ihnen intravenös Flüssigkeit gegeben, damit Sie wieder zu Kräften kommen.« Er sprach sehr sanft zu mir. »Wie fühlen Sie sich? Haben Sie Hunger? Kann ich Ihnen irgendetwas bringen?«

Ich leckte mir über die trockenen Lippen. »Bin ich hier eingesperrt?«, fragte ich heiser.

Der Pfleger schüttelte den Kopf. »Sie sind ein freier Mensch, Edda. Wir wollen nur, dass Sie Ihre Freiheit gesund beginnen können. Ich kann verstehen, dass das alles verstörend für Sie sein muss. Die ganzen Geräte und Schläuche.« Er lächelte. »Das ist manchmal selbst für mich verstörend. Aber wir heilen damit Menschen, verstehen Sie? Das zu wissen macht es leichter.«

Ich versuchte, seine Worte zu verarbeiten. Es fiel mir unglaublich schwer, mich darauf zu konzentrieren, während ich ihn gleichzeitig ansah. So viele Jahre hatte ich nur mit Isolde verbracht; alle anderen Menschen, die ich jemals gekannt hatte, waren nur eine blasse Erinnerung. Und jetzt auf einmal wimmelte es von fremden Menschen. Überall waren Geräusche und Gerüche, die ich nicht einordnen konnte. Die Bettdecke fühlte sich unter meinen Fingerkuppen seltsam hart an. Ein Teil von mir wollte hysterisch werden, doch ein anderer wehrte sich dagegen, Isoldes Prophezeiung eintreten zu lassen. Ich wollte nicht verrückt sein und sabbern. Ich wollte nicht gefangen, sondern frei sein. Ich konnte nicht all die Jahre überstanden haben, um auf den letzten Metern, auf der Zielgeraden, aufzugeben.

»Ich bin also in keiner Anstalt?«, hakte ich vorsichtig nach. Ich konnte es nicht glauben.

»Sind Sie nicht. Versprochen!« Der Mann lehnte sich ein

Stück vor, und mir entwich ein kleiner Schrei. Nähe zu einem anderen Menschen als Isolde schien so unwirklich, dass sie mich erschreckte.

Sofort hob er abwehrend die Hände und wich zurück, bis er den unsichtbaren Sicherheitsabstand zwischen uns wieder einhielt.

»Ich verspreche Ihnen etwas. Morgen früh, wenn es Ihnen besser geht, gehen wir ein Stück spazieren. Wir gehen, wohin Sie wollen. Etwas essen. Oder in den Park. Die Sonne ansehen. Wir gehen nach draußen, damit Sie sehen, wie frei Sie nun sind. Rufen Sie nach mir, wenn Sie bereit sind, und ich werde da sein. Ist das ein Deal?«

Er musterte mich abwartend, und bei dem Gedanken an *draußen* begann mein Herz schneller zu schlagen. Rausgehen, frische Luft einatmen, die Sonne auf der Haut spüren; all das schien noch immer ein Traum zu sein. »Ich habe die Sonne ewig nicht mehr gesehen«, flüsterte ich.

»Dann haben Sie morgen Großes vor, Edda. Ich glaube, es gibt nichts, das uns leichter glücklich machen kann als die Sonne.«

Er erhob sich, und ich ahnte, dass er gehen wollte. Meine Finger krallten sich in die Bettdecke, die sich immer noch falsch und künstlich anfühlte. Obwohl ich seine Nähe kaum ertrug, wollte ich doch nicht allein sein, allein mit meinen Gedanken und den neuen Eindrücken.

»Bitte nicht«, hauchte ich.

Und er verstand.

Der Pfleger blieb die ganze Nacht bei mir sitzen. Und wenn ich manchmal aus dem Halbschlaf hochschreckte und aufschrie, saß er immer noch da und hielt Wache. Irgendwann flüsterte er mir seinen Namen zu, aber in dieser Nacht war er der Mond, der über meinem Kopf schien und nicht fortging, egal wohin meine Albträume mich scheuchten.

Der Mond blieb über allem.

8.

Gegenwart
Oktober

Mia zeigte mir am nächsten Tag ein Stück ihrer Welt.

Die Sonne schien hell, als wir die Dünen entlangwanderten. Es war Ebbe, das Meer lag außer Sichtweite. Ich konnte es dennoch spüren, das Tosen in meinen Knochen und den Salzgeschmack auf meiner Zunge. Wie ein Echo hallte das Wellenrauschen in mir wider, wenn es gegen ferne Ufer schlug und den dunklen Sand aufriss. Wenn ich nur ein wenig mehr Talent besessen hätte, hätte ich diese Szene gemalt: die Stille des Augenblickes, wenn das Wasser zurückging und den Boden für einen Moment unbedeckt ließ, Algen, Krebse und Muscheln schutzlos der Weite des Himmels offenbart.

Unterwegs aß Mia ein paar Weintrauben, die sie sich eingepackt hatte, und erzählte mir, dass viele Feriengäste immer wieder in das Dorf zurückkehrten, um Urlaub zu machen. »Wie Zugvögel kommen sie«, erklärte sie mir. »Dabei verstehe ich das gar nicht. Das hier ist nur ein winziges, ganz normales Dorf.«

Sie sah mich erwartungsvoll an, als wüsste ich die Antwort auf die unausgesprochene Frage, was ihre Heimat wohl so besonders machte.

»Ach Mia«, sagte ich und strich über ihren Kopf. »Ich bin doch das erste Mal am Meer.«

»Das erste Mal?«, fragte sie. »Also, das erste Mal überhaupt?«

»Ganz genau.« Ich nickte. »Sieht man mir das nicht an?«

Mia legte den Kopf schief, und ihre krauseligen Zöpfe glitten aus meinen Fingern. »Nö. Du siehst auch nicht anders aus als ich!«

Wir gingen nun durch das Dorf. Die Sonne verzog sich hinter eine herannahende Wolkenwand, und die Häuser rings um uns wurden in ein fahles Zwielicht getaucht, das die Farbe aus ihnen herauswusch.

»Wo wohnst du?«, fragte ich. Mia war immer bei Hilde, wenn ich sie sah. Mich interessierte, wo sie mit ihren Eltern lebte. Die, die ihr eigenes Leben und ihre Liebe zerteilen wollten und somit auch ihre Tochter. Seit unserem letzten Gespräch hatte Mia nicht mehr von ihnen geredet, doch ich ahnte, dass die Trennung ihrer Eltern sie beschäftigte, auch wenn sie sich cool gab. Vielleicht kam sie aber auch wirklich darüber hinweg, einfach weil sie es wollte und stärker war als ich in ihrem Alter. Und vielleicht auch noch heute.

Mia deutete mit dem Arm nach vorn und dann nach rechts. »Um die nächste Ecke. Da steht unser Haus.« Sie zögerte.

»Aber du möchtest nicht hin?«, riet ich.

Mia warf mir eine Weintraube zu und schwieg. Ich wertete das als Zustimmung.

»Wohin möchtest du stattdessen?«

Mia musterte mich aufmerksam. »Wirst du böse, wenn ich ehrlich bin?«

Ich neigte den Kopf. »Gibt es denn einen Grund dazu, böse zu sein?«

Mia lachte. Ihre Brille rutschte tiefer, und ich konnte ihre glasklaren Augen sehen. »Ich weiß nicht.«

»Na, dann los, zeig mir den Ort, den du meinst.«

Wie selbstverständlich reichte sie mir die Hand, die in meiner beinahe versank. Wir passierten die Kreuzung, an der wir zu ihrem Zuhause hätten abbiegen können, und würdigten es keines Blickes. Die Weintrauben in Mias Brotdose waren aufgegessen, und ein paar feine Kiessteinchen, die der Wind auf den Asphalt geweht haben musste, knirschten unter unseren Schuhen.

Und dann standen wir vor einem gusseisernen Gatter, das uns mit seinen sorgsam gekreuzten Stäben den Weg versperrte. Eine alte Frau mit Gießkanne humpelte an uns vorbei und öffnete das Gatter. Daneben thronte eine uralte Eiche, deren Rinde rissig und vom vielen Regen aufgeweicht war. Einige der faustdicken Äste waren bereits mit dem rostigen Metall verwachsen, für immer mit dem Eingang vereint.

»Ein Friedhof?«, fragte ich verwirrt.

Mia kicherte. »Hundert Punkte, Island-Frau.«

»Ich weiß nicht, ob *das* der richtige Ort ist, wenn du mich von deinem Dörfchen überzeugen willst, Madame«, sagte ich mit gespielter Strenge.

»Du sollst hier ja nicht wohnen.« Sie gluckste leise.

»Na, danke.«

Immer noch verblüfft blickte ich das Mädchen an, das nur prustete und dann voranlief. Wir gingen an einigen Gräberreihen vorbei, und ich spürte den prüfenden Blick der alten Frau. Ich konnte förmlich lesen, was sie dachte: *Was will die Fremde hier?*

Ganz hinten, an der Rückseite eines Schuppens blieb Mia schließlich stehen und drehte sich um. »Hier ist es«, verkündete sie.

»Was?«

»Na, das Grab. Meins.«

Ich starrte sie an. »*Dein* Grab?«

Mia lief rot an und trat zur Seite, damit ich den Blick auf den Boden werfen konnte. »Nein, natürlich nicht *mein* Grab. Das von Ink. Ich habe ihn selbst begraben.«

Mia setzte sich auf den Boden und schlang die Arme um ihre Knie. Jetzt erst sprang mir das kleine Kreuz aus zwei schiefen Brettern ins Auge, vor dem sie kauerte. Es war schief und buckelig, aber jemand hatte eine Inschrift eingeritzt:

INK

GELIEBTER FREUND, BRUDER IM GEISTE UND
AUFPASSER ALLERHÖCHSTEN DIENSTGRADES
NACH 13 JAHREN BEI UNS FEHLST DU

Ich kniete mich neben Mia. »War Ink dein Freund?«

»Ja, war er. Er war mein Hund.«

Ich wusste nicht, was ich sagen sollte. Ich kannte Verlust nicht, nicht wirklich. Dazu hatte ich im Leben zu wenig besessen, an das ich mein Herz hängen und um dessen Fehlen ich trauern konnte. Ich hatte meine Eltern verloren, aber dieser Verlust grub nicht wie ein Messer in mir. Er war eher ein schwarzes Loch, das einfach nicht zuheilen wollte.

Es tut mir leid – das schien der Standardspruch in diesen Situationen zu sein.

»So ein Mist«, platzte es stattdessen aus mir heraus.

Mia drehte den Kopf zu mir. »Meine Klassenkameraden sagen, um einen Hund kann man nicht so sehr trauern wie um einen Menschen. Stimmt das?«

Ich senkte den Blick auf Mias pinken Pulli, den einzigen leuchtenden Farbklecks auf diesem tristen Friedhof mit seinen knorrigen Bäumen und den verlassenen Grabsteinen. Hinter der Farbe und der frechen Frisur versteckte sich etwas Zerbrechliches. Ich wünschte, ich wäre wie sie gewesen, früher. So voller Gefühle, so lebendig. Taumelnd im Glück und schreiend in der Trauer.

Sie war Kind. Ich hingegen war viel zu früh eine Erwachsene gewesen und heute ... heute wusste ich nicht mehr, wer oder was ich war.

Vorsichtig legte ich meine Arme um ihren zierlichen Körper.

»Ich glaube, Freundschaft ist da, wo sich unsere Herzen treffen«, flüsterte ich in ihr Haar. »Und um Freunde trauert man gleich, egal wer sie sind.«

Ich spürte ihr Nicken an meiner Schulter. Wir verharrten eine Weile oder vielleicht Stunden oder Jahre dort auf dem Friedhof, am Grab von Ink, dessen Fell rabenschwarz gewesen war. Sie erzählte mir von ihrem Hund und wie sie mit ihm aufgewachsen war. Sie erzählte von ihrer Familie, und ich hörte mit dem Fortschreiten ihres Berichts, wann der Bruch sich angekündigt hatte und wann er unübersehbar geworden war. Ich wusste nicht, wie ich ihr helfen sollte, diese Zerrissenheit in ihrer Familie wieder zu kitten, also hörte ich einfach zu, wie alles aus ihr heraussprudelte, in einer kindlichen, unschuldigen und wissenden Art.

Bald neigte sich der Abend dem Ende zu, und die Dunkelheit trieb über das Meer auf uns zu. Weit entfernt funkelten die Sterne träge und belächelten die Flugzeuge, die sich als einige von ihnen ausgeben wollten.

Irgendwann, als ich das Gefühl für Zeit und Raum längst verloren hatte, hob ich den Kopf. Etwas raschelte. Ein Schatten schob sich hinten am Hauptweg zwischen den Gräbern hindurch. Ich runzelte die Stirn. Auch wenn ich das Gesicht der Person nicht erkennen konnte, kam mir die Silhouette dennoch vertraut vor. Die Gestalt lief weiter, bis sie vor einem unscheinbaren Urnengrab zum Stehen kam und in sich zusammensackte.

Dann hörte ich ihn, diesen tiefen Laut der Hoffnungslosigkeit, wie das heisere Heulen eines Wolfes, der den Mond hinter all den Wolken nicht fand. Und ich wusste, was es bedeutete, den Mond nicht zu finden. Es war ein Laut der Trauer, jener Art von Trauer, die an den Knochen nagte.

Der Laut jagte mir einen Schauer über den Körper, als ich die Stimme erkannte. Ich wusste, wer dort hockte.

»Du«, wisperte ich. »Was machst du hier, Sebastian? Wen besuchst du?«

»Was?« Mia hob das Kinn, und ich konnte sehen, wie erschöpft sie war.

»Ach, gar nichts. Komm, ich bringe dich nach Hause«, sagte ich zu Mia. Ich nahm ihre Hand, damit sie mir nicht verloren ging. Ich wollte sie sicher bei Hilde absetzen, ehe ich in Ruhe nachdenken konnte.

Obwohl es stockdunkel war und die Straßenlaternen den Weg nur spärlich beleuchteten, fühlte ich mich sicher. Mein Herzschlag war ruhig. Wer wusste es schon, vielleicht trabte Ink hinter uns her und geleitete uns bis zu unseren Haustüren.

9.

Rosendornen. Polarlichter. Wolkenfetzen. Sandböen. Blitzgewitter. Seerosen. Wetterleuchten. Sturm. Unwetter. Wellen an den Klippen. Weite, Weite, endlose Weite. Der Himmel über mir. Der Himmel über allem.

Ich wachte auf, weil jemand schrie. Der Schrei gellte durch die Stille des Hauses und zerschellte an den ächzenden Holzdielen. Erschrocken schlug ich die Hand vor den Mund. Erst dann bemerkte ich, dass nicht ich den Schrei ausgestoßen hatte, trotz all der Schauerbilder, die meine Träume mir gezeigt hatten.

Ich wälzte mich herum, und meine Finger tasteten über den Nachttisch, bis sie die kleine Lampe fanden. Die roten Zahlen der Digitaluhr zeigten 2:14 Uhr an. Mit angehaltenem Atem horchte ich in die Stille hinein.

Der Schrei kam nicht wieder, dennoch ließ er mich nicht los. Er war so durchdringend gewesen, dass er sich einen Weg durch meine Träume gebahnt hatte. Ich erinnerte mich daran, wie Sebastian über den Friedhof geschlichen war. Wie jemand, der auf der Suche nach etwas Verlorenem war, von dem er genau wusste, dass er es nicht zurückbekommen konnte, egal wie sehr er suchte.

Jetzt war ich so wach, dass ich mich aufsetzte und mir die zerzausten Haare aus dem Gesicht strich. Mein Körper protestierte gegen die kalte Brise, die der Herbstwind durch das offene Fenster über meine Haut streichen ließ, und ich zog die Decke höher.

Sebastian war nur zum Urlaubmachen hier, hatte er gesagt. Mia hatte hingegen die Bemerkung fallen lassen, er besuche seine Frau. An seine Reaktion auf die Konfrontation mit diesem Wissen wollte ich nicht zurückdenken. Und daran, was das bedeutete. Aber was tat man auf dem ortsansässigen Friedhof, wenn man nicht gerade beim Hund eines Nachbarsmädchens vorbeischaute? Mir fiel nur eine schrecklich logische Antwort auf diese Frage ein.

Ich beugte mich über die Bettkante und zog unter dem Lattenrost meinen Laptop hervor. Als ich ihn anschaltete und das Betriebssystem startete, blendete mich das Licht einen Moment. Ich bettete den Laptop auf meinen angezogenen Knien und öffnete den Browser. Auf meiner Startseite flimmerten mir auf dem matten Bildschirm Nachrichten des Tages entgegen. Ich hatte nicht die leiseste Ahnung, was in den letzten Tagen in der Welt geschehen war, aber das interessierte mich auch gerade nicht. Stattdessen rief ich Google auf und tippte Sebastians vollständigen Namen ein.

Die Suchmaschine spuckte unzählige Ergebnisse aus. Ich hatte es schon geahnt: Der Name existierte zu häufig, als dass ich auf Anhieb einen passenden Treffer finden konnte. Ich grenzte die Suche ein, indem ich erst »Deutschland« und dann »Bayern« hinzufügte.

Dann sprang mir etwas ins Auge, eine alte Meldung einer Tageszeitung: *Frau stirbt bei Bergunfall – Ehemann steht unter Schock.*

Mir wurde eiskalt, als ich mit dem Cursor auf den Artikel klickte. Die Internetseite baute sich quälend langsam auf.

»O mein Gott«, sagte ich zum Bildschirm und hielt mir die Hand vor den Mund. Die wenigen lieblosen Textzeilen der Regionalzeitung verschwammen vor meinen Augen. Der zwei Jahre alte Artikel berichtete kurz und knapp von dem tragischen Unfall, der sich während einer Gruppenwanderung am 31. Oktober in den bayerischen Alpen zugetragen hatte. Von einem Sturm überrascht hatte die Gruppe von zehn Männern und vier Frauen Zuflucht in einer Berghütte suchen wollen. Auf dem Weg dorthin wurde eine 27-jährige Frau von einem herunterfallenden Ast getroffen und war von einem Felsvorsprung gestürzt. Ihre Leiche konnte man erst am nächsten Tag bergen. Der Ehemann, Sebastian W., stand unter Schock.

Ich klappte den Laptop zu und legte ihn neben mich, während ich versuchte, ruhig zu bleiben. Ich hatte es geahnt, aber jetzt erst verstand ich, was ich angerichtet hatte, selbst wenn es aus Unwissenheit heraus geschehen war. Manchmal vergaß ich einfach, dass ich nicht die Einzige war, deren Seele verletzt worden war. Nur weil andere Menschen in Freiheit aufgewachsen waren, hieß das nicht, dass sie nicht auf eine Art Leid erfahren konnten, die ich noch nicht erlebt hatte.

Aber was tat ich nun mit dem neu gewonnenen Wissen? Sebastian hatte mir zu hart, zu deutlich zu verstehen gegeben, dass da zwischen uns eine riesige, unüberbrückbare Grenze war. Konnte ich es wagen, diese Linie zu übertreten? Wäre es nicht viel einfacher, mich auf die andere Seite zu drehen, die Augen zu schließen und den Schrei, der mich doch gar nichts anging, zu vergessen?

Ich schüttelte den Kopf, stieg aus dem Bett und schlüpfte in die Fleecejacke, die über dem Sessel hing. Im Badezimmer nebenan kühlte ich meine glühenden Wangen mit kaltem Wasser, die Tropfen liefen mir über Kinn und Hals. Meine Augen blickten mir voller Mitgefühl und Unsicherheit aus dem Spiegel entgegen. Ich sah darin zusammenbrechende Mauern.

Die Mauern, die ich in den letzten Jahren um mich herum aufgebaut hatte, waren wie die Wälle einer Festung: schier unzerstörbar. Ich ging regelmäßig zu meinen Therapiestunden, aber sie halfen nicht bei allem. Sie ermöglichten es mir, zu leben, aber sie halfen nicht gegen die Angst vor dem Himmel, wenn er wild wurde, und nicht gegen die Mauern. Nicht einmal meine leibliche Mutter ließ ich an mich heran, weil ich es einfach nicht ertrug. Aber jetzt … jetzt war es anders. Weil da dieser wütende, in sich gekehrte Mann war, weil meine Mauern gegen seine prallten und die Wucht die Steine der Festung ins Wanken brachten. Ich hatte schlichtweg nicht damit gerechnet, dass es etwas an ihm gab, das mich berühren konnte.

»Und jetzt?«, fragte ich mein Spiegelbild, das ratlos die Schultern zuckte. Wie verhielt man sich in solchen Momenten? Ich war auf den Beinen, war der Grenze nah. Sollte ich sie nun tatsächlich übertreten?

Ich trocknete mein Gesicht mit einem Handtuch und kehrte in den dunklen Flur zurück. Am besten ließ ich Sebastian in Ruhe. Die meisten Menschen wollten in ihrem Leid nicht gestört werden, vor allem nicht von jemandem, der ihnen fremd war. Aber ein schweres Gefühl in meinem Bauch ließ mich nicht in mein Zimmer zurückgehen. Es wäre nicht richtig gewesen. Vorsichtig setzte ich einen Fuß vor den anderen. Der Türschlitz zu Sebastians Schlafzimmer war dunkel, es schimmerte kein Lichtschein hindurch. Schlief er noch? Schlief er wieder? Quälte er sich mit Albträumen? Fand er keinen Weg aus ihnen hinaus?

Ich näherte mich dem Zimmer und legte die Hände federleicht auf den Rahmen, während ich mein Ohr an die Tür drückte und lauschte. Ich kam mir töricht vor, als wäre ich im Begriff, etwas Verbotenes zu tun. Ich hielt die Luft an. Irrte ich mich? Bildete ich mir den schnellen, abgehackten

Atem bloß ein, oder war er real? Einen Moment lang zögerte ich, weil ich nicht in seine Privatsphäre eindringen wollte. Aber dann hörte ich es wieder, einen unterdrückten Schrei, einen, mit dem man aus dem Schlaf schreckte, den man im Kissen ersticken wollte, aber nicht schnell genug war.

Ich drückte die Klinke herunter, aber sie gab nicht nach, als ich gegen das Holz drückte.

Die Tür war verschlossen.

* * *

Vor sieben Jahren
Der eine Tag

Als ich an diesem Morgen aufwachte, hatte ich seit vier Tagen nichts gegessen und seit unzähligen Stunden keinen Tropfen Wasser mehr gesehen. Isolde hatte die Leitung des Waschbeckens abgestellt, sodass ich nicht einmal das metallisch schmeckende Leitungswasser trinken konnte.

Mir lief die Zeit davon, in vielerlei Hinsicht.

Beunruhigt starrte ich gegen die Decke. Seit Isoldes letztem Ausbruch hatte ich es nicht mehr gewagt, mich auch nur einen Zentimeter vom Bett zu entfernen. Das Zimmer sah aus wie ein Schlachtfeld. Überall lagen meine Klamotten wild zerstreut auf dem Boden. Bücher lagen aufgeklappt und mit geknickten Seiten neben Stiften und CDs. Scherben zerbrochener Gläser blitzten im Neonlicht. Der Stuhl lag umgekippt auf der Seite. Isolde hatte getobt, und dann war sie verschwunden, ohne mich noch einmal anzusehen. Sie war nicht zurückgekommen. Seit vielen, vielen Stunden nicht.

Ich rollte mich vom Bett und schrie laut auf, weil jede Faser meines Körpers gegen die Bewegung protestierte. Wie ein helles Blitzlicht leuchtete der Schmerz vor meinen Augen auf und ließ mich auf die Knie sinken. Ich brauchte ein paar Minuten, um mich zu sammeln und das Brennen in meinen Muskeln auf ein erträgliches Level zu reduzieren. Trotzdem kostete es mich schier unendliche Kraft, einfach nur zu atmen. Das Heben und Senken der Brust jagte jedes Mal aufs Neue Nadeln durch meinen Kopf. Minutenlang hockte ich auf dem kalten Boden und wartete auf Linderung. Das Pochen in den Armen kam von den Prellungen, die sich in Form von Isoldes Handabdrücken auf meiner Haut abzeichneten, dort, wo sie mich gepackt und geschüttelt hatte. Mein Kopf war dabei gegen die Kellerwand geschlagen, und seitdem tobte darin ein Messerkampf.

Ich stützte mich mit den Ellenbogen auf die harten Fliesen, die sich direkt durch meine sich brüchig anfühlenden Knochen bohren wollten, und zog mich Millimeter für Millimeter durch den Raum, direkt auf das Waschbecken zu. Obwohl es so nutzlos war, war es gleichzeitig die einzige Quelle der Hoffnung, die mir noch geblieben war.

Kurzzeitig wurde mir schwarz vor Augen, und ich musste warten, Minuten oder Stunden, um die wenigen Kräfte zu mobilisieren, die mir doch Stunde für Stunde immer weiter verloren gingen. Das Ticken der Uhr war mir früher oft auf die Nerven gegangen. Jetzt wünschte ich, ich würde sie noch viele Jahre lang ticken hören.

Wo nur blieb Isolde? Sie hatte mich schon oft Hunger und Durst leiden lassen, hatte mich geschlagen und dann allein gelassen, aber irgendwann war sie immer zurückgekehrt. Sie kannte meine Grenzen. Sie wusste, wann ich nicht mehr konnte, wann ich nachgeben würde, wann ich um Vergebung flehend in ihre Arme sinken würde, die doch der einzige Halt waren, der einzige kalte, rettende Halt.

Warum war sie nun nicht da? War etwas geschehen, das sie aufgehalten hatte? Visionen tanzten vor meinen Augen; Visionen, in denen sie einen Unfall gehabt hatte und nun bewusstlos im Krankenhaus lag. Und in denen niemand von meiner Existenz im Keller wusste, von dem Leben, das am seidenen Faden hing, wenn sie nicht bald zurückkam.

Mit kalten Händen zerrte ich mich am Waschbecken in eine aufrechte Position. Die Fliesen rings um das Becken waren über die Jahre gelb und matt geworden. Die Fugen wiesen schwarze Flecken auf. Ich hob meine zitternde Hand und legte sie auf eine schiefe Fliese direkt unter dem runden Porzellanbauch des Waschbeckens. Mühsam bohrte ich meine langen Fingernägel in den bröckeligen Mörtel, bis mir die Fliese samt dem Stein, auf dem sie aufgebracht war, entgegenfiel. So viele Monate hatte ich mit der Spitze des Messers, das Isolde mir nur zu den Essenszeiten daließ, daran herumgeschabt, bis es mir endlich gelungen war, ein Loch dahinter freizulegen. Durch den Umbau des Kellers vor vielen, vielen Jahren gab es einige Unebenheiten im Gemäuer, und ich hatte das Glück gehabt, hinter dieser schiefen Stelle eine davon zu erwischen. Darin bunkerte ich nun alle meine Geheimnisse.

Mit der Fliese kam mir auch Isoldes Mobiltelefon entgegen. Ängstlich umklammerte ich es, damit es nicht zu Bruch ging. Isolde hatte sein Verschwinden sehr wohl bemerkt, aber sie war noch nicht auf die Idee gekommen, mir die Schuld daran zu geben. Dazu stand sie viel zu sehr neben sich, seit ich vor vier Tagen versucht hatte, sie beim Frühstück niederzuschlagen und zu fliehen. Die Verzweiflung hatte mich übermannt, als sie mit einer Kanne Kamillentee und diesem irren Blick der *wirklich* schlechten Tage den Raum betreten hatte.

In diesem Gerangel hatte sie ihr Handy verloren, das unter mein Bett gerutscht war. Ich hatte es am Abend gefunden. Seitdem besaß ich ein Handy, das mit jedem Tag mehr Strom verlor und keinen Empfang anzeigte. Es war mein Hoffnungsschimmer, aber ich hatte noch keinen Versuch gewagt, es zu benutzen. Doch jetzt lief mir die Zeit davon. Ich wusste nicht, wo Isolde war und ob ihr Zustand so kritisch war, dass sie mich verhungern lassen würde, weil ich immer häufiger vergaß, dass ich sie lieben sollte.

Mit aller Kraft zog ich mich auf die Beine und hielt das Handy hoch. Nichts. Der Stromgehalt des Akkus neigte sich dem Ende zu, und wenn er versiegte, gab es keine Hoffnung mehr für mich. Nichts, nichts, nichts. Am liebsten hätte ich das Handy an die Wand geschleudert und ihm beim Zerschellen zugesehen. Ich wollte, dass etwas laut und hässlich brach, wie ich selbst es jeden Tag aufs Neue tat. Ich wollte das Geräusch deutlich hören, um einen Beweis zu haben, dass es nicht nur in meinem Kopf existierte.

Ich schwankte, als mir plötzlich schlecht wurde. Die Ecke meines Tischs bohrte sich tief in meinen Oberschenkel, der nur noch aus Haut und Knochen bestand und umso empfänglicher für jeden Schmerz war. Ich hatte kaum noch genug Kraft, um aufzustöhnen oder zu schreien. Eine Welle der Übelkeit schwappte über mich hinweg und zwang mich, im Schneckentempo vorwärts zu kriechen.

Mit der linken, schweißnassen Hand stützte ich mich ab, während ich den anderen Arm mit dem Telefon in die Höhe riss, dem Himmel mit all seinen Satelliten entgegen.

Nur eine Minute, bat ich. Nur eine Minute, mehr will ich doch gar nicht. Zehn oder zwanzig Sekunden vielleicht. Einen Satz nur, einen Hilfeschrei. Ich konnte nicht mehr. Ich brauchte Rettung. Ich würde sterben. Aber ich wollte nicht sterben. Ich wollte leben, endlich richtig leben, ohne Zelle, ohne Wände um mich herum, unter freiem Himmel.

Die schwarze Schrift des Menüs auf dem Display verschwamm vor meinen Augen zu tintenartigen Schlieren. Ich blinzelte, aber die Tränen blieben, und ich verfiel in ein hysterisches Gelächter, das von den Wänden widerhallte und mich krank machte. Ich wankte zur Tür und hämmerte mit der Faust gegen die Innenseite des dünnen Stahls. Aber für mehr als ein paar Schläge fehlte mir die Kraft. Entmutigt ließ ich mich gegen die Tür sinken, während ich die Hand hob, um mir mit dem Handrücken die Tränen wegzuwischen. Mitten in der Bewegung hielt ich inne und blinzelte wieder. Ein einziger Balken flackerte auf und zeigte mir, dass das Handy schwachen Empfang hatte. Ich blinzelte noch einmal, aber der Balken blieb. Und dann nahmen mir erneut meine Tränen die Sicht.

Ich wählte den Notruf, bevor das Handy starb und ich mit ihm. Mehr konnte ich ohne den Entsperrcode mit dem Telefon nicht anfangen. Aber wen hätte ich auch sonst anrufen sollen? Wer sonst könnte mich retten? Ich sprach mit jemandem und war dabei wie in Trance. Das Display erlosch.

Mir wurde schwarz vor Augen, und ich griff nach der Türklinke, um mich abzustützen. Doch die gab plötzlich unter mir nach. Ich stürzte, fiel zu Boden.

Und die Tür ... sie war einen Spalt offen.

Die Tür war nicht verschlossen.

Das erste Mal seit zwölf Jahren war sie nicht mehr verschlossen.

* * *

Gegenwart
Oktober

Ich klopfte gegen die Tür. »Sebastian?«

Nichts. Stille. Diese Stille, die so laut war, dass ich sie hören konnte.

Ich klopfte erneut, nicht willens, mich ignorieren zu lassen. Diesmal reagierte er.

»Was ist?« Seine Stimme klang heiser vom Schlafen, vom Schreien und vielleicht von schlechten Träumen.

»Lass mich rein«, bat ich.

»Ich schlafe.«

»Nein, genau das tust du nicht.«

»Doch.«

»Du schreist.«

Ich hörte Schweigen, dann ging in seinem Zimmer Licht an, das meine Zehen in einen goldenen Schimmer eintauchte. Sebastian kam mit zögerlich klingenden Schritten über die Dielen. Von innen wurde der Schlüssel herumgedreht. Dann flog die Tür auf.

Sebastian sah schrecklich müde und ein wenig angsteinflößend aus. Seine welligen Haare fielen ihm ungeordnet in die Stirn. Sein Oberkörper war nackt, und alle Muskeln in seinem Körper wirkten angespannt. In seinem Gesicht lagen tiefe Furchen, Schmerz hatte sich um seine Mundwinkel eingegraben und Trauer um seine Augen. Sie stahl ihnen das Leuchten. Der Ausdruck in seiner Miene war abwehrend und angriffslustig. Ob er seine Wut an mir auslassen wollte? Wenn es ihm half, die Alpträume für heute Nacht zu vergessen, war ich sogar dazu bereit.

Er lehnte sich gegen den Türrahmen und verschränkte die Arme vor der Brust, wodurch er verletzlicher wirkte, als er es vermutlich beabsichtigte. Wir standen nur wenige Zentimeter voneinander entfernt, aber die Mauer war zwischen uns. Ich musste nur meine Hand nach ihr ausstrecken, und ich würde sie in seiner Haut spüren können wie kühles Eisen.

»Du schreist«, wiederholte ich, weil er nichts sagte und mich nur mit seinen Blicken durchbohrte. Ich wollte mehr sagen, irgendetwas, das den Schmerz in ihm auf ein erträgliches Maß lindern konnte, aber welche Worte konnten das schon ausrichten?

Und er ... er musste gar nicht erst etwas sagen. Ich wusste auch so, was er antworten würde. Ich wusste es so sicher, als hätte er es schon getan: Er würde ablenken, ironisch sein, die Sache herunterspielen. Ich kannte die Verleumdungstechniken zu gut, ich hatte sie früher alle selbst angewandt. Daher ließ ich ihn gar nicht erst zu Wort kommen.

Ich streckte meine geöffnete Hand aus, mit der Innenseite nach oben. Ich bot ihm meine verletzliche Seite im Austausch gegen seine an, auf eine Weise, die weder er noch ich ganz nachvollziehen konnten.

Die Sekunden dehnten sich zu einer Ewigkeit, in der mein Arm schwer wurde, meine Fingerspitzen kalt. Aber ich regte mich nicht. Mit einem einzigen Laut oder einer halbherzigen Bewegung würde ich das fragile Band, das die Stille flocht, zerreißen. Ich vergaß zu atmen, und er vergaß, spöttisch zu sein. Wir starrten uns stumm an, während wir die Gedanken an Flucht niederkämpften.

Irgendwann nahm er meine Hand. Seine eigene war heiß. Schmerz brannte immer wie Feuer, das auch noch dann an einem haftete, wenn bereits alle Schutzschichten aufgebaut waren.

Ohne ihm in die Augen zu sehen, drehte ich mich um und steuerte auf mein Zimmer zu. Er folgte mir, seine Hand immer noch fest in der meinen. Seine nackten Füße machten keinen Lärm, während ich die Dielen unter mir knarzen ließ.

»Du hast es eiskalt hier«, flüsterte er hinter mir, als wir mein Zimmer betraten. Sein Atem streifte meinen Nacken. Er brannte genauso wie seine Haut auf meiner.

Diese körperliche Nähe zu einem anderen Menschen machte mich nervös, weil sie ungewohnt war. Aber auf seltsame Weise war sie auch beruhigend. Weil wir nichts erklären mussten, vor allem uns selbst nicht.

Ich schluckte und ließ seine Hand los, um das offene Fenster zu schließen. Sofort machte sich in mir ein zehrendes Gefühl der Beklemmung breit. Ich schob es beiseite. Es ging nicht um mich und meinen Schmerz und meine Geister. Die konnten warten.

Als ich mich wieder Sebastian zuwandte, lag dieser auf meinem Bett. Sein Mund war verkniffen, aber seine Augen wirkten weniger gequält. Er schien nach Worten zu suchen, mit denen er sein Verhalten entschuldigen konnte. Vielleicht wollte er nicht zugeben, dass er das Alleinsein heute Nacht nicht ertragen konnte.

Ich ließ mich neben ihm aufs Bett sinken. Das Laken hatte inzwischen meine Wärme verloren und die Kälte der Nacht vor dem Fenster angenommen. Ich legte mich auf die Seite, bettete meine Wange auf das Kissen, und wir sahen uns an. Ich sah so viel Schmerz in seinem Gesicht und wusste nicht, was ich dagegen tun sollte. Ich schwieg und atmete gleichmäßig, und das reichte aus, dass sein Atem irgendwann langsamer wurde.

Unsere Hände mussten sich nicht berühren, damit wir uns nahe waren.

10.

Die aufgehende Sonne verdrängte die Finsternis. Mit ihrem roten Feuer kletterte sie über den Horizont, überstrahlte das Licht der Sterne und drängte die Schwärze der Nacht endgültig zurück.

Mit der Dunkelheit verschwanden auch die Nachklänge der Träume, die Nacht um Nacht aus dem Unterbewusstsein krochen. Und die Nähe, welche die Menschen zu dieser Zeit mehr denn je beieinander suchten, schien nur noch ein Teil dieser Träume zu sein, die man mit dem Anbruch des Morgens schon vergessen hatte.

Ich stand schon seit zwanzig Minuten unter der heißen Dusche, um das Aufeinandertreffen mit Sebastian zu verzögern. Als ich heute Morgen aufgewacht war, war das Bett neben mir leer und das zweite Kissen sorgsam glatt gestrichen gewesen. Ich hatte ihn nicht gehen hören, sondern nur irgendwann den Verlust einer Wärme verspürt, die ich sonst nicht kannte. Und beim Erwachen erinnerte nichts mehr daran, dass ich nicht allein geschlafen hatte. Für einen Moment zweifelte ich, dass es jemals anders gewesen war. Aber da war ein Geruch in den kalten Laken, der nicht zu mir gehörte – der einzige Beweis.

Irgendwann ging mir das heiße Wasser aus, sodass ich mich wohl oder übel der Realität stellen musste. Ich trocknete mich ab und stellte mich vor den Spiegel. Mit den Händen strich ich mir das nasse Haar zurück und starrte mein Spiegelbild an. Dann schlug ich die Hände vors Gesicht.

»Edda Sturm, was hast du dir eigentlich dabei gedacht, dir einen Mann ins Zimmer zu holen?«, fragte ich den Spiegel an der Wand. »Einen Mann, den du gerade mal ein paar Tage kennst?«

Ohne hinzusehen, wusste ich, dass ich rot angelaufen war. Was sich heute Nacht noch richtig angefühlt hatte, beschämte mich jetzt auf eine Weise, die ich nicht kannte. Ohne auch nur ein Kleidungsstück ausgezogen zu haben, war da heute Nacht eine Nähe zwischen uns gewesen, die viel zu intim gewesen war. Wie sollte ich Sebastian noch einmal unter die Augen treten, nachdem ich ihn einfach in mein Schlafzimmer gezogen hatte? Was hatte ich mir nur dabei gedacht, auf diese Weise in sein Leben einzudringen, in einem Moment, in dem er so verwundbar war? Auch wenn ich mir denken konnte, dass die schwarze Wolke aus Zorn, die ihn umgab, etwas mit dem Unfall seiner Frau zu tun haben musste, ging es mich dennoch nichts an. Warum hatte mir nie jemand beigebracht, wann man sich nicht in die Angelegenheiten anderer Leute einmischen sollte? Es gab einen Unterschied zwischen Empathie und Aufdringlichkeit. Ich war mir fast sicher, diese Grenze heute Nacht in die Luft gesprengt zu haben. Sebastians frühzeitiges Verschwinden konnte doch nur bedeuten, dass ihm die Nacht ebenso peinlich war wie mir.

Und nun? Was sollte ich tun? Früher oder später musste ich mich unten blicken lassen.

Ich zog mich an und flocht meine Haare zu einem Zopf, in den ich mehr Arbeit als nötig investierte. Irgendwann aber waren meine Frisur ordentlich und das Bad sauber. Es gab nichts mehr zu tun, womit ich Zeit schinden konnte. Ich konnte mich nicht länger wie ein Feigling im Badezimmer verstecken.

»Du bist eine erwachsene Frau«, erklärte mein fleckenfreies Spiegelbild. »Zur Hölle, jetzt geh da runter.«

Also tat ich es. Unterwegs sammelte ich allerdings noch ein paar Fusseln von der mit Teppichboden belegten Treppe auf. Vielleicht könnte es nicht schaden, mir den Staubsauger zu schnappen und damit einen Höllenlärm zu veranstalten, der jede Unterhaltung unmöglich machte.

Als ich den Wohnraum betrat, hob Sebastian den Kopf.

»Guten Morgen«, sagte ich. Meine Stimme klang verräterisch belegt. Zu unsicher für meinen Geschmack.

»Ist die erste Runde Versteckspielen jetzt beendet?« Er hatte den Tisch nicht gedeckt, aber die gefüllte Kaffeekanne stand schon darauf. Sebastian sah erschöpft aus. Er schien Kaffee nötig zu haben, wie immer eigentlich. Allerdings ... ich betrachtete ihn genauer. Irrte ich mich, oder sah er nicht ganz so müde aus wie in den letzten Tagen? Die Augenringe schienen heller zu sein. Das Lächeln wirkte weniger verknittert. Die Haare mehr gebändigt. Die Wolke nicht mehr so dunkel. Leider machte mir das die Situation auch nicht angenehmer.

»Versteckspielen?« Ich lachte. Zu hoch, als dass es natürlich geklungen hätte. »Ach was, manchmal brauche ich einfach länger im Bad.«

Sebastian musterte mich prüfend und wies dann auf meine geballte Hand.

Ich wurde rot, egal, wie sehr ich versuchte, es zu verhindern. »Fusseln«, nuschelte ich.

»Was?«

»Wir müssen dringend staubsaugen«, sagte ich laut. »Hast du einen Staubsauger hier gesehen? Es kann doch nicht sein, dass wir in den letzten Tagen nicht ein einziges Mal gestaubsaugt haben, oder? Bei dem ganzen Dreck und dem Sand, der schon vom bloßen Angucken hier reingefegt kommt ... Es knirscht schon unter den Schuhen, nicht wahr?«

Sebastian starrte mich an, als hätte ich sie nicht mehr alle. Sehr gut. Vielleicht verzieh er mir mein Verhalten, wenn er dachte, ich wäre verrückt. Das arme verrückte Mädchen. Das dachten ja ohnehin die meisten.

Er erhob sich und kam auf mich zu. Als er die Finger nach mir ausstreckte, musste ich mir Mühe geben, nicht wie eine verschreckte Katze zusammenzuzucken. Vorsichtig nahm er meine Hand, die ich so fest zusammengeballt hatte, dass meine Fingerknöchel weiß hervortraten, und drehte sie behutsam um. Er strich über meinen Unterarm, fuhr mit den Fingerspitzen über die Adern, die unter der dünnen Haut blau schimmerten, und öffnete dann nacheinander meine verspannten Finger. Die grauen Fusseln segelten zu Boden.

»Wir müssen definitiv staubsaugen«, murmelte Sebastian. Seine Berührung war so leicht, als würde er fürchten, einen von uns zu zerbrechen.

Ich senkte den Blick, und er ließ meine Hand los. Die Stelle, an der er sie gehalten hatte, prickelte angenehm warm. Ich holte mehrmals tief Luft.

»Wir müssen reden«, sagte ich fest.

Er nickte und kehrte mir den Rücken zu, um Teller und Besteck aus dem Wandschrank zu holen. Plötzlich stieg mir ein süßlicher Geruch in die Nase, und ein verwirrter Blick auf den Herd verriet mir, dass ein Pfannkuchen in der Pfanne briet. Ein ganzer Teller voll stand schon daneben. Ich schluckte. Für einen Augenblick konnte ich nicht mal atmen, weil die Wucht des Moments zu viel war.

Außer Martha hatte noch nie jemand Pfannkuchen für mich gebacken. Noch niemand.

»Reden und essen«, verbesserte ich mich und setzte mich auf meinen Stuhl. Während ich Zucker in meinen Kaffee rührte, glaubte ich, Sebastian lächeln zu sehen. Doch er hatte sich zu schnell abgewandt, um mir sicher sein zu können.

Was für eine seltsame Idylle, dachte ich. Aber ich wusste um ihre Zerbrechlichkeit. Nur ein einziger hauchzarter Sprung im Glas konnte ein ganzes Haus zum Einsturz bringen. So einfach ging das.

Sebastian brachte zwei Teller für uns und den Stapel mit Pfannkuchen herüber, dazu Erdbeermarmelade und Ahornsirup. Ich war ein bisschen aufgeregt. Ahornsirup hatte ich noch nie probiert, doch ich stellte fest, dass diese goldene, klebrige Flüssigkeit perfekt zu den Pfannkuchen passte. Ich war selig nach dem ersten Bissen.

Irgendwann blickte ich auf und bemerkte, dass Sebastian aufgehört hatte, zu essen. Ich hatte drei Pfannkuchen verdrückt, während er noch beim ersten war. Rasch wischte ich mir den Siruprest von den Mundwinkeln.

»Entschuldige«, sagte ich und schob verlegen meinen Teller ein Stück von mir weg.

»Nein, nein, ist schon gut. Ist ja schön, wenn es dir schmeckt. Pfannkuchen sind so ziemlich das Einzige, das ich machen kann, ohne dass jemand an einer Lebensmittelvergiftung stirbt.«

»Du übertreibst.«

Er schüttelte den Kopf. »Nicht wirklich.«

Plötzlich war ich gesättigt, vermutlich durch mein eigenes Verhalten. Ich lehnte mich zurück und wartete, dass auch Sebastian aufaß.

Die Morgensonne fiel schräg durch das Fenster. Staubkörner tanzten auf dem Lichtstrahl und setzten sich auf der Fensterbank ab. Das fahle Licht zeichnete Sebastians markante Wangenknochen weicher.

»Wir müssen reden«, sagte ich schließlich zum dritten Mal.

»Ich hab's verstanden.«

Ich räusperte mich. »Ich war ... etwas voreilig.«

Sebastian zog fragend eine Augenbraue hoch.

Es machte keinen Sinn, noch länger um den heißen Brei herumzureden. »Ich habe dich gestern auf dem Friedhof gesehen. Ich war mit Mia da, also Hildes Enkelin. Und ... Na ja, ich habe dich eben gesehen. Überhaupt hast du dich die ganze Zeit so seltsam verhalten, da habe ich meinen Laptop angeschmissen, um ...«

»Um das allwissende Google zu befragen?« Seine Miene war unbewegt. Ich mochte es lieber, wenn Leben darin war. Wie heute Nacht. Grausames Leben. Trauerndes Leben. Aber eben Leben.

Ich nickte langsam. »Ich habe einen Zeitungsbericht gefunden. Über das, was passiert ist. Als ich dich heute Nacht gehört habe ... Ich dachte einfach, du brauchst jemanden. Ich weiß, dass es falsch war, mich aufzudrängen, schließlich kennen wir uns kaum. Aber in der Vergangenheit gab es in meinem Leben so oft Augenblicke, in denen ich mir gewünscht hätte, meine Tür würde auf magische Weise aufspringen und dort stünde jemand, der mich ... wegbringt. Weg von den Problemen. Weg von allem. Einfach ... weg.«

Sebastian würde nicht verstehen, wie wörtlich ich das meinte, doch darum ging es nicht. Ich wollte mich entschuldigen. Doch ein anderer Teil von mir wünschte sich auch, dass die kurzzeitige Nähe echt gewesen war.

Sebastian sah aus dem Fenster hinaus aufs Meer, als er

mir antwortete. »Mach dir darüber keine Gedanken, okay? Als du geklopft hast, war ich wütend. Aber nicht deinetwegen, nicht nur. Ich bin immer wütend. Ich bin es auch jetzt. Ein Teil von mir wollte dich gestern Abend ins Meer werfen. Heute Morgen wollte ich dich anschreien, damit du aufwachst. Ich wollte dich anschreien, sobald du den ersten Schritt in die Küche setzt. Diese Wut wiegt manchmal schwerer als alles andere. Aber ich weiß, dass ich im Unrecht wäre.«

Ich kaute auf meiner Wange, weil ich so viel von seinen Worten in mir wiederfand. Den Prozess der Wut hatte ich in der Therapie überwunden, aber manchmal flackerte sie immer noch auf. Zu oft lenkte man sie auf Unbeteiligte, wenn man sich nicht zu helfen wusste. Und plötzlich hatte man jemanden verletzt, den man später um Vergebung bitten musste.

»Es tut mir leid«, murmelte ich. Was er durchmachen musste, überhaupt alles.

Er lächelte kurz. »Es hat gutgetan, dass du gekommen bist, Edda. In diesem Moment hast du mir gutgetan. Aber ich habe nicht vor, nochmal zu schreien.«

Als ob du das steuern könntest, dachte ich, sprach es aber nicht aus. Ich beobachtete die winzigen Tropfen Sirup, die auf meinem Teller übriggeblieben waren. Sie glitzerten wie Bernstein in der Sonne und erinnerten mich daran, wie viel ich vom Leben verpasst hatte. Ahornsirup und so vieles mehr. Aber viel vom Leben zu haben hieß auch, viel verlieren zu können.

»Du warst dabei, nicht wahr? Bei ihrem Absturz. Und das kannst du nicht vergessen. Deswegen bist du hier. Um dich an sie zu erinnern, und nicht an ihren Tod.«

Sebastian nickte, langsam und zögernd. »Ich habe dieses

Bild vor Augen, immer und überall. Wie sie fällt ... und ich kann nichts dagegen tun, weil ich zu weit von ihr weg bin. Irgendwie wusste ich, dass das der letzte Moment sein würde, in dem ich sie sehe. Und jetzt sehe ich sie nur noch dort, im Augenblick des Todes, und vergesse, wie sie aussah, als sie gelebt hat.«

Sein Gesicht war noch immer unbeteiligt, als erzählte er die Geschichte eines Fremden. Nur seine Stimme zitterte.

»Ich dachte, vielleicht kann ich mich hier besser an ihr Gesicht erinnern. An ihr Lachen.« Er schüttelte fast unmerklich den Kopf, eine resignierte Geste. »Sie ist hier beerdigt. Ihre Familie wohnt in diesem Dorf, und sie haben darum gebeten, dass sie zu Hause begraben wird. Was hätte ich tun sollen? Sie sind schon älter, ihr Vater ist krank. Hätte ich ablehnen sollen, nur weil sie bei ihrem Tod nicht mehr hier gelebt hat? Ihre Wurzeln liegen in diesem Ort. Und jetzt ihr Grab.«

Plötzlich verstand ich, was ihn so zermürbte. Neben dem Schmerz und der Sehnsucht. Es waren Schuldgefühle. Schuld, weil man vergaß, weil Erinnerungen schleichend schwanden, weil man weiterlebte, vielleicht sogar Glück in anderen Dingen fand.

»Nichts und niemand wird dir diesen Schmerz nehmen können. Aber vielleicht kann dich jemand stützen. Vielleicht kann dich jemand an ihr Leben erinnern, wenn es für dich hinter anderen Bildern verschwindet.«

»Ja, vielleicht.«

Seine Stimme hatte sich geändert. Sie zitterte nicht mehr, war kühler geworden. Ich hörte darin, dass er nicht weitersprechen wollte. Ich respektierte seinen Wunsch, denn ich spürte, wie er sich in diesem Augenblick von mir zurückzog. Er hatte sich geöffnet und bereute es bereits. Aber auch das kannte ich: Zwei Schritte nach vorne zu gehen und sofort wieder einen zurückzutaumeln, weil man glaubte, zu weit gegangen zu sein.

Ich erhob mich, um ihm beim Abräumen zu helfen, aber dann hielt ich noch einmal inne. Mir war etwas eingefallen.

»Hilde hat mich gestern Abend gebeten, dass wir beide heute vorbeikommen. Offenbar hat sie eine neue Unterkunftsmöglichkeit gefunden.«

Ich schwieg kurz, denn manche Eingeständnisse waren zwar richtig, aber dennoch schwer. »Aber du könntest auch hierbleiben. Wenigstens noch … für eine Weile.«

Aus irgendeinem Grund konnte ein Teil von mir die Vorstellung nicht ertragen, dass er seinen Kummer irgendwo in der Fremde aus sich herausschrie, wo außer der Erinnerung an seine tote Frau niemand für ihn da war.

Ich wusste, wie es war, wenn das Einzige, an das man sich klammern konnte, einen gleichzeitig von innen heraus auffraß.

Isolde war für mich dieses Einzige gewesen.

II.

Der Strandpromenade war das Leben genommen worden. Unzählige Stühle und Tische standen eng aneinandergerückt oder aufeinandergestapelt und mit Ketten gesichert neben und hinter den Geschäften, Restaurants und Cafés. Cappuccino zu trinken und von den letzten verbliebenen Plätzen aus das Meer zu betrachten war das Einzige, das man hier noch tun konnte. Die Saison war schon seit einigen Wochen beendet, die kleine Stadt rüstete sich für den Winterschlaf.

Mir gefiel sie trotzdem, diese regenschwere Stille. Sie schmeckte nach Verlassenem, nach zurückgelassenen Sommererinnerungen, die man vielleicht noch aus der Luft greifen konnte.

Ich schlenderte gerade hinter Hilde und Mia her. Sie hatten mich eingeladen, sie zu einem heißen Kakao an der Strandpromenade in der nächsten Stadt zu begleiten. Auf dem Weg über das Kopfsteinpflaster mit den Sandfugen hielten die beiden an jedem Schaufenster an. In den Glasspiegeln sah ich, wie die Bewegungen von Großmutter und Enkelin aufeinander abgestimmt waren, ohne dass sie sich dessen überhaupt bewusst waren. Die schlichte Gestik, mit der sie sich ohne Worte unterhielten, rührte etwas in mir: die Sehnsucht nach dem Unbekannten. Nach dem, was ich auch in sieben Jahren mit meiner Mutter noch nicht hatte aufbauen können, weil ich stattdessen lieber Ziegelstein auf Ziegelstein meiner inneren Mauer schichtete und sie mit Zement verstärkte. Dabei wollte ich es doch.

Ich schluckte und sah aufs Meer hinaus. Ich fühlte mich fehl am Platz. Ich gehörte nicht in diese Einheit, in diese Familie. Ich war überflüssig wie das dritte Rad am Wagen.

»Edda?«

Ich blinzelte. »Hm?«

Mia musterte mich mit einer Mischung aus Besorgnis und Ungeduld.

»Ich hab gesagt, das gibt es nicht.«

»Was gibt es nicht?«

»Du hast was vom dritten Rad am Wagen erzählt. Das gibt es nicht. Nur das fünfte. Und das bist garantiert nicht du!« Sie stemmte empört die Arme in die Seite.

Hatte ich das etwa laut gesagt? Ich lächelte und zerzauste ihr Haar, obwohl ich bei ihren Worten einen Stich empfand. »Dir kann man wohl nichts vormachen.«

Sprichwörter und ich. Es war ein Kampf, den ich immer wieder verlor. Sie waren etwas, das man durch Zuhören lernte, durch Gespräche Belauschen und durch Nachplappern. Ich hatte schon früh lesen können und mir jedes Buch vorgenommen, das Isolde mich lesen ließ, egal wie kompliziert es war. Aber geredet hatten wir selten, und in Gesprächen fehlten mir noch heute viel zu oft die simpelsten Begriffe. Vielleicht hatte ich auch einfach nichts zu sagen – das Mädchen ohne Vergangenheit.

Ich spürte Hildes Blick auf mir und ebenso ihr Stirnrunzeln, das an mich gerichtet war. Ich versuchte, sorglos zu lachen, als Mia von ihrem Schultag erzählte, aber ich war mir nicht sicher, ob es überzeugte.

Vor Mias Lieblingscafé ließen wir uns schließlich nieder. Es gab noch einige Stühle unter einem vor Regen schützenden Dach, und rote Wolldecken lagen über den Stuhllehnen. Dankbar hüllten wir uns darin ein, denn der Wind blies eisig. Trotzdem wollte ich nicht hinein. Plastikstühle und Eiskarten konnte ich mir überall auf der Welt ansehen. Das Meer, dieses Meer aber war nur hier.

»Also«, begann Hilde, und ich konnte die Neugier in ihren Augen funkeln sehen. »Wie kam es dazu?«

»Zu was?«

»Sie meint, warum dieser Sebastian jetzt doch bei dir wohnen bleibt«, warf Mia ein, bevor ihre Großmutter antworten konnte. »Ich dachte, ihr mögt euch nicht.«

Ich hörte, wie Hilde leise seufzte, konnte diese Reaktion aber nicht recht einordnen. Seufzte sie meinetwegen oder wegen Mia? Aber sie sagte nichts weiter, also konzentrierte ich mich auf das Mädchen.

»Das tun wir auch nicht«, antwortete ich vorsichtig und stockte. Ich wusste nicht recht, wie ich es erklären sollte. Zum Glück kam in diesem Moment die Kellnerin, und wir bestellten heißen Kakao. Aber wenn ich gehofft hatte, die Unterbrechung würde vergessen machen, irrte ich.

»Also?«, hakten Großmutter und Enkelin zeitgleich nach. Da war sie wieder. Diese Einheit, geschaffen aus einer gemeinsamen Geschichte.

»Das ... ist schwer zu erklären«, sagte ich.

Beide musterten mich abwartend.

»Hat es etwas mit Ihrer Vergangenheit zu tun?«, fragte Hilde. Ich hörte das Zögern in ihrer Stimme. Ein Stolpern in ihrer Tonlage. Wir hatten seit dem Telefonat nicht mehr darüber gesprochen, aber Hilde hatte mich auch nicht mit Samthandschuhen angefasst. Ich war ihr dankbar dafür. Zu häufig wurden unausgesprochene Dinge auf diese Art allgegenwärtig.

»Ich glaube, wir können uns gegenseitig helfen.« Zumindest hoffte ich das, auch wenn ich mir alles andere als sicher war. Woher sollte ich auch wissen, ob ich Sebastian guttat? Weil wir eine Nacht im selben Bett verbracht hatten? Weil ich das erste Mal seit jener ersten Nacht im Krankenhaus das Gefühl gehabt hatte, jemandem nahe zu sein und nicht bloß verzweifelt an der Oberfläche zu kratzen?

Vielleicht war die Antwort auch unwichtig. Vielleicht lautete die eigentliche Frage: Tat Sebastian mir gut?

Möglicherweise war die letzte Nacht mehr als nur Nähe gewesen. Sie hatte mir ein winziges Mosaiksteinchen von der *echten* Edda gezeigt, mehr als jeder Spiegel es hätte tun können. Ich war, zum allerersten Mal überhaupt, meinen Instinkten gefolgt. Ich hatte sie nicht hinterfragt aus Angst, etwas Falsches zu sagen, zu tun oder zu denken. Ich war nicht zurückgeschreckt, weil ich den Erwartungen einer normalen Welt nicht gerecht zu werden wusste. Ich hatte nicht aufgegeben, weil ich das Versagen fürchtete oder die irritierten Blicke anderer oder weil ich plötzlich Panik angesichts der großen, weiten Welt bekommen hatte.

Vielleicht war dieses Gefühl am Morgen wieder verschwunden gewesen, und vielleicht würde Sebastian die Mauer aus Schweigen und Misstrauen und Kummer wieder aufbauen. Aber in dieser Nacht war er mein Spiegel gewesen. Und ich hatte mich gesehen, wie ich sein konnte, wenn ich keine Angst hatte und mich nicht verstellte.

Und war ich nicht aus genau diesem Grund hier? Um meine Angst vor dem Leben zu verlieren?

»Ich verstehe«, brummte Hilde. »Sie wissen also von seiner Frau.«

Ich warf ihr einen überraschten Blick zu. »Sie auch?«

Die Kellnerin brachte weitere Decken.

»Jeder im Dorf weiß davon. Auch wenn es nicht hier passiert ist, war der Unfall für uns alle eine schreckliche Tragödie. Ich kenne ihre Familie, seit ich denken kann. Schlimme Sache.«

»Warum haben Sie mir nichts davon gesagt?« Ich fühlte Hildes Blick auf mir ruhen und gab mir Mühe, nicht vorwurfsvoll zu klingen.

»Manche Dinge muss man selbst erfahren, Kind. Es stand mir nicht zu, es zu erzählen.«

Ich ließ meinen Blick zu Mia schweifen, die mich lächelnd musterte. Ihre rechte Hand lag genau über ihrem Herzen. Danach fiel mein Blick auf einige Touristen, die sich offenbar genau wie wir entschlossen hatten, den Regenwolken zu trotzen. Ich erkannte sie an den Wanderkarten, die aus den aufgeschnallten Rücksäcken lugten, und den verzauberten Blicken aufs Meer. Ich fragte mich, ob Touristen immer so aussahen oder ob es auch welche gab, die mir ähnelten. Solche, die manchmal wirkten, als hätten sie sich verirrt. Die am Meer gelandet waren und die die Endlosigkeit und die unbeirrte Freiheit des Wassers genauso sehr faszinierte, wie sie sie ängstigte. Die mit Unbehagen so weit vom Ufer entfernt blieben, wie der Weg es zuließ. Die sich so fühlten wie die Edda, die ich in allen Nächten bis auf die letzte gewesen war.

Wir tranken unseren Kakao, damit er nicht kalt wurde, und lachten über die braunen Schokoladenflecken in den Mundwinkeln. Hilde und ich mussten nicht viel reden, denn Mia plapperte unentwegt von der Schule, von ihrem Pflegepferd, einem alten, klapprigen Kaltblutwallach, und von dem Ausflug, den ihre Eltern am Wochenende mit ihr machen wollten. Obwohl Hilde versprach, der Familie ein Lunchpaket vorzubereiten, sah ich Angst in ihren Augen glitzern.

Angst davor, dass Mias Eltern die Gefühle ihres Kindes ein weiteres Mal verletzen würden.

Als Hilde und Mia mich eingeladen hatten, mitzukommen, hatte ich angeboten, mit meinem Auto zu fahren. Hilde wollte diesen Umstand nun nutzen und noch einige Einkäufe erledigen. Während sie die Supermärkte durchkämmte, zeigte Mia mir die Fußgängerzone, die sich jetzt, am späten Nachmittag, allmählich mit geschäftigen Menschen füllte. Vor einem Zoogeschäft blieb Mia stehen und drückte sich die Nase am Schaufenster platt. Meerschweinchen und kleine Hasen hoppelten dahinter durchs Stroh.

»Ich mag keine Käfige«, sagte sie unvermittelt. »Das ist doch schrecklich, immer eingesperrt zu sein. Immer hat man diese elenden Stäbe vor Augen.« Mia schüttelte sich.

Ich biss die Zähne zusammen und strich über ihren Zopf.

»Das ist es«, pflichtete ich ihr bei.

Ich legte die Finger auf das kalte Glas, und plötzlich sah ich etwas auf der spiegelnden Scheibe, das meine Aufmerksamkeit einfing. Als ich mich umdrehte, entdeckte ich eine Person auf der anderen Straßenseite. Sie betrat gerade ein Teegeschäft, und ihre Silhouette kam mir seltsam vertraut vor. So schmerzhaft vertraut, dass es mir einen Stich durch das Herz jagte. Doch als ich genauer hinsah, erkannte ich, dass es eine Fremde war.

Natürlich ist es eine Fremde, sagte ich mir. Sie ist tot.

Von weit weg rief Hilde, mit schweren Papiertüten bepackt, unsere Namen. Mia zog mich weiter.

* * *

Vor sieben Jahren
Der eine Tag

Alles war plötzlich vergessen: Der Hunger, der sich seit Tagen durch meine Knochen fraß und die letzten Kraftreserven vertilgte. Der Durst, der meine Kehle ausdörrte. Die bleierne Schwere, ausgelöst von einer seltsamen Müdigkeit, die mich wünschen ließ, einfach einzuschlafen.

All das war vergessen, weil sich die Tür zu meinem Gefängnis zum ersten Mal seit zwölf Jahren öffnen ließ und mir den Zugang zu einer Welt dahinter offenbarte. Den Zugang zu *der* Welt.

Ich hockte auf dem Boden und starrte in die Dunkelheit hinter dem offenen Türspalt, der ich nicht traute. Ich musste mich ausruhen. Ich war gestürzt, hatte im Fallen aus Versehen die Tür aufgedrückt. Allein mich wieder aufzurichten, sodass ich auf dem Boden saß, hatte mir alles abverlangt. Ich war so erschöpft. Und unsicher ... Vielleicht war das hier eine Falle. Wenn ich nur einen einzigen Millimeter vorankriechen würde, würde die Tür zuschnappen und nur Isoldes gehässiges Lachen zurücklassen. Ich wusste nicht, ob ich es ertrug, der Freiheit so nah zu sein. Ich konnte sie beinahe riechen, schmecken. Doch wie leicht konnte der Geruch der Freiheit vom Winde fortgeweht werden.

Aber was hatte ich zu verlieren?

Obwohl ich vor Kälte und Aufregung am ganzen Leib zitterte, schob ich die Eisentür weiter auf, so weit, dass ich hindurchpasste. Sie war so schwer, dass ich beinahe schon daran gescheitert wäre, erschöpft und schwach wie ich war. Als sie schließlich laut quietschte, zuckte ich erschrocken zusammen und lauschte in die Dunkelheit. Hatte ich Isolde geweckt? Würde sie mich hören? Lauerte sie in einer Ecke, um sich auf mich zu stürzen? Wo war sie? War sie zu Hause? War sie fort? Würde sie mich hören und herunterkommen?

Ich presste die Zähne aufeinander, damit sie nicht vor Panik aufeinanderschlugen, und zwang mich zur Ruhe. In der Dunkelheit hinter der Tür konnte ich kaum etwas sehen, aber mit der Zeit erkannte ich ein Fenster, hoch oben an der Wand, durch das fahler Mondschein fiel und einen Flur erhellte. Ich kroch in den Flur hinein, ließ das Licht meines Gefängnisses hinter mir zurück. Ich kam dem Fenster näher. Es schien Nacht zu sein. Mit Wolken, unendlich vielen Wolken, die dem Mond und somit mir den Großteil des Lichts nahmen. Aber als sich meine Augen an die Dunkelheit gewöhnten, konnte ich erkennen, dass ich mich in einem langen Gang befand, an dessen Ende ich eine Treppe ausmachte. Mir sank das Herz tiefer. Ich musste da hoch. Irgendwie. Ich hatte keine Ahnung, wie ich das schaffen sollte. Ich glaubte nicht, dass ich es hinbekommen würde, aufzustehen.

Ich kroch auf Händen und Füßen vorwärts. Der Boden war schmierig. Feuchtigkeit sammelte sich unter meinen Fingern, ich fühlte Staub, Dreck und Dinge, die ich nicht zuordnen konnte. Etwas krabbelte über meinen Handrücken, und ich konnte nur mit Mühe einen Aufschrei unterdrücken. Der Gang kam mir endlos vor, bis meine Finger endlich die erste Holzstufe ertasteten. Ich streckte die Hand nach dem Geländer aus, zerrte mich daran nach oben, bis ich mit wackligen Beinen dastand, während sich die Dunkelheit um mich drehte. Das Geländer war glitschig, aber ich krallte meine Finger mit aller Macht um das Holz. Nach ein paar Minuten ließ der Schwindel nach, und ich begann mich nach oben zu schleppen. Jeder Atemzug stach wie tausend Nadeln in meine Lunge, und ich musste mehrmals innehalten, um nach Luft zu ringen. Ich fühlte mich wie ein Fisch auf dem

Trockenen, kurz vor dem Ersticken. Als ich die letzte Stufe mühsam erreicht hatte, stieß ich erneut auf Widerstand.

Da war wieder eine Tür zwischen mir und der Welt.

Mir kam der furchtbare Gedanke, dass jetzt Schluss war. Dass es keine Falle, sondern nur ein Spiel war, das mich an den Rand des Wahnsinns treiben sollte, bevor ich verhungerte oder erfror. Vielleicht war das die letzte, große Strafe vor dem eigentlichen Tod.

Ich legte die Hand an den Griff und betete und drückte ihn hinunter. Einen schrecklichen Augenblick lang geschah nichts. Dann, mit etwas mehr Druck, gab die Klinke nach, und die Tür schwang auf. Helles Licht schien mir entgegen, sodass ich die Finger vor die Augen hielt und die Treppe fast rückwärts wieder hinuntergefallen wäre. Ich stürzte blind nach vorn, damit ich nicht fiel, damit mich niemand zurückstoßen und die Tür vor meiner Nase zuschlagen konnte.

Das Erste, was mir auffiel, noch bevor ich irgendetwas sehen konnte, war ein muffiger, süßlicher Geruch, der mich würgen ließ, obwohl mein Magen vollkommen leer war. Ich presste die Hände auf Mund und Nase, ohne dass es dadurch besser wurde, und kämpfte den Würgereiz nieder.

Taumelnd kam ich zum Stehen. Allmählich konnte ich etwas erkennen. Ich musste mich in einem weiteren Flur befinden, von dem mehrere Türen abgingen. Ich fühlte mich wie Alice im Wunderland, von zu vielen Möglichkeiten umgeben und selbst zu klein. So viel Raum um mich herum war ich nicht gewöhnt. Panik nagte an mir, höhlte mich aus. Ich wollte mich in einer Ecke zusammenkauern und so tun, als sei ich gar nicht da. Nur die Hoffnung, einen Ausgang zu finden, ließ mich weitermachen.

Ich warf mich gegen die Tür, die mir am nächsten war. Sie

führte in ein Badezimmer mit gelblichen Fliesen. Der Boden war übersät mit dreckigen Handtüchern und Medikamentendöschen, daneben aufgerissene Arzneischachteln und Beipackzettel. Zwischen heruntergefallenem Toilettenpapier und benutzten Rasierklingen lagen einige leere Spritzen, deren Nadelspitzen blutverschmiert waren. Und dann sah ich ein Fenster. Ich sah die Dächer von Häusern und Straßenlaternen. Ich sah, dass um mich herum Leben war und dass ich da unten in meinem Kellerloch nur einige Meter davon entfernt gewesen war.

Ich wusste nicht, was ich erwartet hatte. Eine alte Fabrik oder einen Bunker vielleicht. Aber nicht, dass Isolde mit mir in einem normalen Wohnhaus in einer dicht besiedelten Nachbarschaft lebte. In ihren Erzählungen war die Welt mit ihren Menschen böse, gefährlich und unberechenbar. Ich hatte erwartet, in einem abgelegenen Ort zu leben, wo es nur unseren Keller gab, fernab der Zivilisation, die sie so hasste. Wie oft hatte sie von den Dingen gefaselt, die man ihr genommen hatte, bis nur noch ich ihr geblieben war. Ich verstand das alles nicht, nicht ein einziges Detail davon.

Ich schleppte mich in den Flur zurück. Lange würde ich nicht mehr durchhalten. Meine Sicht wurde mit jedem Schritt unschärfer, enger, als würde ich durch einen Tunnel schreiten. Das Rauschen in meinen Ohren übertönte jedes Geräusch, sogar meine Fußschritte, und ich konnte meinen eigenen Herzschlag hören, wie er das Blut hektisch durch meine Adern pumpte. Ich fühlte mich so leer, so erschöpft und müde, dass ich gegen die Wand stolperte. Tränen stiegen mir in die Augen, obwohl sich in meinem Körper kaum noch ein Tropfen Flüssigkeit befinden konnte. Ich konnte nicht einmal mehr schlucken, und mein Hals brannte, als hätte mir jemand Kohle in den Rachen geschoben. Ein tiefer

Schluchzer stieg in meinem Brustkorb auf und schüttelte meinen Körper, der ihm nichts mehr entgegenzusetzen hatte.

Wenn du jetzt aufgibst, wirst du dich für immer verachten, flüsterte eine Stimme in meinem Kopf. *Du stehst so kurz vor dem Ziel... Vielleicht steht zwischen dir und der Welt nur noch eine dieser Türen. Nur noch eine einzige...*

Ich durfte einfach nicht aufgeben, nicht jetzt, nicht so kurz vor dem Ende...

Ich schlug die Augen auf und drängte die Hoffnungslosigkeit zurück, verbannte sie in die Ecke meines Herzens, in die ich während der letzten Jahre auch alle anderen dunklen Gedanken verbannt hatte. Mühsam stieß ich mich von der Wand ab und drehte den Kopf zu den drei Türen, die noch übrig waren. Ich lehnte mich schwer gegen die Wand, tastete mich an der schmutzigen Tapete vorbei und stieß die nächste Tür auf.

Ein unsäglicher Gestank drang mir entgegen, und diesmal konnte ich den Brechreiz nicht unterdrücken. Obwohl nichts außer Galle kam, würgte ich.

Auf dem Tisch und den Arbeitsplatten des Raumes, der einmal eine Küche gewesen sein musste, stapelten sich leere Pizzakartons, schmutziges Geschirr und vergammeltes Obst. Auf dem Boden verteilten sich Müll und Kleidung. In einer Ecke lag die Quelle des Gestanks: eine tote Katze, über die winzig-schwarze Schatten in hektischer Eile krabbelten.

Ich zog die Tür wieder zu, aber den penetranten Geruch und den Anblick des Tieres würde ich nie, nie wieder vergessen, das wusste ich jetzt schon. Tränen rannen mir über die Wangen, weil ich Mitleid mit der Katze hatte. Im Angesicht meiner eigenen Verfassung hätte mir alles andere egal sein müssen, aber das Tier rührte etwas in mir. Es war das erste Lebewesen, das ich seit Isolde zu Gesicht bekam, und es schien ebenso unter ihr gelitten zu haben wie ich. Jetzt war es tot, war vielleicht ewig dahingesiecht. Ich wünschte, ich hätte mehr tun, hätte *etwas* tun können.

Meine Knie zitterten. Ich wusste, wenn die nächste Tür nicht der Ausgang war, würde ich nicht mehr hinausfinden. Mir war so unglaublich schwindlig, und mit jedem Blinzeln wurde es schwieriger, eine klare Sicht zu erhalten. Mit dem Fuß stieß ich die Tür auf, die nur angelehnt stand, weil der Griff kaputt war.

Es war stockfinster in dem Raum, ich konnte nicht einmal Fenster ausmachen. Vermutlich waren Vorhänge vorgezogen oder Läden geschlossen.

Meine Finger glitten suchend über die Wand und fanden den Schalter. Das Licht ging an. Bunte Blitze tanzten wild vor meinen Pupillen auf und ab. Etwas schrie in hohen Tönen, aber meine Augen wurden wie von einem unsichtbaren Magneten zur Mitte des versifften Raums gezogen. Und dann schrie ich selbst.

In der Ecke stand ein winziger Käfig, in dessen Stäben etwas mit schwarzen Federn hockte und sich jämmerlich die Seele aus dem Leib krächzte, seit das Licht angegangen war. Aber ich konnte den Vogel nicht bemitleiden, ich konnte nichts mehr tun, außer zu schreien, immer und immer wieder in schrecklich grellen Tönen.

An einem Stück Bettlaken, das an einem Querbalken an der Decke befestigt war, baumelte Isolde. Sie hatte sich erhängt. Mit einem in Streifen gerissenen Laken hatte sie sich an einem Balken erhängt. Ihr lebloser Blick starrte mich aus dem bläulich angelaufenen Gesicht an, als wolle sie noch im Tod ihren Hass und Wahnsinn über mich verbreiten.

Neben ihr lag eine zerbrochene Tasse. Der Geruch von Kamillentee hing in der Luft.

Draußen erklang eine Sirene. Das jaulende Geräusch drang in meinen Kopf und setzte sich dort wie eine Zecke fest. Ich spürte keinen Schmerz mehr, als ich auf die Knie fiel. Ich spürte keinen Schmerz und keine Übelkeit und keine Erleichterung und keine Freude. In mir existierte nur noch dieses eine Bild von dem Menschen, den ich geliebt und zugleich aus tiefster Seele gehasst hatte. Es gab nur noch uns beide und den Tod dazwischen.

Nach tausend Ewigkeiten wurde ich hochgehoben und aus meinem Zuhause getragen. Ich war schwerelos.

Ich konnte nicht einmal den Himmel sehen.

12.

Gegenwart
Oktober

Heute war mein Geburtstag.

Mein *richtiger* Geburtstag. Jener, der in meiner Geburtsurkunde eingetragen war. Nicht der andere, den ich zwölf Jahre lang mit Isolde am 11. November gefeiert hatte. Isolde hatte mir an diesem Tag immer Waffeln gebacken, selbst wenn sie eine ihrer schlechten Phasen hatte oder ich in ihren Augen etwas angestellt hatte.

Ich liebte Waffeln immer noch, aber meine Mutter wusste erst seit Kurzem davon. Ich hatte nie daran gedacht, es ihr zu erzählen, weil wir über nichts sprachen, das mit Isolde zu tun hatte. Die stand wie ein Geist zwischen uns und baute ihre eigene, unsichtbare Mauer aus dem Jenseits heraus.

Dass der 11. November nicht mein Geburtstag, sondern der Tag gewesen war, an dem Isolde mich entführt hatte, erfuhr ich erst, als meine Mutter im Oktober nach meiner Befreiung mit mir feiern wollte. Ich glaubte Martha erst wirklich, als sie mir meine Geburtsurkunde zeigte. Eigentlich seltsam. Man würde meinen, eine Fünfjährige wüsste bereits, wann sie Geburtstag hat. Aber vielleicht hatte ich damals meinen neuen Geburtstag ohne Widerstand angenommen, weil diese Tage zu den wenigen wirklich glücklichen Momenten mit Isolde gehörten. Für sie war jener Tag tatsächlich der Tag meiner Geburt, meiner wahren Geburt. Sie war der einzige Mensch auf Erden, der vergessen konnte, dass sie mich nicht neun Monate lang im Bauch getragen hatte oder dass ein Kind nicht erst mit fünf Jahren auf die Welt kam.

Ich wandte den Blick vom Wecker ab, der mich mit seiner Datumsanzeige erst daran erinnert hatte. Es war schon nach neun, also stand ich auf und ging zum Fenster, um es trotz der Kälte ganz zu öffnen und mir von der frischen Meerluft den Kopf freipusten zu lassen. Doch anstatt mich von den Gedanken an die Vergangenheit zu befreien, brach ich plötzlich in Tränen aus.

Es gab Tage, die sollten einem wichtig sein. Man sollte sich an ihnen einzigartig fühlen, man sollte von seiner Familie hofiert und noch ein bisschen mehr als sonst geliebt werden. Aber dieser Tag heute, der doch eine Bedeutung für mich haben sollte, war mir so fremd wie jeder andere beliebige Tag. Er war ein Tag im Kalender, den man abhaken konnte, ohne dass er einem in besonderer Erinnerung bleiben würde. Das Datum fühlte sich so unbedeutend an, dass ich meinen Geburtstag sogar vergessen hätte, wäre der blöde Wecker nicht gewesen.

Wütend wischte ich mir die Tränen von den Wangen. Ich wollte nicht mehr weinen, schon lange nicht mehr. Es gab so viele Menschen, die ein schlimmeres Schicksal als ich erfuhren und sich dennoch nicht beklagten. Mein Leben war einmal eine Katastrophe gewesen, aber jetzt war es ganz schlicht, normal und gut. Das war es doch?

Verärgert über mich selbst öffnete ich die Terrassentür, um nach draußen zu treten. Der Morgenwind riss an meinen Haaren und kroch unter den Stoff meines dünnen Shirts. Die Kälte ließ mich frösteln. Das Meer brandete wie eine zähe graue Masse gegen den Strand, und der Nebel verschluckte den Horizont. Immer wieder glaubte ich Schatten aus dem Wasser ragen zu sehen – Walflossen vielleicht –, doch vermutlich war es nichts als Einbildung. Nur der Schaum der tosenden Wellen.

Ich stützte mich mit den Ellenbogen auf das Geländer und atmete die salzige, leicht modrige Seeluft tief ein. Es war wunderschön und wild und unbändig zugleich hier. Seit ich angereist war, hatte ich mich noch nicht unten an den Strand gewagt, erst recht nicht direkt ans Meer. Ich war immer in sicherer Entfernung stehengeblieben, hatte es vom Balkon oder von Promenaden aus bewundert. Größere Nähe schien so ... gefährlich.

Unten hörte ich die Haustür schlagen, und dann sah ich, wie Sebastian den Weg zum Strand nahm. Obwohl die beißende Morgenkälte mir bis in die Knochen drang, verharrte ich regungslos, bis er Minuten später am Wassersaum angekommen war. Seine nackten Füße versanken im dunklen Wattboden. Die Wellen brandeten auf ihn zu und tränkten seine Hosenbeine, die er bis zu den Knien hochgekrempelt hatte.

Sebastian blieb still in den Wogen des aufgeweckten Meeres stehen. Wie das Wasser ihn im steten Rhythmus umspülte, kam es mir so vor, als wäre er stärker als die Naturgewalten. Als könnten ihm nicht einmal die Wellen etwas anhaben.

Ich blinzelte und richtete mich auf. Wenn ich Sebastian noch länger nachstarrte, war es das mit Geburtstag, denn dann würde ich hier erfrieren. Stattdessen verbannte ich die Kälte nach draußen und gönnte mir eine so heiße Dusche, dass mein Gesicht danach zwar knallrot war, ich mich aber deutlich zufriedener fühlte.

Unten in der Küche lagen noch die Reste des Frühstücks auf dem Tisch. Das hieß Kaffee und frische Brötchen für mich. Einen Kuchen mit Kerzen hatte ich auch nicht erwartet.

Als sich mein Blick aus dem Fenster verirrte, war Sebastian nur noch ein schwarzer Punkt in der Ferne. Vielleicht war es nicht einmal er, sondern jemand Fremdes. Mir wurde wieder bewusst, dass ich nicht ein einziges Mal allein über den Strand, geschweige denn durchs Wasser gelaufen war. Vielleicht war heute die passende Gelegenheit: an dem Tag, an dem ich geboren und der dennoch nicht mein Geburtstag war.

Während ich unter der Dusche war, hatte sich der Nebel verzogen. Ich nahm es als Zeichen. Leise ein Lied ohne Namen summend packte ich alles in meinen Rucksack, was ich an Essbarem auftreiben konnte: zwei Flaschen Apfelschorle, die restlichen Brötchen, die ich vorher noch schmierte, und Obst. Außerdem stopfte ich eine Decke und ein Buch hinein, falls ich unterwegs einen Platz zum Lesen fand. Es gab immer noch zu viele Klassiker, die ich nicht kannte. Isolde hatte mir zwar Bücher aus der Bibliothek geliehen und mir zu seltenen Gelegenheiten auch mal eins gekauft, aber bei weitem nicht genug, um meinen Wissensdurst zu stillen.

Zuletzt griff ich mir meinen Mantel und eine Wanderkarte und schlüpfte in meine neuen Gummistiefel, die sich noch steif und klobig anfühlten, als würden sie mich in den Erdboden ziehen wollen. Probeweise lief ich ein paar Mal im Flur auf und ab, bis ich mich an das Gefühl gewöhnt hatte und Sebastians Spuren in die Welt hinaus folgen konnte.

In der ersten halben Stunde hielt ich die Wanderkarte, die Hilde für ihre Mieter bereitstellte, noch fest umklammert. Sie war mein Anker und Kompass zugleich und würde mich zurücklotsen, wenn ich mich verlief. Zugleich war sie aber auch mein Tor in die Freiheit, der Schlüssel zu meinem ersten Ausflug, den niemand für mich organisiert hatte. Ich ging zunächst durchs Dorf und zählte die Häuser, bis ich das letzte hinter mir ließ und mein Ferienhäuschen nur noch ein unscharfer Fleck hinter den anderen war.

Das Meer aber blieb gleich. Ebenso der Zug der Wolken am Himmel, der heute wenig bedrohlich aussah. Das Wetter hatte sich beruhigt, und die Wolken trieben friedlich vor sich hin. Manchmal brach die Sonne durch und wärmte meine Haut, wenn ich ihr mein Gesicht mit geschlossenen Augen entgegenhielt.

Ich lief nicht direkt am Strand entlang, das traute ich mich nicht. Ich blieb hinter den Dünen, wo ich hin und wieder einen Blick auf das sich sanft wiegende Meer erhaschen konnte, und folgte Wegen, die über Felder und Kieswege führten. In der Ferne erblickte ich ein weiteres Dorf. Je weiter ich vorankam, desto freier fühlte ich mich. Es war berauschend.

Ich vermutete, dass es das war, was die Leute ein Endorphinhoch nannten. Zumindest stellte ich mir vor, dass es sich so anfühlte. Glücklich steckte ich die Karte weg und lief schneller. Je schneller ich lief, desto heftiger zerrte der Wind an meinen Haaren. Ich lachte und fühlte mich wie Elizabeth Bennet.

Es gibt nichts, das uns leichter glücklich machen kann als die Sonne.

Vielleicht galt das auch für den Wind.

* * *

Vor sieben Jahren
Der Tag danach

Als ich aufwachte, konnte ich die Augen nicht öffnen.

Einen Augenblick lang dachte ich, ich sei tot. Gestorben an der Freiheit. Zumindest hatte ich sie einen wahnsinnigen Moment lang in meinen Händen gehalten, ehe sie über mir zusammengebrochen war.

Aber ich war nicht tot. Ich fühlte es an dem Schmerz in meiner Brust, dem Brennen in meiner Kehle und dem Stechen in meinem Herzen. Ich war am Leben und wusste nicht, ob es ein Segen oder ein Fluch war.

Ein kühler Waschlappen strich über meine Stirn.

»Guten Morgen, Edda«, sagte eine vertraute Stimme.

Mühsam kämpfte ich darum, die verklebten Augenlider zu öffnen, und streckte die Hand nach dem nassen Tuch aus.

Der Pfleger, der die ganze Nacht an meinem Bett gewacht hatte, war immer noch da. Er war noch da.

»Warum?«, flüsterte ich verwirrt.

»Warum? Weil dic Sonne scheint.« Er lachte, und dieses Lachen verwirrte mich nur noch mehr. Es klang so echt. Nicht einschmeichelnd oder boshaft oder verzweifelt. Einfach nur echt.

»Ich meine … Ich meine, warum sind Sie noch da?«

»Ich habe Ihnen etwas versprochen, oder? Dass wir heute gehen, wohin Sie wollen. Die einzige Bedingung …« Er wies auf den Schlauch, der von meinem Handgelenk zu einem Infusionsbeutel führte. »Das kommt mit. Damit Sie mir nicht umkippen.«

Neben dem Bett stand ein Rollstuhl, und zwei Wolldecken hingen über der Lehne.

»Ich ... ich weiß nicht.«

Ich konnte den Pfleger nicht ansehen, starrte stattdessen nach draußen. Jetzt, wo die Dunkelheit fort war, war die riesige Glasfront kein Spiegel mehr, sondern gab den Blick nach draußen frei. Da waren Bäume. Alles war grün und bunt, und es wuchsen Blumen an den Wegesrändern.

Ich verstand das nicht.

»Ist das ein Wald?«, fragte ich scheu.

Der Pfleger lachte nicht. Er lächelte nicht einmal, sondern antwortete ganz ernst. »Das ist ein Park. Er gehört zum Krankenhaus. Damit man etwas zum Ansehen hat ... oder zum Spazierengehen. Damit man schneller gesund wird.«

Ich versuchte mich an seinen Namen zu erinnern. Er hatte ihn mir letzte Nacht genannt, da war ich mir sicher. Aber inmitten der Albträume und der Finsternis war für dieses Wort kein Platz mehr gewesen.

»Wie heißen Sie?«, fragte ich abrupt.

Nun lächelte er doch. »Jan. Mein Name ist Jan.« Er hob die Hand, um auf das Namensschild auf seiner Brust zu deuten, ließ sie aber dann wieder sinken. Vielleicht dachte er, ich könnte nicht lesen.

Er setzte sich auf die Bettkante und hielt noch immer den unsichtbaren Abstand ein. Nur seine Hand streckte er mir hin, die verletzliche Innenseite zu mir gewandt. Meine Finger zitterten, als ich sie auf seine legte. Ohne dass ich mich dagegen wehren wollte, versank ein Teil von mir in der Hand, die er mir reichte. Ich vertraute ihm auf eine verzweifelte Weise. Sonst wäre ich ganz allein gewesen.

Mit einer Achtsamkeit, als sei ich aus Glas, hob er mich in den Rollstuhl und faltete eine Wolldecke über meine

Beine. Dann ging er neben mir in die Knie und zog die Nase kraus, während er seine Brille zurechtschob.

»Wollen Sie die Sonne auf Ihrer Haut spüren, Edda?«

* * *

Gegenwart

Etwas Kaltes kitzelte meine Wange.

Ich presste die Augenlider fester zusammen. Es half nichts. Die Kälte wich nicht, weder von meiner Wange noch aus dem Rest meines Körpers. Steif streckte ich mich. Da traf mich das nächste kalte Etwas.

Mit einem Satz war ich auf den Beinen. Ich war auf einer Bank weit hinter den Dünen eingeschlafen, und in der Zwischenzeit war der Himmel zugezogen und schickte sich nun an, den nächsten Regenschauer über das Land zu treiben. Eilig schlüpfte ich in meine Jacke, die ich wegen der Mittagssonne ausgezogen hatte.

Scheiße.

Mit fahrigen Händen fingerte ich an der Seitentasche des Rucksacks. Wo war die Wanderkarte? Ich wusste, dass ich sie beim Hinlegen noch in der Hand gehalten hatte. Mir wurde heiß. Ob ich sie verloren hatte? Wie sollte ich den Weg zurückfinden, wenn ich die Karte nicht mehr hatte? Ich war irgendwann landeinwärts abgebogen und kreuz und quer über Felder gelaufen, bis ich wieder aufs Meer traf. Inzwischen hatte ich mich gewiss einige Kilometer vom Ferienhaus entfernt.

Ich stellte mich aufrecht hin und schloss die Augen, um klarer denken zu können. Ein Handy. Ich hatte ein Handy dabei. Vor Erleichterung sackte mir das Herz in die Hose.

Wieder kramte ich im Rucksack, bis ich gefunden hatte, was ich suchte. Der Empfangsbalken des Handys schwankte bedrohlich, trotzdem wählte ich Hildes Nummer. Das Freizeichen erklang und zog sich in die Länge, während ich von einem Fuß auf den anderen hüpfte und betete, dass Hilde daheim war. Ich dankte dem Himmel, dass ich ihre Nummer eingespeichert hatte.

»Hallo?«, hörte ich eine barsche Stimme in den Hörer schreien, lauter als notwendig.

»Hilde? Ich bin es, Edda ...«

Etwas in der Leitung knackte.

Über mir verschmolzen die Wolken zu einer dunkelgrauen Decke, die sich über das Wasser an mich heranschlich. Weit hinten blitzte es in diesem dunklen Zentrum hell auf. Mir stockte der Atem.

»Hallo?« Hildes Stimme klang verzerrt.

»Hilde? Hier ist Edda, können Sie mich hören?«

»Edda? Sind Sie es?«

»Ja, ja!«, rief ich, so laut ich konnte. »Ich habe mich verlaufen. Ich weiß den Weg zurück nicht mehr.«

»Was haben Sie gesagt, Kind? Die Verbindung ist so schlecht. Sind Sie draußen unterwegs?«

»Ich habe mich verirrt. Ich habe die Karte verloren und weiß nicht, welchen Rückweg ich nehmen muss!« Ich schrie beinahe.

»Verirrt? Bei dem Wetter? Oh Gott, Edda ... Haben Sie das aufziehende Unwetter nicht bemerkt? Sehen Sie zu, dass Sie schnell ...«

Ein langgezogenes Tuten verkündete den Abbruch der Verbindung. Ich versuchte es erneut, wählte die Nummer, doch das Handy schwieg mich an. Am liebsten hätte ich es ins nächste Gebüsch befördert.

Mist, Mist, Mist.

Ich sah zu den dunklen Wolken empor und zwang mich, mich wie eine Erwachsene zu benehmen. Ich war kein Kind mehr, das die Angst vor der Welt, vor den Menschen und vor dem Himmel überwältigte. Ich war eine erwachsene Frau, die mit beiden Beinen fest im Leben stand. Was hatte ich schon von ein paar Wassertropfen zu befürchten?

Ich rannte los, zügelte mich dann aber. In diesem Tempo würde ich in einer Viertelstunde zusammenbrechen. Ich musste Ruhe bewahren. Ich würde zurückfinden. Ich musste einfach am Ufer entlanglaufen. Wenn ich das tat, musste ich irgendwann automatisch zum Ferienhaus gelangen. Vermutlich war das ein kilometerweiter Umweg, aber es war auch die einzige Möglichkeit, die mir einfiel, um den Rückweg ohne Karte zu finden. Ich wusste nur nicht, wie lang ich laufen musste ... Als der Weg Richtung Land abzweigte, lief ich zwischen den Dünen weiter, immer parallel zum Strand. Ich musste gut achtgeben, das Ferienhaus, das mehrere hundert Meter vom Ufer entfernt stand, bei der schlechten Sicht auch zu finden und nicht daran vorbeizulaufen.

Während ich durch die Dünen stapfte, wurde der Sand unter meinen Stiefeln immer matschiger. Die ganze Zeit hielt ich den Kopf gesenkt, damit der stärker werdende Regen mir nicht direkt ins Gesicht schlug. Die Sonne war mir so trügerisch warm erschienen, dass ich nur eine leichte Übergangsjacke trug, die mir nun lächerlich wenig Schutz bot. Die Kapuze war bereits völlig durchnässt, meine Haare tropften, und der Stoff meines Pullovers klebte klamm auf meiner Haut.

Ich ging schneller, bis ich beinahe doch joggte. Nirgends war ein Haus in Sichtweite, keine Spur menschlichen Lebens. Kein Weg, der vom Strand weg und vielleicht zu einer Straße oder dem Hauch einer Hoffnung führte. Um mich herum war nichts außer Dünen und einem endlosen Meer mit wabernden Nebelschwaden.

Hier gab es nichts – nur mich.

Der Unwetterhimmel war nun über mir. Ich spürte, wie seine Schwere auf mir lastete. Die schwarzen Wolken hingen so tief, dass ich glaubte, sie berühren zu können. Sie verdrängten alles andere, denn gleich, in welche Richtung ich mich auch wandte, überall war dieser schwarze Himmel, der mich ersticken wollte. Wohin ich auch sah, es gab keinen Lichtschimmer, keinen Fluchtweg. Um mich war nur dieser beklemmende unendliche Himmel, der mir den Regen wie Zorn entgegenschleuderte. Der mir zeigte, wie klein und unbedeutend ich war. Ich wusste, wenn der Himmel sich nur noch einen einzigen Millimeter weiter senkte, würde er mich unter seiner Masse erdrücken.

Ich fühle mich so klein wie ein Sandkorn, das die nächste Welle mitreißen würde.

Da draußen bist du ein Nichts, Edda.

Niemand will dich. Du bist nichts für sie. Unwichtig. Bedeutungslos. Wie könnten sie etwas wollen, das so dumm ist wie du? Die Welt da draußen ist zu groß für dich. Nur hier bei mir bist du sicher.

Ich hörte Isoldes Stimme durch die Wolken schlagen, spürte ihre Gehässigkeit in der Wucht der Regentropfen, die mir gewaltsam ins Gesicht peitschten. Und noch immer glaubte ich, dass sie die Wahrheit sprach. Ich fühlte es. Ich war nichts.

Der Himmel senkte sich über mich und zwang mich in die Knie. Ich musste zurück zum Ferienhaus, ich musste weiter, aber ich konnte keinen Schritt mehr gehen. Der Himmel war über mir und weckte die Panik, die Angst vor der Weite, die mich erstickte. Ich fiel zu Boden, kauerte mich zusammen, und der körnige Sand fraß sich in meine Kleidung, bis er überall an meiner Haut klebte und scheuerte.

Der Regen prasselte auf mich herab. Ich hörte sein Rauschen in den Ohren, hörte das Tosen der Wellen, die mit jedem Aufbäumen näher kamen, bis sie beinahe an meinen Stiefelspitzen leckten. Ich rutschte von ihnen weg, schob Muscheln und Steine zur Seite, die sich in meine Knie bohrten. Irgendwann lag ich inmitten der Stängel des Strandhafers und konnte nicht mehr.

Ich zog die Knie an meinen Oberkörper und schlang die Arme darum. Im Hintergrund grollte der Donner.

»Hau ab!«, brüllte ich, und sofort nahm der Wind sich meine Worte, um sie wegzutragen, sie in der Luft zu zerreißen und an einer Klippe zerschellen zu lassen.

Meine Zähne klapperten aufeinander. Ich war durchnässt und fror elendig, aber viel schlimmer war das Gefühl, von den Wolken verschlungen zu werden. Ich vergrub das Gesicht in meine Hände, um nicht mitansehen zu müssen, wie um mich herum die Welt unterging.

Irgendwann verlor ich inmitten von Donner und Blitzen das Gefühl für Zeit. Die Schmerzen in meinen Knochen verschwanden, die Kälte wurde zu einer alles einnehmenden Taubheit. Ich ließ die Augen geschlossen, um das Unwetter über mir nicht zu sehen. Nur die Blitze ließen sich nicht aussperren, sie zuckten selbst hinter meinen geschlossenen Lidern.

Der Himmel war überall, und ich nicht mehr fern davon, verloren zu gehen.

13.

Vor sieben Jahren
Der Tag danach

Ich hatte immer von diesem Augenblick geträumt, immer. Hatte mich gefragt, wie es wohl sein mochte, draußen zu stehen. Ohne von Mauern umschlossen zu sein, ohne sich zu fühlen, als müsste man die Wände mit den Armen von sich fortdrücken, während sie stattdessen noch näher auf einen zukamen. Ich hatte von dem Augenblick geträumt, in dem ich die Freiheit schmecken und die Sonne auf meiner Haut spüren würde.

Die Reifen des Rollstuhls glitten beinahe lautlos über den bleichen Boden des Krankenhauses. Am Anfang hatte es mich nervös gemacht, Jan in meinem Rücken zu wissen, ohne dass ich ihn sehen konnte. Aber je mehr Gänge wir durchfuhren, desto mehr gewöhnte ich mich an ihn. Menschen in weißer Kleidung kamen uns entgegen, ohne auch nur die geringste Notiz von uns zu nehmen, während ich sie alle anstarrte. So viele Menschen, alle in Bewegung, alle mit unterschiedlicher Mimik, in der ich nicht lesen konnte. Der beißende Geruch nach Desinfektionsmitteln ließ mich ständig gegen einen Hustenreiz ankämpfen.

»Alles in Ordnung, Edda?«, fragte Jan sanft. »Können Sie noch?«

Ich nickte. Ich konnte kein Wort herausbringen, da waren so viele Eindrücke, die durch meinen Kopf schwirrten und die alle Aufmerksamkeit, zu der ich in der Lage war, für sich in Anspruch nahmen.

Wir fuhren durch die große Eingangshalle, die rundherum mit Glasfenstern ausgestattet war, die fast bis zur kuppelartigen Decke reichten. Es war hell. Eine Nacht hatte nicht ausgereicht, um meine Augen an diese unglaubliche Helligkeit zu gewöhnen. Ich fragte mich, wie diese Menschen das Licht nur aushielten.

Jan hielt den Rollstuhl an und kam neben mich, um in die Knie zu gehen und mich auf Augenhöhe anzusehen.

»Bereit?«, fragte er.

Wieder wollte ich nur nicken. Aber er gab sich so viel Mühe. Ich räusperte mich. »Ich denke schon«, antwortete ich und lächelte schwach.

Freiheit. Hier und jetzt. Zum ersten Mal seit zwölf Jahren. Mein Gesicht in der Sonne.

Ich war bereit.

Jan zögerte einen Moment, als überlegte er, ob er das Richtige tat. Er rückte seine Brille zurecht. Ich wollte nicht, dass er jetzt einen Rückzieher machte.

»Ich bin bereit«, sagte ich entschlossen. Meine Finger hielten die Wolldecke umklammert, als würde nur sie mich noch in meinem Rollstuhl halten. So sehr wollte ich hinaus, in die Quelle des Lichts.

»Okay«, erwiderte er. »Wenn Sie bereit sind, bin ich es auch.«

Er setzte den Rollstuhl wieder in Bewegung und schob ihn auf den Ausgang zu. Ich konnte bereits die Umrisse der Bäume sehen. Und noch mehr: ein paar grüne Blätter, die von einem Windzug über den gepflasterten Vorhof getrieben wurden, und Menschen, die ungeordnet über den Platz liefen. Autos, Fahrräder, Schilder. Alles war in helles, warmes Licht getaucht, weil irgendwo, noch außer meiner Sichtweite, die Sonne am strahlendblauen Himmel stand.

Kurz bevor wir die Tür erreichten, öffnete sie sich automatisch. Ich schloss die Augen, als wir sie passierten und über die Schwelle rollten. Draußen spürte ich einen warmen Luftzug auf meiner Haut.

»Da sind wir«, hörte ich Jans Stimme wie ein Echo aus weiter Ferne. In meinen Ohren rauschte es, als ich ganz langsam die Augen öffnete, den Kopf hob und nach oben starrte. Ich spürte, wie sich mein Hals zuschnürte und die klare Luft plötzlich dünn wurde, sodass ich Angst bekam, nicht genug davon einatmen zu können. Ich konnte den Blick nicht vom Himmel abwenden. Ich war erstarrt, wie eine Statue aus Stein.

Der Himmel war ein unendlicher Schlund, und in diesem Moment wusste ich, dass er im nächsten Atemzug auf mich niederrasen würde. Er würde auf mich fallen, und ich war ganz und gar machtlos. Ich riss die Arme hoch, um meinen Kopf zu schützen.

Mein gellender Schrei hallte über den Platz.

* * *

Gegenwart

Irgendwann begann ich zu wimmern.

Das Meer und der Himmel waren so nah an mich herangekrochen, dass ich ihre Berührung spüren konnte. Der Strandhafer, in den ich mich verkrochen hatte, konnte mich nicht vor ihnen verbergen. Die Wellen würden mich davontragen. Sie kamen mir so nah, so gefährlich nah. Jedes Mal, wenn sie ins Meer zurückwichen, rissen sie einen Teil des Strandes mit sich, nahmen einen Teil von mir.

Vor meinem inneren Auge zuckten immer wieder Bilder auf. Alle hatten sie mit dem Kellerraum zu tun, dem Loch unter dem Boden, in dem ich das verbracht hatte, was andere Leben nannten.

Ein Windstoß fuhr über meine feuchten Wangen. Die Nässe war durch jede Faser meiner Kleidung gedrungen und schien sich nun durch die einzelnen Hautschichten zu fressen. Ich drückte mich fester an meine angezogenen Knie und betete. Ich wusste nicht einmal wofür. Vielleicht für ein Ende des Gewitters. Vielleicht aber auch für mein eigenes Ende, damit ich endlich dem Himmel entkam. Wieder grollte ein Donnern durch die schwarze Wolkendecke über meinem Kopf, wieder tauchte ein Blitz die Gegend für eine Sekunde in hässliches fliederfarbenes Licht. Alles war so aufgeladen, so erleuchtet, dass die schiere Gewalt der Natur mir den Atem raubte und ich nur stoßweise nach Luft schnappen konnte.

Ewigkeiten vergingen, bis das Gewitter schließlich weiterzog und sich am fernen Horizont der erste helle Streifen zeigte. Ich spürte keine Freude, nicht einmal Erleichterung. Ich bebte am ganzen Körper so stark, dass ich mich nicht einmal aufsetzen konnte. Es war nicht nur die Kälte, die meinen Körper unkontrolliert zittern ließ. Es waren meine Gedanken, meine Verzweiflung. Die Erkenntnis, dass ich … dass ich kaputt war. Immer noch. Ich war nicht stark. Ich war nicht normal. Ich konnte nicht den Kopf heben und dem Himmel und dem Unwetter ins Gesicht lachen. Ich hatte Isoldes Beschreibungen von dem Leben außerhalb meiner Ein-Raum-Welt nicht hinter mir gelassen und erst recht nicht ihre Meinung über mich. Ich war nicht gewachsen, und ich hatte nicht vergessen.

»Edda!«

Ich presste die Hände auf meine Ohren, um nichts hören zu müssen. Viel zu oft schlich Isolde sich in meinen Kopf, dabei war sie doch lange tot. Sie hatte mir nichts mehr zu sagen. Aber ich konnte sie nicht zum Schweigen bringen.

»Edda! Wo bist du?! Edda!«

Die Stimme ... das war nicht Isoldes. Sie gehörte jemand anderem, jemandem, bei dem sich etwas in mir regte. Trauer. Hoffnung. Etwas Undefinierbares.

Ich wollte etwas sagen und hustete. Überall war dieser Sand, er verklebte mir Augen und Stimme. Mein Mund war staubtrocken. Ich glaubte nicht, auch nur einen Laut herausbringen zu können. Ich hustete nochmal.

»Hier«, krächzte ich. »Ich bin hier.«

Die Stimme näherte sich. »Edda, verdammt! Wo bist du?«

Tränen stiegen mir in die Augen. So oft hatte ich mich dasselbe gefragt.

Ich versuchte, die Augen offen zu halten, und nahm all meine Kraft zusammen. »Sebastian!«, rief ich.

Dann musste ich wieder husten. Sand knirschte zwischen meinen Zähnen. Ich versuchte mich aufzurichten, und mein Blick fiel auf das Meer. Die Wellen hatten sich überraschend weit zurückgezogen, die Ebbe musste ihnen die Kraft geraubt haben. Aber ich fühlte ihre Macht unter meinen Fingern. Die Kante einer Muschel bohrte sich in meinen Daumen.

Dann spürte ich, wie mich kräftige Arme umfingen und ich aufgerichtet wurde. Mir wurde schwindelig, und ich wimmerte. Ein Schraubverschluss knackte leise, dann wurde mir eine Thermosflasche an den Mund gehalten.

»Trink«, sagte Sebastian. Hinter der Strenge in seinen Worten verbarg sich etwas Zerbrechliches. Angst? War es Angst?

Ich trank. Kräftiger schwarzer Tee, heiß, aber nicht so heiß, dass ich mich daran verbrannte. Ich nahm Sebastian die Flasche aus der Hand und trank, bis ich wieder husten musste, weil die Sandkörner in meinem Hals kratzten. Währenddessen telefonierte er und gab unseren Standort durch. Dann steckte er Telefon und Flasche weg und begann, den Reißverschluss meiner Jacke zu öffnen.

»Was machst du da?«, fragte ich mit zitternder Stimme und schob seine Hand weg.

»Du musst aus den nassen Klamotten raus. Du holst dir eine Lungenentzündung, bis der Wagen hier ist.«

»Der Wagen?« Plötzlich wurde es leichter, nachzudenken. Als wäre mit Sebastian auch ein Teil meiner selbst zurückgekommen. »Ein Krankenwagen?«

Sebastian schüttelte den Kopf. »Hilde. Wir fahren dich dann ins Krankenhaus.«

»Kein Krankenhaus.« Nein, ich wollte nicht ins Krankenhaus. Da müsste ich Fragen beantworten, wo ich mich doch einfach verkriechen wollte. »Bitte, mir geht es gut.«

Sebastian schnaubte. »Das sehe ich. Du zitterst wie Espenlaub.«

Er hatte Recht, ich fror erbärmlich. Meine Haare klebten mir nass am Gesicht, und meine Kleidung fühlte sich an wie eine Eisschicht. Aber da war auch immer noch der Himmel, der sich nach wie vor dunkel und bedrohlich zeigte. Es war besser, jetzt wo Sebastian hier war. Aber ich fühlte die erdrückende Weite immer noch. Ich wollte weg, in ein Zimmer, irgendwohin, wo alles geordnet, überschaubar war, wo ich mich sicher fühlen konnte.

Gegen diesen Drang konnte ich nichts tun, aber ich konnte zumindest versuchen, mich aufzuwärmen. Zögerlich zog ich die Jacke aus und ließ sie neben mich in den dunklen Sand fallen. Auch den durchweichten Pullover legte ich ab, und für einen Augenblick blieb Sebastians Blick auf den kaum noch sichtbaren Narben auf meinen Unterarmen haften. Sie waren Überbleibsel von Isoldes schlimmsten Tagen. Er sagte nichts, sondern holte eine trockene Decke aus dem Rucksack, zog mich an sich und wickelte sie um uns beide.

Ich verkrampfte mich. So nah war ich noch niemals einem Menschen gewesen, nicht seit ich mich erinnern kann. Ich wusste nicht, wohin ich meine Hände tun und wie ich den Kopf halten sollte. Während ich mich um eine gleichmäßige Atmung bemühte, konnte ich Sebastians Herz durch die Kleidung schlagen spüren. Für einen Augenblick fühlte ich mich versucht, meine Hand an die Stelle zu legen, um zu begreifen, dass diese Nähe echt war.

Ich ballte meine Hand zur Faust, als hätte ich mich an ihm verbrannt. Dabei hatte ich ihn nicht einmal berührt.

»Edda. Was zur Hölle ist los mit dir? Hast du eine Ahnung, was Hilde seit deinem Anruf für Ängste ausgestanden hat?«

Hilde. Nicht er.

»Es tut mir leid. Ich bin eingeschlafen«, wisperte ich. Ich legte zögernd den Kopf in den Nacken, um Sebastian anzusehen.

Er starrte wütend auf mich herab. Seinem Gesichtsausdruck nach zu urteilen hätte er mich am liebsten geohrfeigt. Ich konnte es ihm nicht verübeln. Ich war selbst böse auf mich.

»Du bist verrückt. Wirklich, so etwas habe ich noch nie erlebt. Wie konntest du so weit wandern, wenn du dich nicht auskennst? Bist du von Sinnen?!« Er war so wütend, und normalerweise hätte mir das Angst machen müssen. Aber sie erdete mich. Diese Wut verstand ich im Gegensatz zum Himmel. Es war, als würde sie mich erst richtig aufwecken. Ich spürte, wie die Erleichterung einsetzte. Ich war noch am Leben. Nicht verschlungen.

»Du hast mich gefunden«, stellte ich mit leisem Staunen fest.

»Und da kannst du verdammt nochmal von Glück reden, Edda Sturm. Ich will gar nicht darüber nachdenken, was alles hätte passieren können.«

Mir kam seine Frau in den Sinn. Nicht dass ich mich mit ihr hätte vergleichen wollen, aber ich begriff erst jetzt, wie sehr diese Situation Sebastian wohl an den Unfall erinnern musste. Ich schluckte.

»Es tut mir leid«, wiederholte ich.

In der Ferne passierte ein Frachtschiff die Fahrrinne und gab ein lautes, hohes Geräusch von sich, das mich zusammenzucken ließ.

Sebastian legte eine Hand in meinen eiskalten Nacken. Seine Haut war so warm, dass ich für einen Moment aufhörte, zu zittern. Vielleicht müsste ich doch nicht für den Rest meines Lebens frieren.

»Was steckt hinter all dem?«, fragte er leise.

»Was meinst du?«

»Ich meine, wovor hast du eine solche Angst? Du zitterst.«

»Mir ist kalt.«

»Es ist nicht nur dein Körper, der zittert.«

Seine Hand wanderte von meinem Nacken zu meiner Wange, dann tiefer, legte sich sanft um meinen Hals.

»Doch«, beharrte ich stur. Ich wollte Sebastian meine

ganze traurige, erbärmliche Geschichte nicht erzählen. Nicht jetzt. Nicht hier. »Ich bin völlig durchgefroren.«

Sebastian runzelte die Stirn, und seine Stimme senkte sich gefährlich leise. »Dein Blick flackert. Dein Puls rast. Ich kann fühlen, wie schnell du atmest.«

»Adrenalin«, erwiderte ich.

»Hör auf, Edda. Ich erkenne Angst, wenn ich sie sehe. Aber sie ist unnötig. Du bist in Sicherheit, Edda. Ich bin bei dir.«

Wie machte dieser Mann das? Der Mann, der am Anfang kaum ein Wort herausgebracht hatte, setzte sie nun gekonnt gegen mich ein. Dabei konnte ich ihm nicht die Wahrheit erzählen. Ich wollte es nicht. Was sollte er von mir denken, wenn er erfuhr, wie schwach ich wirklich war?

»Ich weiß.« Mehr brachte ich nicht heraus, ohne in Tränen auszubrechen. Ich wollte ihn nicht sehen lassen, was ich in den letzten Stunden gesehen hatte. Das Nichts, das ich war. Ich wollte weder für ihn noch für die ganze Welt *nichts* sein. Ich wollte mehr sein. *Mehr.*

»Wovor bist du auf der Flucht?«

Mein Herz hämmerte schmerzhaft gegen meine Rippen, und ich begann wieder, unkontrolliert zu zittern. Ich wollte es nicht, aber ich konnte nichts dagegen tun. Mein Körper ließ sich nicht mehr von meiner wackeligen Vernunft leiten.

»Mir ist so kalt.« Es war die Wahrheit. Doch in diesem Moment war es auch eine Lüge, eine Ausflucht.

Sebastian schlang beide Arme um mich. Ich ließ den Kopf gegen seine Schulter sinken und schloss die Augen. Seine Wärme erfüllte mich, breitete sich langsam in meinem ganzen Körper aus, bis alle meine Sinne von seiner Nähe erfüllt waren. Er sprach leise auf mich ein, aber ich lauschte nur noch dem Klang seiner Stimme, nicht mehr seinen Worten. Und für einen Augenblick dachte ich, dass ich das Unwetter vielleicht überstanden hätte, wenn sich seine Stimme in den Donner gemischt hätte.

Irgendwann erhellten Scheinwerfer das Zwielicht des anbrechenden Abends, und Sebastian nahm mich auf die Arme. Nur ein paar Schritte, und wir erreichten einen gepflasterten Dünenweg. Und nur ein paar Dutzend Meter dahinter verlief eine Straße, auf der nun Hilde ihr Auto anhielt. Wie nah die Rettung gewesen war.

Kurz bevor wir den Wagen erreichten, sah Sebastian auf mich herab. »Du wirst es mir noch verraten … Was heute wirklich passiert ist.«

»Wanderer verirren sich oft«, murmelte ich müde.

Er zog eine Augenbraue hoch. »Ich konnte noch nie einem Geheimnis widerstehen.«

Ich wollte ihm sagen, dass manche Geheimnisse nicht faszinierend waren, wie man das aus Büchern kannte, sondern einfach nur schrecklich enttäuschend. Aber meine Stimme gehorchte mir nicht mehr, als Sebastian mich auf die Rückbank legte.

Dann schlief ich in seinen Armen ein, und er hielt mich auf dem Weg ins Krankenhaus fest, wann immer Blitz und Donner zu mir zurückkehrten.

14.

Es gab da diese eine Sache, die ich nie recht verstanden hatte: Hinter den Wolken war Sonne. Immer. Blauer Himmel und das Universum mit all seinen Sternen und Planeten. Die Wolkendecke, die uns davon trennte, war nur ein dünner Schleier, ein Nichts im Vergleich zu der Größe, die sich dahinter verbarg. Trotzdem hatte ich vor allem Angst vor den Wolken, vor Sturm und Unwetter. War es nicht paradox? Sieben Jahre lang hatte ich darauf gewartet, endlich die Welt sehen zu können, und dann konnte ich sie nicht ertragen.

Mit der flachen Hand wischte ich über den Spiegel, der bis zum Rand beschlagen war. Hinter mir dampfte das eingelaufene Badewasser und gerann an den Fliesen zu heißen Tropfen. Fast die ganze Nacht hatten wir im Krankenhaus gewartet, nur um dann mit ein paar guten Ratschlägen entlassen zu werden. Bei meiner Ankunft hatte mir eine Schwester einen Tropf mit warmer Kochsalzlösung gelegt, aber da ich offensichtlich nicht als Notfall eingestuft worden war, hatte der Arzt erst in den frühen Morgenstunden vorbeigeschaut. Er sah keinen Grund, mich dazubehalten, wies mich aber an, mich die nächsten Tage warmzuhalten und auszuruhen und bei Anzeichen einer Erkältung meinen Hausarzt aufzusuchen.

Auf der Rückfahrt hatte Sebastian vorne neben Hilde gesessen und mir Vorwürfe gemacht; warum ich alleine losgezogen sei, warum ich mich wie ein kleines Kind in den Dünen versteckte, wo mich die Flut fast erreicht hätte, warum, warum, warum ...

Dann sagte Hilde, er solle den Mund halten, und er tat es zähneknirschend.

Ich stieg in die Wanne, und obwohl das Wasser heiß war, dauerte es einige Minuten, bis mein Körper aufhörte, zu zittern. Ich hatte mich bei unserer Ankunft im Morgengrauen mit mehreren Ersatzdecken in mein Bett verkrochen, aber trotzdem fing ich nach kurzer Zeit an, zu zittern. Es war nicht nur die Kälte im Zimmer, die mich schlottern ließ. Vielmehr war es das Gefühl, das sich einstellte, wenn man dabei zusah, wie Hoffnung und Träume einander die Hand gaben und zusammen von dannen zogen. Ich hatte herausfinden wollen, wer ich war, wenn ich die Vergangenheit abschüttelte. Stattdessen hatte sie mich eingeholt, umhüllte mich wie das warme Badewasser. Ich fühlte mich verloren. Ich war blind geworden für die Erhabenheit des Meeres vor den Fenstern und taub für das Flüstern der Wellen, die irgendwo hinter dem Haus gegen das Ufer schlugen.

Mir war die Magie des Ortes abhandengekommen, und das ließ mich sprachlos zurück.

Ich rutschte tiefer ins schaumige Wasser, bis es über meine Schultern schwappte. Das Badezimmer war erfüllt von dem Duft nach Lavendel, und auf dem Beckenrand flimmerten Kerzen, die einzige Lichtquelle, die ich mir neben der aufgehenden Sonne erlaubte. Ich wollte sehen, wie die Dunkelheit wich, während ich darüber nachdachte, wie ich nun weitermachen sollte. Ja, wie sollte ich weitermachen? Sollte ich meine Mutter anrufen und ihr sagen, dass ich nach Hause kommen würde? Dass sie Recht hatte und ich noch nicht so weit war, es vielleicht nie wäre, weil ich eben kein normaler

Mensch war … und nie sein würde? Sollte ich akzeptieren, dass meine Träume zu hochgesteckt waren, zu hell und gewaltig für meine verletzliche Seele? Dass der erste Sturm ausgereicht hatte, um meinen Traum nach einem Leben in Freiheit zerplatzen zu lassen? Dass der Anblick des zornigen Himmels mich zu Tode geängstigt hatte?

Du bist doch frei, würde Martha jetzt sagen.

Bin ich das?, würde ich zurückfragen.

Wir hatten das so oft durchgesprochen. Aber meine Freiheit hatte nicht in dem Moment begonnen, als die Kellertür sich geöffnet hatte. Auch nicht im Krankenhaus. Auch nicht in dem Moment, in dem ich meine wahre Identität erfahren hatte oder dass meine echte Mutter noch am Leben war und man uns zusammenbringen wollte. Unter den Augen einer psychologischen Betreuung natürlich.

Meine Freiheit musste in meinen Gedanken beginnen. In der Abwesenheit der Angst, die mich immer wieder überkam und mein Leben fest im Griff hatte. Sie musste in mir erwachen.

Aber Isolde ist doch tot, sagte Martha dann. Sie kann dir nichts mehr tun.

Nein, aber ein Teil von ihr lebte noch immer in mir. Ein Teil ihrer krankhaften Panik vor der Welt hatte sich in mir festgesetzt und ließ sich nicht wegtherapieren. Nur das Leben selbst konnte mir helfen.

Und ich … ich fühlte mich nicht mutig genug, mich ihm zu stellen. Mich ihm *noch mal* zu stellen. Gestern hatte ich schließlich kolossal versagt.

Ich rutschte noch etwas tiefer in die Wanne, bis ich das Wasser am Kinn spürte. Meine Haut hatte sich von der Hitze rötlich verfärbt, aber ich spürte es nicht. Innerlich war mir immer noch kalt.

Draußen ging die Sonne auf, und das Schattenflackern der Kerzen an den Wänden verschwand. Ich hätte müde sein müssen, aber ich war es nicht. Irgendwann wurde das Wasser kalt, und die Kerzen erloschen, aber ich konnte mich nicht dazu überwinden, aufzustehen.

Ich regte mich auch nicht, als es an der Tür klopfte. Erst Sebastians Stimme ließ mich aufmerken.

»Edda?«

Eine Mischung aus Ungeduld und Sorge klang darin mit. Weil er sich verpflichtet fühlte, sich um mich zu kümmern? Oder weil er unser Gespräch fortsetzen wollte, um mein sogenanntes Geheimnis zu ergründen? Er glaubte mir nicht, dass es nichts zu erzählen gab. Und damit fügte ich zu der Liste an Dingen, die ich nicht konnte, noch ein weiteres hinzu: Lügen.

Ich tauchte ganz unter, und die Welt verwandelte sich in ein sanftes, wiegendes Rauschen, in dem ich für einige Sekunden nichts außer beruhigender Stille vernahm.

* * *

Vor sieben Jahren
Zwei Monate danach

Irgendwann kam der Tag, an dem ich entlassen wurde.

Ich verbrachte fast zwei Monate im Krankenhaus, einen Teil davon in der psychiatrischen Abteilung. Als ich körperlich wiederhergestellt war, teilten die Ärzte mir mit, dass man mich verlegen musste, um sich meiner seelischen Wunden anzunehmen. Danach mussten sie mich mit Medikamenten ruhigstellen, um mich mitsamt Bett drei Etagen nach oben transportieren zu können.

Ich hatte mich mit Händen und Füßen dagegen gewehrt, aus meinem vertrauten Zimmer gebracht zu werden, ich wollte es auf gar keinen Fall verlassen. Meine Psychologin brauchte zwei Wochen, um mich zu überzeugen, dass ich nicht weggeschlossen oder mit Medikamenten vollgestopft wurde und dass ich auch nicht nach draußen musste, wenn ich es nicht aus freien Stücken wollte. Sie diagnostizierte Agoraphobie, die Angst vor weiten Räumen, vor vielen Menschen, davor, vom Rückzugsort entfernt zu sein.

Als sie mir ihre Diagnose mitteilte, war ich im ersten Augenblick so geschockt, dass ich kein Wort herausbrachte. Zwölf Jahre hatte ich in einem Kellerraum verbracht. Und dann hatte ich Angst vor dem *Draußen?* Nach allem, was ich durchgemacht hatte, um eben dorthin zu gelangen? Hätte ich nicht vielmehr auf ewig Angst vor dem Eingesperrtsein haben müssen?

Durch etliche Sitzungen begriff ich, dass jede Psyche anders auf traumatische Ereignisse reagierte. Etwas in mir hatte Isoldes psychotische Warnungen viel mehr verinnerlicht, als ich es erwartet hatte. Langsam, Stück für Stück, lernte ich, mit Menschen in einem Raum zu sein, erst mit meiner Psychologin, später mit einer Gruppe. Wir bewegten uns allmählich durch die Station, durch das Krankenhaus und schließlich auch durch den Park und die umliegenden Straßen. Ich verarbeitete den Schock, dass mein leiblicher Vater vor neun Jahren gestorben war und mich nie mehr wiedersehen würde. Ich verarbeitete den zweiten Schock, dass meine Mutter hingegen noch am Leben war und die Zusammenführung irgendwann Teil der Therapie werden sollte. Es gab schließlich kein anderes Zuhause, keinen anderen Ort, an den ich gehen konnte, wenn all das hier vorbei war.

Ich begriff außerdem, dass Isolde mir erstaunlich viel beigebracht hatte, denn auf ihre verdrehte Art hatte sie gut für mich sorgen wollen, und dazu gehörte auch eine ausreichende Bildung. Ich konnte lesen, schreiben und rechnen, und dank der Bücher und meiner blassen Erinnerungen von früher besaß ich genug Wissen über die Welt, dass ich in ihr leben konnte. Theoretisch. Die Realität jagte mir dennoch oft genug Angst ein. Ich musste mich erst langsam wieder an den Trubel des echten Lebens gewöhnen. Die Vielzahl an Gerüchen und Geräuschen war oft überwältigend. Aber vor allem der Umgang mit Menschen bereitete mir Unbehagen. Selbst wenn ich sie jeden Tag sah, die Ärzte oder Krankenschwestern oder sogar Martha, wurde ich aus ihrem Verhalten oft nicht schlau, weil sie sich eben ganz anders als Isolde verhielten. Manches befremdete mich, vieles ängstigte mich, das meiste konnte ich einfach nicht nachvollziehen. Die Psychologin beruhigte mich. Ich würde es lernen. Es brauchte nur Zeit. Viel Zeit. Zeit und Übung. Ich durfte mich nicht unter Druck setzen, das würde mich nur unnötig belasten. Aber das war nicht leicht, das im Gedächtnis zu behalten, wenn man etwas lernen musste, das für alle anderen Normalität war.

Am Vorabend meiner Entlassung packte ich meine wenigen Habseligkeiten in die von Martha mitgebrachte Reisetasche. Die Polizei hatte gefragt, ob ich etwas aus dem Keller behalten wollte, und ich hatte mir ein paar Sachen bringen lassen. Anderes hatte ich während meines Aufenthalts hier angesammelt. Es fühlte sich seltsam an, dass mein ganzes Leben in diese Tasche zu passen schien. Obwohl ich mich darüber freuen sollte, das Krankenhaus verlassen zu können, fühlte ich mich schrecklich. Etwas Neues lag vor mir, und bei dem bloßen Gedanken daran wollte ich mich im Keller des Krankenhauses verstecken, bis man meine Existenz vergessen hatte. Martha hatte mir auf Anraten der Psychologin viele Fotos ihres Hauses gezeigt und in aller Ausführlichkeit von ihrem Leben dort erzählt. Sie hatte meinen Vater erwähnt, aber all das schien mir irreal. Wie eine Geschichte aus einem Buch. Es berührte mich nicht. Es war nicht mein Leben.

Das sei in diesem Stadium völlig normal, erklärte mir die Psychologin. Ich sei von den vielen Eindrücken so überlastet, dass das Unterbewusstsein irgendwann eine Mauer aufbaute, um die Seele zu schützen.

Ich seufzte leise und zog den Reißverschluss der Reisetasche zu. Dann setzte ich mich auf die Bettkante. Wie sollte es nun weitergehen? Wie sollte ich das Leben leben, das ich eigentlich hätte führen sollen und das mir nun völlig fremd war? Ich war überfordert, und dass mir jeder bescheinigte, dass ich ebendies sein durfte, machte es trotzdem nicht besser.

Es klopfte, und Jan steckte den Kopf zur Tür herein. Er hatte mich in den letzten zwei Monaten regelmäßig in seinen Pausen besucht. Zunächst war meine Psychologin dabei gewesen – er hatte wohl Probleme bekommen, weil unser Ausflug vor zwei Monaten nicht mit einem Arzt abgesprochen gewesen war –, aber da ich mich mit ihm wohlfühlte, unterstützte sie seine Besuche. Heute sah er so anders aus, dass ich ihn fast nicht erkannt hätte. Er trug keine weiße Krankenhauskleidung, sondern eine Jeans und einen schwarzen Pullover. Es war das erste Mal, dass ich ihn in ziviler Kleidung sah.

»Hey«, sagte er mit einem schiefen Lächeln und schloss die Tür leise hinter sich. Die Besuchszeit war schon vorbei, und viele Patienten schliefen bereits.

»Hey«, sagte ich. Ich freute mich, dass er da war.

Er nahm einen der unbequemen Holzstühle und zog ihn an mein Bett. »Ich dachte, ich schaue noch bei dir vorbei, bevor ich nach Hause gehe und du flügge wirst.« Jetzt lächelte er nicht mehr. Seine Augen versuchten, in meinem Gesicht etwas zu ergründen, aber was, wusste ich nicht.

»Das ist nett von dir.« Ich zog die Knie an und drehte mich so, dass ich ihn besser ansehen konnte.

»Wie geht es dir damit?«

Jan war einer der wenigen, die mich nicht fragten, ob ich mich freute, nach Hause zu kommen. Er wusste um meine gemischten Gefühle. Neben meiner Psychologin war er die einzige Person, die mein Innenleben kannte, weil ich im Laufe der Wochen Vertrauen zu ihm gefasst hatte. Er war dieser Typ Mensch, der so herzensgut war, dass er nicht einmal einer Fliege etwas zuleide tun konnte. Und obwohl ich eigentlich wusste, dass das Verhältnis zwischen Pfleger und Patient professioneller sein sollte, war ich froh, dass wir Freunde geworden waren.

»Ich weiß es nicht. Ich weiß nur, dass es ein wichtiger Schritt ist. Ein Schritt in die Selbstständigkeit. Aber ich habe Angst davor«, gestand ich.

»Das kann ich verstehen. Aber du wirst daran wachsen, wie du an allem bisher gewachsen bist. Du musst es nur durchstehen. Du bist stark genug dafür, das weiß ich.«

Ich zuckte die Schultern. »Vielleicht hast du Recht. Aber ... Es ist, als würde ich vor einem riesigen Berg stehen. Und alle sagen, ich muss unbedingt auf diesen Berg rauf. Aber ich sehe die ganze Arbeit vor mir, all die Mühe, und ich will gar nicht erst losgehen, weil es so unglaublich anstrengend sein wird. Ich habe keine Ahnung, ob ich das schaffe.«

Jan beugte sich vor und hielt mir seine Hand entgegen. »Du wirst das schaffen. Ich glaube an dich«, murmelte er. Er war der Einzige, dessen Berührung mich nicht mehr zurückzucken ließ. Es gab niemanden, der so sanftmütig war. Seit ich draußen war, glaubte ich manchmal, aus rissigem Glas zu sein. Ich war zerbrechlich und völlig durchschaubar. Aber mit ihm schien es nicht länger ein Makel zu sein.

Ich nahm seine Hand und fühlte mich sicherer. »Du wirst mir fehlen.« Ich konnte ihm dabei nicht in die Augen sehen. Es wäre zu viel gewesen.

Eine Weile sagte er nichts, und auf eine seltsame Art sah er traurig aus.

»Wir werden uns nicht verlieren«, sagte er dann. »Ich habe versprochen, dir zu helfen. Das gilt auch morgen noch. Und übermorgen. Und in zwanzig Jahren. Du weißt, dass wir telefonieren können. Oder E-Mails schreiben. Oder uns sogar treffen.« Bei dem letzten Satz hörte ich den Zweifel in seiner Stimme, auch wenn er ihn zu verbergen versuchte.

Ich nickte, aber eigentlich wussten wir beide, dass uns bald beinahe vierhundert Kilometer, ein neues Leben und eine Vergangenheit, die mich noch fest umschlungen hielt, trennen würden.

Wir würden uns verlieren.

Und ich hatte nicht die geringste Ahnung, wie ich das Leben ohne meinen Mond bewältigen sollte.

15.

Gegenwart

Meine Lungen brannten. Aber ich wollte noch nicht wieder auftauchen. Alles war still unter Wasser.

Plötzlich erschien ein Schatten über mir und riss mich hoch. Ich fühlte mich wie eine Meerjungfrau, die in dem Netz eines Frachtschiffes gefangen war und aus ihrem natürlichen Lebensraum gerissen wurde, um hilflos in einer fremden Welt zu ersticken.

»Sag mal, spinnst du jetzt völlig?!«, herrschte Sebastian mich an.

Er hielt mich eisern fest und wickelte mich in ein Handtuch. Peinlich berührt wollte ich ihn von mir stoßen, aber er ließ mich nicht los. Er hob mich aus der Wanne und stellte mich unsanft auf meinen Füßen ab. Dann zuckten seine Hände zurück, als hätten sie sich an meiner Haut verbrannt.

»Was ... Wieso?«, stammelte ich völlig verwirrt. Was war gerade passiert?

»Wieso?«, wiederholte er entgeistert und starrte mich an, als wäre ich ein Geist. »Das fragst du nicht ernsthaft, oder?«

Ich presste das Handtuch an meinen Körper. Ich konnte im Spiegel sehen, wie meine Wangen rot anliefen. Die ganze

Situation war peinlich und surreal wie ein Traum. Ich nackt mit meinem Handtuch, und Sebastian, der vor mir stand und ich-weiß-nicht-was erwartete. Unsicher schüttelte ich den Kopf.

Sebastian wies unwirsch auf die Badewanne. »Was sollte das gerade?«

»Was sollte *was?*«, fragte ich, langsam entnervt. Ich verstand nicht, worauf er hinauswollte.

»Erst bringst du dich fast mit Hilfe eines Gewitters um. Und jetzt diese Badewannenaktion. Hattest du das etwa vor? Dich umbringen?!«

Ich lachte zittrig, weil ich dachte, er scherze. Aber als ich ihm ins Gesicht sah, erkannte ich, dass er es todernst meinte. Mein Lachen erstarb, als ich das allmählich begriff. Er glaubte tatsächlich, ich hätte mich ertränken wollen.

»Können wir das vielleicht besprechen, wenn ich mir was angezogen habe?«, fragte ich schließlich und strich die nassen Haarsträhnen zurück, die mir an den Wangen klebten.

»Weißt du was?« Er schien mir gar nicht zuzuhören. »Ich kann auch Hilde fragen, was mit dir los ist. Oder deinen Namen googeln, so wie du es gemacht hast. Willst du das? Oder willst mir einfach selbst erzählen, was passiert ist?«

»Ich ...« Ich wollte etwas sagen, aber Sebastian ließ mich nicht zu Wort kommen.

»Ich will wissen, womit ich es hier zu tun habe. Wer du wirklich bist und warum du das tust, was du tust. Ich verstehe dich nicht, Edda. Ich werde einfach nicht schlau aus dir.«

Er brach ab, und einen Moment erinnerte er mich ein wenig an mich selbst. Er sah genauso hilflos aus, wie ich mich fühlte.

Ich wandte mich ab und zog mir meinen Bademantel über, den ich an der Taille fest verknotete. Der Duft nach

Lavendel hatte sich tief in den Stoff gefressen, und ich atmete verstohlen ein. Manchmal waren Gerüche wie ein unsichtbares Geschenk, das man zu leicht übersah.

»Okay«, sagte ich dann, als ich Sebastians stechenden Blick in meinem Rücken nicht mehr ertrug. »Geh schon mal runter, ja? Mach Tee oder irgendwas anderes Heißes. Und Kekse ... Haben wir Schokoladenkekse? Oder etwas anderes mit ...« Ich brach nervös ab und atmete noch einmal den Lavendelduft ein. In diesem Moment wollte ich nur, dass er den Raum verließ und mich allein ließ. »Ich komme gleich«, schloss ich ruhig.

Sebastian gab ein kurzangebundenes Brummen von sich, bewegte sich zu meiner Erleichterung aber zur Tür. Im Rahmen blieb er noch einmal stehen, die Hand auf der Klinke.

»Warum interessiert dich das alles so plötzlich?«, kam ich ihm zuvor. Ich wollte nicht, dass er mich jetzt etwas fragte, bevor ich mir alles zurechtgelegt hatte.

Sebastian lachte trocken. »Du wolltest, dass ich hier wohnen bleibe. Das hast du nun davon.«

Er ging nach unten und ließ mich mit der Frage zurück, wie ich mein Leben zusammenfassen sollte. Wie erzählte man das, was ich erlebt hatte, ohne dabei einen Teil von sich selbst an diesen Menschen zu verlieren?

* * *

Eine Viertelstunde später waren meine Haare fast trocken. Draußen war die Sonne höher gestiegen und das Feuer auf den Wellen des Meeres erloschen. Ein paar Jogger liefen am Strand entlang, und während ein Teil von mir sich ihnen anschließen wollte, erzitterte der andere beim bloßen Gedanken daran.

Ich zog die helle Gardine zu, nachdem ich gelüftet hatte, und verließ das Badezimmer. Am Treppenabsatz blieb ich einen kurzen Moment stehen und starrte nach unten. Ich hörte keinen Fernseher laufen, nicht einmal Radio oder das Brodeln der Kaffeemaschine. Ich konnte auch Sebastian nicht entdecken, also wagte ich mich die Stufen hinunter, hoffend, dass er einfach gegangen war. Irgendwohin, in ein anderes Ferienhaus vielleicht. Nur raus aus meinem Leben, das hier am wilden Meer gerade wieder so kompliziert und still zugleich wurde. Ich fühlte mich völlig überfordert, und zum ersten Mal seit Langem hatte ich Sehnsucht nach Jan, bei dem alles so viel einfacher war.

Sebastian war nicht fort. Er saß auf einem Stuhl, die Hände auf den Tisch gelegt. Seine Finger trommelten ungeduldig auf der Holzoberfläche. Er blickte nach draußen und wandte mir den Kopf erst zu, als ich unten angekommen war.

»Zwei Mal«, murmelte er. »Zwei Mal hast du mich zu Tode erschreckt.« Er wirkte müde, und seine dunklen Augen waren seltsam verschleiert, als zöge er sich hinter eine unsichtbare Mauer zurück. Noch einmal dachte ich, dass es wirklich einfacher wäre, wenn er ginge. Aber war weglaufen eine Option?

Nein. Ich wollte keine Mauern mehr. Ich wollte uns beide ungeschützt, weil ich mit meiner Hilflosigkeit nicht mehr allein sein wollte. Ich wollte mich nicht allein schutzlos fühlen.

Unsicher kam ich näher, und Sebastian wies auf den Stuhl gegenüber. Ich setzte mich hin. Ich hatte keine Ahnung, was ich sagen, wie ich den Anfang finden sollte. Die Worte, die ich mir oben noch sorgsam zurechtgelegt hatte, waren weg. Mein Kopf war leer.

»Du weißt, dass man nicht auf Knopfdruck reden kann, oder?«, fragte ich. Meine Haarspitzen kitzelten meine Wangen. Ich konzentrierte mich auf dieses Gefühl, bis es das Einzige war, was ich zwischen all der Unsicherheit spürte.

»Das habe ich meinem Psychologen auch gesagt«, meinte Sebastian trocken.

In mir zuckten Bilder abgestürzter Bergwanderer mit verdrehten Gliedmaßen auf. War es wirklich die richtige Entscheidung, ihm meine Geschichte zu erzählen, wenn er selbst etwas so Schreckliches erlebt hatte? Würde sie nicht auch seine Vergangenheit wecken und ihn an die Schmerzen erinnern, die er durchlebt hatte und noch immer durchlebte? War ich nicht auf eine Weise egoistisch, wenn ich uns beide verletzlich machen wollte?

»Also?« Er musterte mich aufmerksam, und innerlich wand ich mich unter diesem Blick. Aber ich wusste, dass es auch guttun würde, es einfach loszuwerden. Mich nicht mehr verstellen zu müssen. Nicht vorzuspielen, normal zu sein oder unglaublich stark. Vor Fremden war es leichter, aber Sebastian war kein Fremder. Er war gestern zu mehr geworden, als er mich am Strand aufgelesen und mich festgehalten hatte, als ich verloren gewesen war. Ich musste ihn nicht gut kennen, um ihm vertrauen zu können.

Bevor er noch etwas sagen konnte, begann ich von den tausend Scherben zu erzählen, aus denen ich seit sieben Jahren versuchte, mein Leben wieder zusammenzusetzen. Ich erzählte ihm Geschichten, die ich fast vergessen hatte und die mir in diesem Augenblick plötzlich unsäglich wichtig erschienen. Ich erzählte ihm von dem Kellerraum, der mein Zuhause gewesen war, von meiner Mutter und Isolde, und in diesem Moment waren sie eins, denn Isolde war die meiste Zeit meiner Kindheit meine Mutter gewesen. Ich erzählte ihm von Liebe, Familie und Gewalt, weil ich alles nur in einem Atemzug nennen konnte. Ich erzählte ihm von meiner Zuneigung zu Isolde, die sich mit Hass und dem Gefühl einer ohnmächtigen Abhängigkeit vermischte. Ich erzählte ihm von den Jahren in Freiheit, die ich zu oft wie in Trance erlebt hatte, weil mich alles und jeder überforderte. Ich erzählte ihm von den Hindernissen, die ich überwunden hatte, und von denen, die ich noch vor mir sah. Ich erzählte ihm von der Gier nach Leben und von der hoffnungslosen Furcht, sie niemals stillen zu können.

Ich sprach alles aus, selbst Dinge, die mir bis zu dieser Sekunde nicht wirklich bewusst gewesen waren: Wie sehr ich Farben, Lebendigkeit und die Stärke, meine Angst endlich abzuschütteln, in mir suchte und sie dennoch nicht finden konnte, egal wie verzweifelt ich mich auch bemühte. Irgendwo zwischen all dem erwähnte ich auch Jan, der mich gerettet und verloren hatte.

Als ich fertig war, stand die Sonne deutlich höher am Himmel, und meine Stimme war rau vom Sprechen. Ich hob vorsichtig den Kopf. Ich hatte Sebastian während des Erzählens kaum angesehen.

Dass es richtig gewesen war, mich ihm zu öffnen, erkannte ich an seiner Reaktion. Er sagte nicht *Oh mein Gott* oder *Ach, du tust mir so leid*; keinen der Sätze, die ich schon zig Mal gehört, oder die Phrasen, die ich damals nach meiner Befreiung in der Presse gelesen hatte.

»Das muss dich traurig machen«, sagte Sebastian leise. Ich hörte ihm an, dass ihn meine Geschichte mitnahm. So war es immer: Die Menschen litten mit mir mit, obwohl ihnen die eigentliche Vorstellungskraft fehlte. Seine Hand zuckte kurz, als wollte sie nach meiner greifen.

»Nein«, sagte ich und war selbst überrascht. »Traurigkeit

ist nicht das Problem. Die Leere ist es. Das Fehlen von etwas Echtem. Von Glück oder Wut oder ... irgendetwas außer Unsicherheit und Angst. Das Fehlen von Leben selbst. Seit sieben Jahren versuche ich es ... zu leben. Und manchmal fühlt es sich an, als sei es mir nicht einen einzigen Tag gelungen.«

Ich beobachtete ihn jetzt, versuchte seine Reaktion zu ergründen. Aber sein Gesicht war regungslos, nur in seiner Stimme lag Emotion.

»Edda ...«

»Was, wenn es mir nie gelingt?«, flüsterte ich.

Er sagte nicht, dass es Quatsch wäre und dass es mir auf jeden Fall gelingen würde. Er log mich nicht an, und dafür war ich ihm dankbar.

»Du sagtest, du hättest Angst vor dem Himmel. Das verstehe ich nicht ganz.«

»Hast du schon mal auf einer weiten Ebene gestanden?«, fragte ich. »Auf einer Wiese, die so unendlich schien, dass du in alle Richtungen nur den Horizont sehen konntest? Über dir ist der Himmel, und er ist so erschreckend groß, dass man sich ganz winzig fühlt. Das hat mir am Anfang Angst gemacht. Aber jetzt, jetzt ist es das Gefühl, vom Himmel erdrückt zu werden. Wenn er so grau ist, dass du glaubst, er speit giftigen Rauch aus. Wenn der Wind den Himmel aufpeitscht, bis es aussieht, als würde er hinabstürzen und dich verschlingen. Und weil um dich herum nichts ist, kein Versteck, kein Halt, bleibst du stehen, während seine Schwere dich erdrückt und du innerlich tausend Tode stirbst. Immer und immer wieder.« Ich sah aus dem Fenster, wo der Himmel nach dem gestrigen Gewitter unschuldig blau im Licht der Morgensonne leuchtete. »Das kann man nicht verstehen, oder? Meine Therapeutin nennt es Agoraphobie, und sie glaubt, es ist eine Folge des Traumas, das ich in meiner Kindheit erlitten habe. Ich habe mich eben so an den Kellerraum gewöhnt, dass ich Angst vor der Außenwelt habe.« Ich wandte mich ihm wieder zu und lächelte schwach, um meine Worte nicht zu schwer klingen zu lassen. Ich wollte kein Mitleid.

Sebastian beugte sich nach vorn und stützte sich mit den Ellenbogen auf dem Tisch ab. Die Morgensonne fiel auf sein Gesicht.

»Ich kann *diese* Art der Angst vielleicht nicht verstehen, aber Ängste hat jeder. Das Gefühl kennen wir alle, der eine eben stärker als der andere. Du bist nicht verrückt, Edda, wenn es das ist, was du befürchtest.«

Ich musste lachen. Bei ihm klang das so einfach.

Seine Finger strichen über meine, kaum mehr als die Berührung einer zarten Windbrise. Etwas in mir begann zu beben, und ich wusste nicht, ob es die Nachwehen der Unterhaltung oder mein Herz war, das unruhig flatterte.

»Du bist hier, um dich deiner Angst zu stellen. Willst du das immer noch?«, fragte Sebastian.

»So leicht ist das nicht«, murmelte ich ausweichend.

»Willst du das immer noch?«, wiederholte er hart.

Ich begann zu ahnen, dass Sebastian nicht nachgeben würde, bis er die Antwort von mir hatte, die er hören wollte. Dabei hatte ich die Hoffnung aufgegeben. Mein Mut war gestern mit der Ebbe fortgespült worden.

Wie sollte ich ihn in der Unendlichkeit des Meeres nur wiederfinden?

16.

Die erste Urlaubswoche war beinahe vorüber, und ich hatte beschlossen, meinen Stapel ungelesener Bücher anzugehen. Um nicht den ganzen Tag im Haus zu sitzen, hatte es mich auf die Terrasse verschlagen. Hier konnte ich das Meer aus sicherer Entfernung beobachten, während das Dach mir Schutz vor dem Himmel bot. Ich hörte die Wellen rauschen, eine leise Hintergrundmusik zu meinen stetig kreisenden Gedanken.

Auf dem Tisch türmte sich eine Handvoll Romane. Ich hatte sie nicht nach Thema, Genre oder Autor ausgesucht, sondern in der Bibliothek die Bücher mitgenommen, die in vergessenen Ecken standen, oder auf Flohmärkten die, die ein bisschen verloren aussahen. Keine Geschichte verdiente es, unter einer Staubschicht die Luft zum Atmen zu verlieren.

»Du verdienst das auch nicht«, sagte Sebastian missmutig, als er mich auf der Terrasse fand und ich ihm davon erzählte. Ich hatte die alten Gartenmöbel aus der Hütte herausgeholt, aufgestellt und sorgsam vom Dreck des Schuppens befreit. Das Holz der Möbel war splittrig, die Scharniere quietschten, aber mit den dicken Auflagen und einer warmen Decke ließ es sich bequem aushalten.

»Was willst du?«, fragte ich und sah ungeduldig von meinem Buch auf. »Beschwer dich nicht. Ich bin doch draußen an der frischen Luft. Ganz wie du es wolltest.« Fast hätte ich ein ironisches *Papa* angefügt, aber das Wort wollte mir nicht über die Lippen kommen. Es war so leer, so bedeutungslos und ohne Inhalt. Und gleichzeitig tat diese Leere weh.

Sebastian setzte sich neben mich, während ich weiterlas. Das gestern begonnene Buch hatte ich fast durch, und ich verweilte schließlich auf der letzten Seite, dem unumstößlichen Wort *Ende* so nah. Mein Herz war seltsam schwer, als ich das Buch zuklappte.

Sebastian runzelte die Stirn. »Sag mal, weinst du?«

Ich fuhr mir mit dem Handrücken über die Augen, aber da waren keine Tränen. Nur eine Ahnung davon.

»Quatsch«, sagte ich und seufzte zugleich.

Er nahm das Buch an sich. »Die unendliche Geschichte?«, fragte er mit hochgezogener Augenbraue. »Ist jemand gestorben?«

Ich schüttelte den Kopf. »Nein. Aber die Geschichte ist zu Ende.«

Er sah mich nur verständnislos an.

Ich riss ihm das Buch aus der Hand und presste es an mich. »Du liest keine Bücher, richtig? Sonst würdest du es verstehen.«

»Selten. Erklär es mir trotzdem. Bitte.«

»Diese Traurigkeit, wenn du weißt, dass du ein Buch und seine Welt nun kennst und du nicht wieder zurückkannst. Du kannst Bücher zwar wieder und wieder lesen, aber diesen Zauber, etwas das erste Mal zu entdecken, den kann man nicht noch einmal spüren. Es gibt nur noch diesen Nachhall, an den du dich klammerst und der irgendwann doch erlischt und etwas anderem Platz macht. Aber im Augenblick will ich nichts anderes. Ich möchte ewig in dieser Welt schwelgen und in ihr versinken. Nur in ihr, fernab der Realität mit all ihren Erwartungen an mich.«

Sebastian stieß einen langgezogenen Seufzer aus, und einen Moment lang starrte er mich traurig an. Er hob seine Hand, und für eine Sekunde glaubte ich, er wollte mir eine Haarsträhne aus dem Gesicht streichen. Bei dem Gedanken fühlte sich meine Haut heiß an. Dann aber strich er nur über den Einband des Buches, so zart, dass er seine Worte Lügen strafte.

»Du bist aber keine Buchfigur, Edda, keine Effi Briest, eingesperrt in ihr Haus und ihr Leben«, sagte er. »Das ist der Unterschied zwischen Büchern und dem Leben. Du hast es in der Hand. Du musst das Buch zuschlagen und aufstehen, um deinen Ausbruch selbst in die Hand zu nehmen. Du sperrst dich selbst ein.«

»Ich weiß nicht mal, ob es sich lohnt. Das Leben«, sagte ich und legte das Buch zur Seite.

»Ob es sich lohnt?«

Ich nickte und lehnte mich nach vorne, aus dem Schatten des Sonnenschirms heraus. Das Sonnenlicht ließ mich blinzeln. »Wie kannst du das von mir verlangen, während du selbst doch hier bist?«

Ich sah ihm an, dass er nicht wusste, worauf ich hinauswollte, aber er ahnte bereits, dass es ihm nicht gefallen würde. Die Anspannung ließ die Muskeln an seinen Unterarmen hervortreten. Ich mochte seine Arme. Sie sahen aus, als könnten sie jemanden retten. Sie hatten mich gerettet.

»Du bist hier, weil du vor deinen Erinnerungen flüchtest«, fuhr ich fort. »Vor den Gedanken an den Unfall. Wir haben nicht dasselbe erlebt, aber mit einem Trauma kenne ich mich aus. Du bist hier, um zu vergessen.«

»Ach, Edda«, sagte er sanft. Seine Augen waren wie dunkles, flüssiges Eis in der Sonne. Fast schien es mir, als würden sie die Farbe des Ozeans annehmen. Ich schauderte. »Du bist so klug, und doch begreifst du manchmal die einfachsten Dinge nicht. Vergessen ist nicht dasselbe wie verarbeiten. Und flüchten ist nicht heilen. Ich will heilen. Du willst heilen. Aber jetzt flüchtest du.«

»Ich flüchte nicht«, antwortete ich. Es klang widerspenstig. »Sonst wäre ich schon lange wieder auf dem Rückweg nach Mainz. Siehst du? Ich bin hier. Genau vor dir. Ich habe nicht aufgegeben.«

Ich nickte heftig, um meine Worte zu bekräftigen und sie selbst zu glauben. Aber wir wussten beide, dass Sebastian das Einzige war, das zwischen mir und meinem Wagen stand – wortwörtlich.

»Du bist nicht ganz hier. Ein Teil von dir sitzt auf diesem Stuhl, und der andere verliert sich in der Welt deiner Bücher«, sagte er leise. »Aber weißt du was?«

Ich musterte ihn erwartungsvoll.

»Es lohnt sich. Ich verspreche dir, dass es sich lohnt. Hier zu bleiben. Das Leben an sich. Alles. Schmerz gehört dazu. Aber es lohnt sich trotzdem – oder gerade deswegen.« Sebastian lächelte. »Ich zeige es dir.«

In diesem Augenblick blitzte etwas in diesen wissenden Ozeanaugen auf: eine Erkenntnis, ein Vorhaben, eine fixe Idee. Es braute sich in ihnen ein Sturm zusammen, der irgendetwas mit mir zu tun hatte. Der Ausdruck seiner Augen war so intensiv, dass ich glaubte, verschlungen zu werden, wenn ich nicht achtgab.

In diesem Augenblick hatte ich das erste Mal Angst davor, wie weit Sebastian wohl gehen würde, um mich dem Himmel entgegenzutragen.

* * *

Am nächsten Morgen wurde ich unsanft geweckt.

Als ich mich noch im Halbschlaf gähnend zur Seite drehte, stieß ich mit dem Oberarm gegen etwas Spitzes. Mit einem unterdrückten Aufschrei fuhr ich hoch. Meine tastenden Finger erkundeten einen langen, kantigen Gegenstand, der direkt neben mir auf dem Bett platziert war. Was war das? Und vor allem, wie kam es dorthin?

Wegen der geschlossenen Rollläden konnte ich im Zwielicht nicht mehr als eine rechteckige Form erkennen. Also stieg ich aus dem Bett, um die Jalousien hochzuziehen und die Balkontür zu öffnen. Eiskalter Wind blies an mir vorbei und vertrieb die schwere Nachtluft und die Reste wirrer Träume, an deren Existenz man sich höchstens in Déjà-vu-Momenten erinnerte.

Auf meiner Bettdecke lag ein Paket, viereckig und klobig und in dickes braunes Papier eingeschlagen. Darauf ruhte ein Briefumschlag, auf den in kantiger Schrift mein Name geschrieben war.

Verwundert setzte ich mich neben das Päckchen und zog es auf meine Oberschenkel. Mit den Fingerspitzen fuhr ich die raue Oberfläche des Papiers nach. Plötzlich hämmerte mein Herz vor Aufregung.

»Ein Geschenk?«, entfuhr es mir, und sofort schlug ich die Hand vor den Mund, obwohl niemand anwesend war, der Zeuge meiner kindlichen Freude werden konnte. War es ein nachträgliches Geburtstagsgeschenk? Ich hatte nicht damit gerechnet, eins zu bekommen, weil ich Martha gebeten hatte, mir ihres erst zu geben, wenn ich wieder zu Hause war. Ob es von Jan war? Ich glaubte es eigentlich nicht, so schwierig wie der Kontakt im letzten Jahr geworden war.

Von Isolde hatte ich selten Geschenke bekommen, an denen mir wirklich etwas lag. Zu sehr hatte ich mich nach

Freiheit, nach Freunden, nach der Welt da draußen gesehnt. Jedes andere Geschenk wirkte, als wollte sie mich mit weniger abspeisen. Einzig mit den Büchern, die sie mir gebracht hatte, war etwas Licht in das Kellerdunkel gekommen. Martha kannte mich selbst nach den sieben Jahren, in denen ich nun am echten Leben teilnahm, noch nicht gut genug, als dass sie wusste, was ich wirklich mochte. Manchmal schenkte sie mir ebenfalls Bücher. Meistens waren es Lebensratgeber, die ich der nächsten Bücherei vermachte. Ihre Vorstellung, ich könnte all die verpassten Jahre mit Hilfe dieser Bücher nachholen, machte es nur noch schwerer, miteinander auszukommen.

Ich kratzte mit dem Zeigefinger an dem durchsichtigen Klebestreifen und löste ihn ab, ohne das Papier dabei aufzureißen. Vorsichtig zog ich das braune Packpapier zur Seite. Darunter kam ein Karton zum Vorschein, dessen Deckel ich mit wachsender Aufregung anhob.

In dem kleinen Karton auf meinen Knien lag eine uralte, zerfledderte Ausgabe von Robert Louis Stevensons *Die Schatzinsel.* Ich holte das Buch heraus und fuhr behutsam mit dem Ärmel über den Buchdeckel, aber es war sauber und staubfrei. Eine wunderschöne Ausgabe, die Sebastian in einem Antiquariat gefunden haben musste. Beim Anblick des Buches wusste ich einfach, dass das Geschenk von ihm war.

Ich legte es zur Seite und griff nach dem Umschlag, der auf dem Päckchen gelegen hatte. Als ich ihn öffnete, kam ein zusammengefaltetes Blatt Papier zum Vorschein; bunte Farben hatten sich bis auf dessen Rückseite durchgedrückt. Was hatte Sebastian da geschrieben? Oder gemalt? Ich zog das Blatt heraus und faltete es auseinander. Einen Augenblick starrte ich fassungslos auf die Zeichnung, die sich mir darbot, dann musste ich unweigerlich lachen. Sebastian hatte eine Schatzkarte gezeichnet. Unser Ferienhaus war deutlich zu erkennen und der Weg zum Strand, wo mehrere Kreuze die Lage von Schätzen markierten. Ich spürte, wie es in mir zu kribbeln begann, und ich fragte mich, ob er sich einen Scherz mit mir erlaubte. Hatte er an den angekreuzten Stellen wirklich etwas im Sand verborgen?

Was sollte ich nun tun? Hinausgehen? Aber ich traute mich nicht, so nahe ans Wasser heranzutreten.

Unschlüssig legte ich die Karte auf die Bettdecke und stand auf. Ich ging im Zimmer hin und her, mein Blick fiel immer wieder auf die Sachen auf meinem Bett. Und dann blieb ich stehen. Im Umschlag war noch ein weiterer Zettel. Er blitzte nur mit einer winzigen Kante hervor, deshalb hatte ich ihn übersehen. Ich zog den Zettel heraus und ließ mich wieder auf die Bettkante sinken. Ich wollte sitzen, während ich Sebastians geradlinige, klare Handschrift las, und mir keine Gedanken um meine Füße oder ums Fallen machen. Ich wollte die Worte, die Aufregung inhalieren, die mir dieses Geschenk machte. Ich wollte … Ich wollte alles auf einmal.

Wenn Du bis Sonnenuntergang Deinen Mut wiedergefunden hast, triffst Du mich am Strand. Barfuß, wir beide. Vielleicht noch die Karte und das Leben dazu.

Ich wusste nicht, was ich fühlte. Angst, Aufregung, unbändige Freude. Dieses liebevolle Geschenk, diese geheimnisvolle Einladung … es war zu viel, zu wenig, es war alles. Ich hatte keine Ahnung, was Sebastian sich dabei gedacht hatte oder warum er mir überhaupt etwas schenkte. *Mir.*

Aber eins wusste ich: Da unten, direkt am Fuße der Wellen, wartete jemand oder etwas auf mich. Es gab einen Grund, aus der Haustür zu treten und dem Meer einen Besuch abzustatten. Und damit war ich dem Wasser bereits jetzt näher – auf eine andere, seltsame Weise – als jemals zuvor.

17.

Manchmal, wenn ich durch Zeitschriften blätterte oder durch Blogs im Internet scrollte, blieb ich an bestimmten Bildern hängen: von Menschen, die auf Berggipfeln standen und in die Kamera strahlten, Menschen, die über rote Teppiche liefen, Menschen mit Olympiamedaillen, mit goldenen Schallplatten, mit Erfindungen oder Kunstwerken. Menschen, die im übertragenen oder buchstäblichen Sinn ganz oben standen.

Und ich fragte mich, wie sie dorthin gekommen waren. Wie viele Schmerzen hatten sie auf dem Weg zum Ziel ihrer Träume ertragen müssen? Erinnerten sie sich am Ende im Glanz des Blitzlichtgewitters noch an die Qualen, die ihnen alles abverlangt hatten?

Immer, wenn ich diese Menschen ganz oben und mich selbst am Fuße dieses Berges stehen sah, den es noch zu erklimmen galt, verspürte ich den Anflug eines Hoffnungsschimmers. Vielleicht war mein Berg ein wenig höher als die Berge der anderen, vielleicht ein wenig felsiger und vielleicht ein wenig steiler. Aber es war kein hoffnungsloses Unterfangen, ihn besteigen zu wollen.

Es war nicht hoffnungslos.

Auf meinem ganz eigenen Gipfel warteten keine Kamera und auch kein Pokal. Auf mich wartete das, was andere das Leben nannten. Auf mich wartete der entscheidende Augenblick.

Als der Sonnenuntergang mein Zimmer rot färbte, wurde ich nervös. Nein, das stimmt nicht, ich war schon seit heute Morgen nervös. Aber jetzt war ich so aufgeregt, dass meine Hände zitterten und ich alle paar Sekunden an der Kapuze oder dem Ärmel meines dicken Pullovers zupfte.

Ich trug meistens etwas Pragmatisches, fühlte mich in einfachen Jeans und Kapuzenpullis wohl, in Leggings und Stulpen und Oversizeshirts, die bis zu den Oberschenkeln reichten. Ich mochte Mützen und offene Haare, alles, was mein Gesicht ein wenig verdeckte, damit die Menschen, die an mir vorbeiliefen, nicht dieses stets offene Buch sahen, nicht die immer wieder aufblitzende Angst darin lesen konnten.

Auch heute hatte ich Angst. Ich fürchtete die Überraschung. Mir lag es im Magen, nicht zu wissen, was mich erwartete. Alles konnte passieren, und das beschwor Horrorvisionen in mir herauf, Bilder von allem, was ich falsch machen könnte.

Ich starrte mein Spiegelbild an und fühlte mich furchtbar kaputt. Statt mich zu freuen wie jeder normale Mensch, wuchs nun Ärger in mir. Was war ich für ein zerbrochener Mensch, der einfach nicht glücklich sein konnte, nicht für einen einzigen Augenblick, nicht einmal für die Dauer eines Sonnenuntergangs? Verdammt noch mal, so schwer konnte das alles doch nicht sein.

Um mir selbst etwas zu beweisen, straffte ich die Schultern und band meine Haare zu einem strengen Zopf, mit dem ich etwas geordneter und gefasster aussah. Ich hängte mir eine Tasche über die Schulter, obwohl ich außer der Karte gar nichts mitnehmen wollte, und nahm meine Schuhe in die Hände, während ich barfuß die Treppe hinunter- und aus dem Haus hinausging.

Draußen war die Sonne schon hinter dem Meeresspiegel

versunken, ich hatte die vereinbarte Zeit also längst überschritten. Der dunkle Himmel war mit lilafarbenen Streifen durchzogen, als würde die verschwundene Sonne noch ihre letzten Strahlen in die Welt schicken. Auf den Wellen des Wassers glitzerte das Sternenlicht, und für einen winzigen Moment glaubte ich auf der Oberfläche Glühwürmchen tanzen zu sehen. Am Rand der Terrasse blieb ich stehen, als der erste Windhauch meine Knöchel streifte. Bis zum Strand hinunter waren es noch einige hundert Meter. Ich schüttelte den Gedanken an meinen schiefgegangenen Spaziergang ab – der vergangene Rückschlag würde mich nicht daran hindern, heute an den Strand zu gehen.

Ich ließ die Schuhe auf der Terrasse stehen und lief den Weg Richtung Meer hinunter, durch die Wiesen und vorbei an den Dünen, auf denen sich die dünnen Stängel des Strandhafers im Wind bogen. Es war so dunkel geworden, dass nur noch Mond und Sterne Licht spendeten. Der Strand war ein dunkler Teppich, auf den sich die Nacht legte.

Plötzlich hörte ich Sebastians Lachen aus dem stillen Wellenrauschen herausklingen und zuckte zusammen. Er stand gerade mal ein paar Meter von mir entfernt, aber in dunklen Shorts und einem schwarzen Pullover verschmolz er mit der anbrechenden Nacht, sodass ich ihn nicht bemerkt hatte. Aber er war da, war schon die ganze Zeit da gewesen und hatte mich beobachtet. Dieses Lachen war herausfordernd. Es fragte mich, ob ich die Einladung wirklich annehmen wollte, ob ich Sebastians Bedingungen wirklich erfüllt hatte.

Nun ja, ich war auf jeden Fall barfuß. Ob ich meinen Mut mitgebracht hatte … da war ich mir noch nicht so sicher.

* * *

»Du bist hier«, stellte er fest.

»Ich bin hier«, bestätigte ich das Offensichtliche.

»Ich hätte fast nicht mehr damit gerechnet.«

»Ach, das ist doch nicht wahr.«

»Stimmt«, sagte er. »Das war die einzige Möglichkeit.«

Ich stieß hörbar den Atem aus, aber es war mehr eine Scheingeste, ein *Ichwillnichtzugebendassdurechthast*. Innerlich hatte ich mich mit Händen und Füßen gewehrt und Angst gehabt und Panik geschoben und nicht gewusst, wohin mit mir und all dem. Aber dass ich das Haus verlassen und zum Strand hinuntergehen würde, war von Anfang an eine unumstößliche Tatsache gewesen.

Vorsichtig stapfte ich durch den kalten Sand, der sich zwischen meine nackten Zehen schob, und folgte Sebastian, als er sich weiter hinaus auf den nachtschwarzen Teppich des Strandes wagte. Er hatte einen Rucksack auf dem Rücken, der ihm im Dunkeln eine etwas bucklige Form verlieh. Nach ein paar Dutzend Schritten spürte ich Schlick unter meinen Füßen. Wir blieben stehen und sahen dem verschwindenden Meer nach.

»Wenn man es nur wüsste«, murmelte Sebastian und klang dabei irgendwie traurig.

»Wenn man was wüsste?«

»Dass man gerade die Zeit seines Lebens hat. Man weiß es immer erst später. Immer *zu* spät. Und dann ist es auch schon vorbei.«

Ich seufzte leise. Wehmut. Ich spürte dieses Gefühl auch. Eine traurige Sehnsucht nach etwas, das ich nicht einmal kannte.

»Du bist also wehmütig«, sagte ich. »Dafür ist das hier doch der richtige Ort. Ich kann die Wehmut förmlich riechen. Und sie pikst gerade in meinen großen Zeh.«

Sebastian rollte die Augen, aber lächeln musste er trotzdem. »Du bist unmöglich.«

»Ich weiß«, lachte ich. »Ich stehe im Schlamm und lasse mich vom Meer verschlucken. Ich *bin* unmöglich.«

»Es ist Ebbe«, stellte Sebastian klar.

»Weiß ich doch. Spürst du den Sog nicht? Das Verlangen, den Wellen hinterherzurennen?«

Er zog eine Augenbraue hoch. »*Du* willst den Wellen hinterherrennen? Du hast doch ewig gebraucht, überhaupt hier runter zu kommen.«

Nein. Ja. Warum wurde alles so undurchsichtig, wenn er da war? Warum wurde die Welt so ozeanblau und die Angst weich und die Luft salzig?

Du kennst diesen Typen gar nicht, sagte ich mir entschlossen. Du glaubst, du verstehst ihn wegen dieser Absturzgeschichte. Zwei verkrüppelte Seelen treffen aufeinander. Deswegen hört die Welt nicht auf, sich zu drehen. Deswegen höre ich nicht auf, ich zu sein, anders zu sein, und er hört nicht auf, er zu sein.

Aber war es am Ende nicht egal, solange er mich nicht von meinem Weg abbrachte? Ich war in den Urlaub gefahren, um mich dem Himmel zu stellen, um endlich meine Freiheit zu finden. Was machte es schon, wenn ich einen Umweg ging, wenn ich einen Passagier mitnahm. Menschen kennenzulernen, sich einzufühlen, sich vielleicht sogar ein Stück von ihnen ziehen zu lassen gehörte zum Leben.

So war es doch?

Plötzlich wurde ich ungeduldig. Ich war es so leid, mir über alles Sorgen zu machen, alles zu hinterfragen. »Stehen wir jetzt die ganze Nacht hier rum?«

Er schüttelte den Kopf. »Hast du die Karte dabei?«

Ich musste lächeln, ich konnte nicht anders. Diese selbstgezeichnete Karte hatte mich berührt, das musste ich zugeben. Aber was wollten wir nun damit anstellen? Nur schwer konnte ich mir vorstellen, dass er wirklich etwas im Sand vergraben hatte.

Ich zog die Karte aus meiner Umhängetasche und faltete sie auseinander. In der zunehmenden Dunkelheit konnte ich sie kaum noch lesen. Sebastian schaltete das Licht an seinem Smartphone an und beleuchtete das Papier. Wir beugten uns beide darüber. Unsere Köpfe waren sich so nahe, dass wir kaum mehr als ein Flüstern benötigten, um uns zu verständigen.

Mit dem Zeigefinger deutete Sebastian auf einen der markierten Punkte, der, wenn ich das richtig einschätzte, vielleicht einen Kilometer von unserem Ausgangsort entfernt sein musste. Er hob den Kopf und zog fragend eine Augenbraue hoch. »Sollen wir?«, fragte er.

»Ernsthaft?«, erwiderte ich erstaunt.

»Was dachtest du denn? Dass wir hier Wurzeln schlagen?« Er schnalzte missbilligend mit der Zunge und griff nach meinem Arm, um mich vorwärts zu dirigieren. »Auf geht's«, sagte er mit einem skeptischen Blick zum Himmel.

Mein Blick folgte seinem. Die lilafarbenen Schlieren über uns lösten sich auf, als würde jemand einen Federfüllhalter an den Himmel halten, und die dunkelste Tinte breitete sich wie ein See über ihm aus. Das Lila löste sich auf und hinterließ nicht einmal die Ahnung einer helleren Farbe. Und was würde dann ohne Farben noch am Himmel stehen außer Dunkelheit und Schwermut, den beiden allgegenwärtigen Gewalten, die mich immer und beharrlich niederdrückten? Aber ich schob das mulmige Gefühl in meiner Magengegend entschieden von mir.

»Und wohin?«, fragte ich. »Oder lass mich es anders formulieren: Was werden wir dort finden?«

»Lichter«, sagte er.

»Aha. Lichter.« Ich hatte nicht die geringste Ahnung, wovon er sprach. Aber ich bohrte nicht weiter nach.

Er ließ meinen Arm los. »Frierst du?«

Ich schüttelte den Kopf, selbst ein wenig überrascht. Meine Füße waren nackt, und eigentlich müsste sich die Kühle der anbrechenden Nacht und des Meeres über meine Beine nach oben arbeiten. Ins Innere, in die Seelenmitte, in der ich sowieso ständig fror. Aber die Kälte war belebend. Sie ließ meine Haut kribbeln, verwandelte sich in Hitze. Wie Alkohol, der sich auf dem Weg in den Magen auch in Feuer verwandelte. Bei diesem Gedanken musste ich unwillkürlich kichern. Vielleicht war ich ja berauscht von der Kälte.

»Wo sind die Lichter?«, wollte ich nun doch wissen. Ich war neugierig.

Sebastian deutete mit dem Kinn nach vorn, an den Dünen entlang. Ich kniff die Augen zusammen, bis ich tatsächlich Schemen in der Ferne erkennen konnte.

Menschen und noch mehr Menschen, die um starre Schatten herumliefen, die aussahen wie Hügel. Keine Lichter. Und was waren das für Hügel? Ich konnte es nicht erkennen.

»Das sind Holzhaufen. Die Anwohner haben in den letzten Tagen Äste und Holzreste herangetragen und da hinten überall aufgeschichtet«, erklärte Sebastian. »Ist dir das nicht aufgefallen?«

Ich schüttelte ratlos den Kopf. Nahm er mich etwa auf den Arm? »Ich wollte schon immer einen Holzhaufen sehen«, murmelte ich halbherzig.

Sebastian legte den Kopf in den Nacken und lachte. Es war das erste Mal, dass ich ihn so lachen hörte, dass ich überhaupt irgendeinen Menschen so lachen hörte: so unbekümmert, so unwillig, sich zu verstellen, sich zurückzuhalten und anzupassen. Ein Lachen so frei, dass es gar nicht erst versuchte, schön zu klingen, sondern mehr wie ein wildes Lied aus danebengegriffenen Tönen. Und doch so echt, dass ich eine vage Ahnung bekam, wer früher hinter dieser Fassade gesteckt hatte.

»Was ist daran so lustig?«, fragte ich, als er einfach nicht aufhörte, zu lachen.

»Komm mit und rede weniger.«

Mit offenem Mund blieb ich stehen und starrte ihn an. Weniger reden? Das hatte noch niemand von mir verlangt. Eher mehr reden, das Innere nach außen kehren, analysieren, Erinnerungen herauskramen, in die Kindheit zurückkehren, die Seele auskotzen. Aber weniger reden? Bevor meine Therapeuten mir den Mund verboten hätten, hätten sie vermutlich freiwillig auf ihre Bezahlung verzichtet.

Trotzdem verspürte ich eine leise Zufriedenheit, als ich zu Sebastian aufholte und in gemächlichem Tempo neben ihm durch den Sand spazierte. Ich stieß ab und zu ein »Autsch« aus, wenn ich auf spitze Steinchen und Muscheln trat, oder ein Ächzen, wenn ich zu tief im Watt versank. Aber wenn ich das beiseiteschob, war ich zufrieden. Ich musste nicht reden. Meine Stille tat es für mich.

Nach einer Weile hatten wir die erste Gruppe um einen der Holzstapel erreicht. Wir waren den Dünen wieder näher gekommen, und viele der Bewohner hatten Decken im Sand ausgebreitet, dort wo der Boden trocken und unberührt war und nur eine Zigarettenkippe hier und eine leere Weinflasche dort die Idylle störten. Einige dicke Wachskerzen im Sand spendeten minimales Licht.

»Setzen wir uns.« Ohne meine Antwort abzuwarten, zog Sebastian mich zu einem windgeschützten Fleck schon fast zwischen den Dünen, nahm eine Decke aus dem Rucksack und breitete sie über dem Sand aus. Hier lagen keine Kippen und keine Flaschen, und der unberührte Sand wurde nur von herausragenden Grasbüscheln bedeckt. Und nun von uns.

Ich ließ mich vorsichtig nieder und wickelte das Ende der Decke um meine Füße und Unterschenkel. Es wurde kühler, jetzt, wo nur noch Mond und Sterne über dem fliehenden Meer lagen.

Sebastian zog nun auch noch eine Flasche aus dem Rucksack und schenkte uns in zwei Plastikbecher ein. Ich nippte an meinem und musste husten, so stark brannte die Flüssigkeit in meinem Hals. »Was ist das?«, wollte ich keuchend wissen.

Sebastian schwieg nur und bedeutete mir, es auch zu tun. Also tat ich es. Mit kleinen Schlucken entfachte ich dieses Alkoholfeuer in mir, starrte ab und an zu ihm hinüber, um zu beobachten, wie man anmutig still sein konnte, und um abzuschätzen, wann etwas geschehen würde, wann ich mich regen sollte. Irgendwann vergaß ich, dass ich eigentlich nicht still sein wollte, und ließ mich vom Getuschel der anderen Menschen und dem leiser werdenden Wellenrauschen einlullen. Mein Blick wanderte zu Sebastians Händen und Armen. Ich mochte vieles an Sebastian nicht, vor allem das, was grob und wild und zerbrechend sein konnte, wie seine Stimme und Worte und auch seine Hände. Zugleich strahlten sie aber auch Stärke aus, die Möglichkeit, beschützen zu können.

»Sieh nur«, sagte er leise und sanft, und ein Schauer lief über meinen Rücken bei dem Gedanken, dass er mich ertappt haben könnte, wie ich ihn unverhohlen musterte. Ich wollte es doch nicht: ihm irgendwie zeigen, dass ich einen Schritt über die Grenze machte, die ich um mich selbst gezogen hatte.

Aber er hatte mich nicht angesehen und meine Blicke nicht gemerkt. Langsam folgten meine Augen den seinen, und ich sah, wie das Holz angezündet wurde. Wie aus kleinen Flammen Feuerschlangen wurden, die in die Höhe loderten, um sich schlugen und sich durch Äste und Gestrüpp fraßen. Die schließlich zu einer Feuersbrunst wuchsen, die sich in den Gesichtern der Umstehenden widerspiegelte. Auch ein, zwei Kilometer weiter loderte es auf, erst klein, dann immer heller. Und wieder einen Kilometer weiter ebenfalls. Die ganze Küste entlang, so weit das Auge reichte.

Ich war gefangen von der Gewalt des Elementes, das da so ungezügelt brannte und einen zu verschlingen drohte, wenn man ihm zu nahe kam oder sich darin verlor.

»Traditionen sind etwas Faszinierendes«, sagte Sebastian. »Eigentlich überholt, aber doch so mit alten Zeiten verwoben, die man nur noch erahnen kann, und mit Geschichten, die schon beinahe vergessen sind, dass man manchmal glaubt, die alte Magie noch spüren zu können, wenn man zur richtigen Zeit am richtigen Ort ist.«

Ich wusste nicht, was ich sagen sollte. Ich spürte keine Magie, ich kannte die Geschichten nicht, an die das Feuer erinnerte. Ich spürte nur die prickelnde Aufregung des Moments, der mir etwas Neues zeigte, eine Erfahrung, die ich zum ersten Mal machte.

»Du hast schon viel von der Welt gesehen, stimmt's?«

»Mehr als du, schätze ich«, sagte er trocken.

Endlich schaute er mich an. Ich fröstelte. Nun war ich es, die den Blick abwandte.

»Das ist kein Kunststück«, sagte ich.

»Stimmt. Aber du hast es ans Meer geschafft. Du hast über fünfhundert Kilometer zurückgelegt. Du hast also auch etwas von der Welt gesehen, Edda. *Jetzt gerade* siehst du die

Welt. Du siehst einen besonderen Moment.« Mit dem Arm wies er auf die anderen Menschen, die auf ihren Decken kauerten, abwechselnd in die Flammen und in die Ferne zu den weiter entfernten Feuern blickten und sich gegenseitig etwas zuflüsterten.

»Oh«, flüsterte ich. Er hatte recht. Auf gewisse Weise war ich Teil von etwas Größerem. Ich mochte die Tradition nicht kennen, aber ich las in den Mienen der Menschen dieselbe Ehrfurcht, die auch ich beim Anblick des Feuers empfand. »Ein besonderer Moment. Ein Stück Leben.« Und ein weiterer Schritt auf meinem Weg. Ein Bruchstück Leben, das die Leere füllte.

»Was bedeuten besondere Momente für dich?«, fragte ich schließlich. »Ich meine, was bedeutet *Leben* für dich?«

Sebastian legte den Kopf in den Nacken und fixierte einen Punkt irgendwo über uns in der Sternenkuppel. Ich starrte ins Feuer und konnte ihn atmen hören. Ein seltsames Gefühl breitete sich in mir aus, als ich bemerkte, dass wir es im Gleichtakt taten.

»Im Regen tanzen«, sagte er. »So laut Musik hören, dass es in den Ohren klingelt. Barfuß laufen. Berge erklimmen, bis man das Gefühl hat, die ganze Welt liegt einem zu Füßen. Dinge tun, ohne sich darum zu scheren, was andere denken. Aber auch trauern, schreien, das Leben verfluchen, sich verkriechen und nicht mehr auftauchen wollen. Und dann nochmal von vorne anfangen, mit allem.« Er warf mir einen Seitenblick zu. »Hattest du einen Plan, als du hergekommen bist? Oder bist du einfach ins Blaue gefahren?« Er schnaubte. »Ein Roadtrip ans Meer, wie klischeehaft.«

Ich schüttelte den Kopf. »Nein, es war kein spontaner Roadtrip. Ich habe diesen Urlaub lange geplant. Aber ich habe mir nichts Bestimmtes vorgenommen, ich wollte einfach alles auf mich zukommen lassen. Ich ...« Ich stockte für einen Moment, um meine Gedanken zu ordnen. »Ich will etwas verändern. Ich wünsche mir Erinnerungen. Etwas, das mir zeigt, dass ich ein Leben habe. Ein echtes Leben. Ich sehe andere Menschen, höre ihre Geschichten, all diese Erinnerungen, und manchmal zerreißt es mir das Herz, dass ich keine eigene Geschichte habe. Ich habe nur verlorene Jahre. Die vergangene Zeit kann ich nicht mehr zurückholen. Aber ... es muss doch noch mehr geben. Mehr Leben. Mehr Glück. Ich dachte mir, dass ich mich hier verändern kann, dass ich *mehr* werden kann.«

»Ja, das glauben wir alle für eine Weile.«

Die vertraute Note Bitterkeit war wieder da und flackerte im Wind wie das Feuer, das nach Ausbreitung lechzte. Sie bebte in seiner Stimme wie eine aus Versehen angeschlagene Saite.

Wir sprachen nicht mehr. Sebastian füllte unsere Becher nach, und wir sahen dem Feuer zu, wie es brannte.

»Gehen wir zurück«, sagte er Stunden später, als die Flammen langsam starben und rote Glut ihren Platz einnahm. »Ich wollte, dass du die Lichter siehst. Licht lenkt einen manchmal davon ab, wie schwer der Himmel und das Universum sein können.«

Erst in diesem Augenblick, erst jetzt in dieser Sekunde wurde ich mir der Endlosigkeit über meinem Kopf bewusst und wie ich sie den ganzen Abend und die Nacht hindurch einfach vergessen hatte.

Waren es die Lichter gewesen, einzig und allein die Lichter? Es schien so einfach, das zu glauben.

18.

Die Feuer waren niedergebrannt, und was blieb, waren Asche und glühende Funken in der Nacht.

Das Meer kam gemächlich zurück, und die Menschen brachen auf. Sie nahmen ihre Decken und die Reste von Essen und Trinken mit, während Träume und Geheimnisse zurückblieben, die man im Schein der Flammen ausgetauscht hatte und deren Aussprechen man beim nächsten Aufwachen schon wieder bereute. *WennmandochnurdieZeitzurückdrehenkönnte.* Das Bedauern rauschte bereits jetzt dem Morgen entgegen.

Aber mir war der Gedanke in diesem Moment noch fern. Ich fühlte mich beschwingt, der Alkohol machte mich dem Leben zugänglicher. Hätte ich doch nur vorher gewusst, wie einfach es war, wie schnell man seinen Blickwinkel ändern konnte …

Sebastian deutete meinen träumerischen Gesichtsausdruck richtig. Aber vielleicht war es auch der unsichere Gang, der mich verriet. »Du bist betrunken.«

»Du verkanntes Genie.« Ich hielt an und warf einen Blick zurück. Irgendwo auf dem Weg hatte ich die Decke verloren, die ich mir um die Schultern gelegt hatte. Egal. Sie war ohnehin nur Ballast gewesen. Ich wollte weitergehen, aber Sebastian legte einen Finger auf den Mund und bedeutete mir, ruhig zu sein.

Die plötzliche Regungslosigkeit, das Verharren-Müssen, ließen mich schwindeln. Der Himmel verschob sich von oben nach unten, und ich sah vor meinem inneren Auge die Wellen zurückkommen. Gezeiten, die Kopf standen.

Bevor ich das Gleichgewicht verlor und vornüber ins Watt fallen konnte, hatte Sebastian beide Arme um meine Hüfte gelegt. Er hielt mich. Er hielt mich wie neulich, als der Himmel und die Wellen mich verschlungen hatten, und obwohl sie mich heute nicht bedrohten, fühlten sich seine Arme genauso sicher an.

Ich öffnete den Mund, um etwas zu sagen, doch Sebastian verschloss ihn mit seiner schweren, nach Salz schmeckenden Hand. Panik zuckte durch meinen Körper. Panik, nicht atmen zu können, im Boden zu versinken, eingesperrt zu sein, umringt von Armen und Händen, die nichts anderes als Wände und Eisentüren waren, nur noch viel beengender.

»Scht«, wisperte er an meinem Ohr. Sein Atem streifte meine Wange und beruhigte meine Angst. Seine Worte drangen zu mir durch. »Hörst du das?«

Zuhören. Einfach nur zuhören. Ich konzentrierte mich erst auf seine Stimme, dann auf die Bedeutung seiner Worte. Dann erst verstand ich. Wir waren nicht allein. Über uns auf dem Dünenweg bewegten sich drei Schatten die Küste entlang und steuerten auf das Dorf zu. Ein kleiner schlich hinter zwei größeren her. Ich konnte sie mehr hören als ihre Gestalten erahnen. Eine der Stimmen kam mir vertraut vor. Ihr Klang wehte zu mir herüber und brachte etwas Schweres mit sich, etwas, das sich wie die drückende Luft vor einem Gewitter auf die Atemwege legte und sie verschloss.

»Könnt ihr nicht aufhören? Nicht mal für einen Abend? Das Feuer war so wahns ...«

Kannst du nicht aufhören, Isolde?

»Frag das deinen Vater, Mia, er hat schließlich mit dem ganzen Scheiß angefangen.«

»Frag besser deine Mutter, die sich hier wie die letzte Zicke aufführt. Mein Gott, Sabrina, wenn du dieselbe Energie in unsere Ehe stecken würdest wie ins Meckern, wären wir immer noch glücklich.«

»Glücklich?« Mias Mutter japste verächtlich. »Ich schlafe wenigstens nicht mit dieser Schlampe von Nachbarin. Ach, was red ich, mit dem ganzen beschissenen Kaff. Du gehörst zu deiner Familie und zu mir, ist das so schwer zu kapieren?«

Du gehörst zu mir, Edda, zu keinem sonst.

»Wo bin ich denn gerade, hä?«

»Ach, jetzt tu doch nicht so. Ich weiß ganz genau, wo du in Gedanken bist.«

»Aha. Ich wusste nicht, dass du neuerdings Gedanken lesen kannst.«

»Du bist ein arrogantes Arschloch, weißt du das?«

»Kannst du dich bitte woanders austoben statt vor dem Kind?«

»Deine Tochter kann ruhig wissen, was für ein Wichser ihr Vater ist. Schau ihn dir an, Mia. Verlieb dich bloß nie in einen Betrüger.«

Die Stimmen wurden leiser, je weiter sie sich entfernten. Irgendwann löste sich der kleinste der drei verschwommenen Schatten, rannte los und verschmolz mit der Dunkelheit. Ich wollte mich losreißen und Mia nachlaufen, aber Sebastian hielt mich fest und schüttelte den Kopf. Nicht jetzt.

Wie hatte ich mir je einen Vater wünschen können, einen echten Vater und eine echte Mutter, eine verdammte echte Familie, wenn sie einem so etwas antat? Ich spürte, wie ich zitterte, weil ich so unglaublich wütend war auf das, was hier passierte, und auch auf das, was mir passiert war. Die ganze Wut staute sich in mir auf, und ich biss die Zähne zusammen, aus Angst, was aus meinem Mund kommen mochte, wenn der Damm brach.

»Was, wenn sie uns sehen?«, flüsterte ich gepresst.

Sebastians Hände lösten sich langsam von mir. Eine glitt meinen Arm entlang nach unten. Seine Finger umschlossen mein Handgelenk. Ob er Angst hatte, dass ich doch losstürzen würde, um Mia irgendwie zu retten?

»Und wenn schon. Wir sind ein unbekanntes Liebespaar im Mondschein«, sagte er trocken.

Ein Liebespaar? Mein Herz stolperte bei diesem Wort. Wie sollte ich jemals lernen, Menschen zu verstehen, wenn das, was sie sagten, nicht zu dem passte, wie sie sprachen, wie sie sich bewegten und wie sie einen dabei ansahen?

»Haha«, murmelte ich lahm, und in diesem Augenblick ließ er mich los. Endlich. Endlich?

Ich seufzte. »Was tun wir jetzt?«

»Nach Hause gehen.«

»Ich meine wegen Mia.« Sebastian konnte meinen vorwurfsvollen Blick kaum sehen, aber ich warf ihn ihm dennoch zu.

»Das ist nicht deine Angelegenheit.«

Sebastian war für mich wie der Wind. In einem Moment umspielte er einen wie eine zarte Brise, sanft und tröstend und Flügel verleihend. Und dann toste er los, schlug alles fort, was ihm im Weg stand, und war so unberechenbar, dass man nicht wusste, wann man ihm trotzen konnte und wann man besser floh.

Aber zum Fliehen war es zu spät. »Warum nicht? Das Mädchen braucht Hilfe.«

»Und was willst du tun?« Wir näherten uns dem Strandhaus, und ich wurde das Gefühl nicht los, dass Sebastian mit jedem Schritt schneller ging. Er schien genug zu haben. Von mir. Von der Welt. Vielleicht auch von sich selbst. »Das Kind adoptieren?«

»Nein, aber …«

»Du bist noch ein paar Tage, vielleicht Wochen hier, dann wirst du wieder nach Hause fahren und dir ein paar hübsche Fotos an den Kühlschrank hängen, damit du jedem und vor allem dir selbst erzählen kannst, wie schick und inspirierend so ein Urlaub am Meer ist. Selbsterkenntnis und so was. Aber ich sag dir was: Wenn du nach Hause fährst, dann bleiben deine Probleme nicht hier. Es wird zu Hause nicht leichter werden. Also tu dir selbst den Gefallen und lass das Mädchen nicht zu nah an dich ran. Der Abschied wird unweigerlich kommen, und alles, was dann bleibt, sind Schuldgefühle.«

Er knirschte mit den Zähnen, während er das sagte. Ich konnte das Muskelspiel an seinen Armen sehen, an seinem Kinn, an seinem Hals. Überall vibrierte die Anspannung durch seinen Körper.

»Warte«, sagte ich bestimmt. Ich musste das sortieren. Ich musste nachdenken.

Sebastian ignorierte meine Bitte und ging weiter. Ich setzte ihm nach und hielt ihn an der Schulter zurück. Er wirbelte herum und verschränkte die Arme vor der Brust, damit ich ihn ja nicht noch einmal berührte.

»Ich habe gesagt, du sollst warten!«

»Und ich habe gesagt, du sollst dich nicht in die Angelegenheiten anderer Leute einmischen.«

Ich holte tief Luft. »Ja, hast du. Aber weißt du, was ich gehört habe? Dass Nähe beschissen ist. Das wolltest du doch eigentlich sagen.«

Sebastian öffnete wütend den Mund, aber es kam kein Ton heraus.

Ich hatte Recht. Zum ersten Mal überhaupt hatte ich Recht. Ich musste unwillkürlich lächeln, was Sebastian noch wütender machte.

»Es ist okay«, fuhr ich fort, bevor er ich-weiß-nicht-was tun oder sagen konnte. »Ich lass mich nicht so schnell verscheuchen. Du verlierst mich nicht.«

Die Anspannung zwischen uns schien so geladen, dass ich glaubte, ein Gewitter würde losbrechen, um uns fortzuwischen und den Strand von unseren Geistern, von unseren kaputten Geheimnissen zu säubern. Aber es blieb still, und lediglich die ferne Glut eines sterbenden Feuers brachte Licht ins endlose Dunkel der Nacht.

»Wie kommst du darauf, dass ich mir darum Gedanken mache?«, fragte Sebastian gepresst.

Ruhe kehrte in mich ein, füllte mich von den Zehen bis zu den Haarspitzen und spülte die Distanz, von der Sebastian sich nicht sicher war, ob er sie nun aufrechterhalten oder fallen lassen sollte, fort.

»Weil ich es weiß«, sagte ich leichthin und legte eine Hand auf seine Brust, dorthin, wo sein Herz unter dem Stoff pochte. Und dann – noch bevor er mich abschütteln oder anderweitig reagieren konnte – wirbelte ich herum und rannte barfuß über Steine, Muscheln und Krebse. Ich wollte den kühlen Sand unter meinen Füßen und mich selbst so lebendig fühlen, bevor der Himmel sich zeigte und mir der Mut wieder abhandenkam.

19.

Am nächsten Tag kehrte der Sommer zurück. Die Sonne brannte mit einer Intensität auf der Haut, die für einen Herbsttag ungewohnt war. Ich schloss die Augen und hielt mein Gesicht der Sonne entgegen, als ich nach dem Aufstehen auf den Balkon hinaustrat. Dann strich eine Windböe über mich, und darin konnte man den Winter, der nicht mehr allzu fern war, bereits spüren.

Doch ich wollte nicht an den Winter denken, mit dem die kurzen Tage, die dunklen Stunden und die tristen Gedanken kämen. Heute war es sonnig, und der Sand strahlte fast golden. Sogar das Watt schien die Sonne in sich aufzusaugen, bevor die nächste Flut es wieder unter sich begrub. Vom Balkon aus konnte ich sehen, wie sich eine Hand voll Menschen zu einer Wattwanderung aufgemacht hatte. Manche von ihnen waren nur noch als kleine Punkte zu erkennen, wenn man die Augen zusammenkniff.

Nach dem Duschen zog ich einen knielangen bunten Rock an und streifte eine Weste über mein weißes Top. Dann schlüpfte ich in dünne Socken und Stiefel. Während ich meine Haare zu einem Zopf flocht, wanderte mein Blick immer wieder zum Nachttischschränkchen, auf dem die Ausgabe von *Die Schatzinsel* lag. Ich hatte das alte Buch mit Absicht auf die von Sebastian gezeichnete Karte gelegt, um sie damit zu beschweren und die Knicke halbwegs herauszubekommen. Ganz war es mir nicht gelungen, aber als ich das Buch nun hochhob, blieb die Karte zumindest gerade liegen, statt zusammenzuklappen.

Ich nahm auf der Bettkante Platz und betrachtete die Zeichnung noch einmal. Mit der Fingerspitze fuhr ich die Linie des Strandes nach, an der entlang sich mehrere Kreuze und Markierungen befanden. Eine davon hatten wir heute Nacht ausgekundschaftet, aber ich fragte mich, was sich hinter dem Rest verbarg. Waren es nur die Positionen der anderen Feuer? Oder hatten die Kreuze eine andere Bedeutung? Ich nahm mir vor, den nächsten Punkt heute zu suchen, egal, ob Sebastian mitkommen wollte oder nicht. Selbst wenn er mir sagte, dass ich nur einen verkohlten Holzhaufen finden würde.

Nach seinem plötzlichen Stimmungswechsel letzte Nacht war ich mir nicht sicher, wie er heute reagieren würde. Er hatte mich am Strand zurückgelassen, während ich die Ebbe und das Gefühl des weichen Watts genossen hatte. Als auch ich irgendwann erschöpft ins Haus zurückkehrte, war seine Tür geschlossen und alles still gewesen.

Aber egal. Auch wenn Sebastian mich nicht begleitete, wollte ich mich wieder hinauswagen. Immerhin versprach das Wetter beständig zu bleiben und nicht gleich die nächsten Unwetterpforten über mir zu öffnen.

Mit der Karte in der Hand lief ich die Treppen hinab. Unten war es ruhig, und in der Küche lag alles unberührt. Sebastian schien noch nicht wach zu sein, oder er war bereits unterwegs. Ich bereitete mir zwei Brote vor und steckte sie zusammen mit einer Flasche Wasser und einem Apfel in meine Tasche. Dann schloss ich leise die Haustür hinter mir ab und trat die Stufen des Eingangs hinunter. Unter den Absätzen meiner Stiefel knirschte der feine Sand, der vom Wind bis hier oben ans Haus getrieben worden war.

Wieder warf ich einen Blick auf die Karte, um den ungefähren Abstand zum zweiten Kreuz abschätzen zu können. Ich wusste, wie weit wir letzte Nacht gelaufen waren. Der Punkt, den ich ansteuern wollte, befand sich zwar links statt rechts von unserem Haus, musste aber ungefähr in der gleichen Entfernung liegen.

Ich genoss die Wärme der Sonne auf meinem Gesicht, während ich gemächlich an den Dünen entlangwanderte. Ich nahm den schmalen gepflasterten Weg, der für Spaziergänger gedacht war, statt direkt am Strand entlangzugehen, weil ich mich dabei sicherer fühlte. Die ersten Wanderer, die ich vorhin noch vom Balkon aus gesehen hatte, traten bereits den Heimweg an, also ging ich davon aus, dass allmählich die Flut einsetzte und die Menschen zurück ans Ufer trieb.

Nach einer Viertelstunde, oder vielleicht einigen Minuten mehr, blieb ich stehen. Ich müsste die Stelle, die auf der Karte eingezeichnet worden war, doch langsam erreicht haben. Vor mir lagen die Dünen mit ihrem hohen Gras und dahinter der Strand und das Watt, aber ich konnte nichts Außergewöhnliches ausmachen, keinen abgebrannten Holzhaufen und auch keinen Ort, an dem ein Schild im Boden steckte oder gar mit Sprayfarbe ein Kreuz in den Sand gesprüht worden war. Ratlos ließ ich den Blick über den Boden schweifen.

Eine einzelne flockige Wolke schob sich für den Bruchteil einer Sekunde vor die Sonne und verdunkelte den Strand. Plötzlich erkannte ich die Umgebung. Das musste die Stelle sein, an der Sebastian und Hilde mich vor zwei Tagen aufgelesen hatten. War ich wirklich schon so nah am Haus gewesen?

Aber ja, je länger ich mich umsah, desto sicherer wurde ich mir, dass es dieselbe Stelle war. Ich war zu sehr in Panik gewesen, als dass ich mich genau an jede Einzelheit erinnern konnte, aber meistens war es so, dass es ein, zwei Details gab, die sich gestochen scharf im meinem Gedächtnis einbrannten, während ich alles andere nahezu völlig vergaß. Ich sah die Kuhle zwischen dem Strandhafer, in die ich mich gekauert und hilflos auf Rettung gewartet hatte. Ich sah den kleinen Busch mit den krummen Ästen, der ein paar Meter entfernt aus dem Sand ragte. Ich erinnerte mich an ihn, obwohl ich ihn nicht bewusst wahrgenommen hatte.

Die Wolke zog weiter und wurde nach und nach vom Wind in viele einzelne Wattebäusche zerfetzt, die sich schließlich in Luft auflösten. Ich stand da wie erstarrt, hörte mein eigenes Herz energisch pochen, als würde es verlangen, ich müsse auf der Stelle umkehren, jetzt, sofort, nur keine Zeit verlieren. Ich wurde von meinem eigenen Körper auf Flucht gepolt, das Adrenalin schoss durch meine Venen, damit meine Füße nur rasch zu rennen begannen und ich keinen Gedanken an etwas anderes verlor.

Ruhig, befahl ich meinem Körper, weil ich mich nicht schon wieder überrumpeln lassen wollte. Ich schloss die Augen und ballte die Hände zu Fäusten, um mich besser konzentrieren zu können. Aus der Ferne drang lautes Lachen zu mir herüber, als ein paar Wanderer kreischend durch den Schlick rannten, während die Flut sich langsam, Zentimeter für Zentimeter, ans Ufer heranschlich.

In diesem Moment traf mich blanker Neid. Wie musste es wohl sein, wenn man einfach loslaufen konnte, mit geweiteten Armen und geöffnetem Herzen, ohne Bleigewichte an den Füßen zu haben, die einen daran hinderten? Gestern Nacht war mir das auch gelungen, aber jetzt gerade fühlte sich das so weit entfernt an, als wäre es eine andere Person gewesen.

Irgendwann, als ich endlich glaubte, meinen Körper im

Griff zu haben, öffnete ich blinzelnd die Augen. Alles war hell und strahlend, die Sonne blendete mich. Bunte Punkte tanzten durch mein Sichtfeld, und ich musste den Blick vom spiegelnden Wasser abwenden. Ein Knistern zwischen meinen Fingern verriet mir, dass ich die Karte, die ich über Nacht so sorgsam geglättet hatte, völlig zerdrückt hatte. Erschrocken lockerte ich meinen Griff, zog das Papier dann vorsichtig auseinander, aber es war zu spät: Die Karte war völlig verknittert, viel schlimmer als am Vortag.

Innerlich fluchend steckte ich sie in meine Tasche zurück, während ich mich fragte, was zur Hölle Sebastian sich bei diesem Kreuz gedacht hatte. Gestern die Küstenlichter, die mir so viel Hoffnung gegeben, mich so beflügelt hatten, und heute … das?

Ob es ihm wohl Freude bereitete, mich erst hochzuheben, nur um mich dann abstürzen zu lassen? Diesen Kreislauf hatte ich in den letzten Jahren bereits zu oft erlebt, auch wenn ich normalerweise selbst daran schuld war. Einen Schritt vor, zwei Schritte zurück. Ich war diese Endlosschleife so leid. Ich konnte kaum atmen, so zornig war ich auf ihn. Und eben dieser Zorn bewegte etwas in mir, drängte die Erinnerung an die vergangene und nun wieder aufsteigende Panik endgültig zurück.

Wütend presste ich die Lippen aufeinander und verließ entschlossen den Weg, um zu der Düne zu stapfen, zu ebendieser einen Stelle. Mein Herz hämmerte wild, aber ich ließ mich nicht davon abbringen. Ich ließ die Tasche in den Sand fallen und setzte mich in die Kuhle, in der ich vor zwei Tagen ausgeharrt hatte. Ich atmete vorsichtig ein. Die Flut brachte den Geschmack von Salz zurück in die Luft und vertrieb den leicht süßlichen Geruch, den das Watt bei Ebbe verströmte. Wenn der beständige Wind für einige Sekunden zur Ruhe kam, konnte man, wenn man ganz still war, das Wellenrauschen in der Ferne hören, in einem sanften Rhythmus, der jeden Tag und jedes Jahr immer der gleiche und doch etwas Besonderes war.

Das Meer war nur als glitzernde Fläche in der Ferne zu erkennen. Aber es würde nicht mehr lange dauern, bis die Flut die Wellen herantrug. Irgendwie wusste ich in diesem Augenblick, dass, wenn ich es aushielt, jetzt hier zu sitzen, ich es auch aushalten würde, das Meer herannahen zu sehen.

Bis zum Schluss.

* * *

Die Flut kam etwa zwanzig Meter vor meinen Füßen zum Stehen, um dort Welle für Welle gegen den Strand zu schlagen. Muscheln wurden ins Meer gezogen und dunkle Algen ans Ufer getrieben. Als ich den Wellen zusah, wie sie vergängliche Bilder in den Sand gruben, dachte ich daran, welche Gewalt das Meer besaß, wenn es mit seinen Wassermassen ganze Felsenriffe zu Sand zerreiben konnte. Wie leicht musste es da sein, einen einzelnen Menschen hinaus in die offene See zu tragen, ohne ihm die geringste Chance zu geben, sich gegen die Naturgewalt wehren zu können?

Ich fühlte mich zerrissen. Einerseits war ich stolz auf mich, es bis hierher geschafft und meine Angst so weit überwunden zu haben. Auf der anderen Seite hatte ich das Gefühl, gegen eine unsichtbare Mauer zu rennen, eine Mauer, die zwanzig Meter breit war und von meinen Zehenspitzen bis zum Wasser reichte. Mehrmals war ich aufgestanden und hatte mich wieder fallen lassen, weil es einfach nicht ging; ich konnte keinen einzigen Schritt weiter nach vorne machen, konnte diese letzte Distanz zum Meer nicht überwinden, weil ich wusste, dass es mich dann packen und hinaus in den Ozean zerren würde.

»Sachte«, flüsterte ich. Ich hatte mich heute einmal überwunden. Vielleicht musste das ausreichen.

Ich holte den Apfel aus meiner Tasche und biss gedankenverloren hinein, während mein Blick sich in der Weite des Meeres verlor; die blaugrauen Wassertropfen, die in die Luft gespritzt wurden, die Möwen, die in weiten Kreisen über ihr Reich flogen, das Treibholz, das die Wellen an den Strand gespült hatten. Hin und wieder glaubte ich, etwas aus dem Wasser springen zu sehen, und sprang dann selber ganz aufgeregt auf, denn ich wusste, dass in der Gegend manchmal kleinere Wale gesichtet wurden. Aber wenn es wirklich Wale waren, waren sie zu schnell wieder abgetaucht, um sie genauer erkennen zu können.

»Ich glaube, du hast etwas vergessen.«

Ich wirbelte herum. Sebastian! Die Wut, die ich vorhin verspürt hatte, flackerte sofort wieder auf. Aber als ich sah, wie er da in den Dünen stand, den Kopf entspannt zur Seite gelegt und mich neugierig musternd, seine Haltung locker und zugänglich, verflog der Zorn, als wäre er nie da gewesen.

In der rechten Hand hielt er ein Fernglas, das er nun in die Höhe hielt.

»Wenn du meinst«, rief ich zurück und nahm wieder Platz. Obwohl der Sand seine Schritte verschluckte, spürte ich, wie Sebastian hinter mich trat und schließlich in die Knie ging, um sich neben mich zu setzen. Die Kuhle, in der ich saß, war für zwei Personen eigentlich zu eng, daher rückte ich ein wenig zur Seite. Es half nur wenig, wir saßen trotzdem dicht beieinander.

Wortlos drückte Sebastian mir das Fernglas in die Hand.

Ich strich mir eine Haarsträhne aus dem Gesicht und hielt es hoch, um hindurchzusehen. Die Sicht war unscharf, und ich kniff die Augen zusammen. »Hm«, entfuhr es mir, und ich betrachtete das Fernglas skeptisch. »Ich glaube, es ist kaputt.«

»Du musst es erst einstellen«, erklärte Sebastian und griff nach dem Instrument. Seine Finger berührten meine, als er mir zeigte, wo man die Schärfe regulierte.

Ich starrte auf das Gerät in meinen Händen. Seltsamerweise fiel mir in diesem Moment auf, dass ich noch nie zuvor ein Fernglas gehalten hatte. »Woher weiß ich, wann es passt?«

»Dreh so lange, bis du das Gefühl hast, gut sehen zu können. Du musst es einfach ausprobieren«, antwortete Sebastian.

Ich spürte seinen Blick auf mir, wagte es aber nicht, den Kopf zu drehen und ihn anzusehen. Er war mir nahe. Er war so nahe, dass ich zwei widersprüchliche Instinkte bekämpfte: ihn wegzustoßen, weil er meine unsichtbare Grenze überschritt, oder meinen Kopf an seine Schulter zu lehnen, vielleicht genau an diese Stelle zwischen Hals und Schlüsselbein. Irgendwie glaubte ich, meine Wange würde perfekt dorthin passen.

»So wie alles«, fügte er schließlich hinzu.

»Hm?«, fragte ich abgelenkt. Ich konzentrierte mich ganz bewusst auf das Fernglas, um mir nicht so viele Gedanken über Sebastians Nähe zu machen.

»Egal. Passt es jetzt?«

Ich hielt das Fernglas hoch und schaute hindurch, und nun war alles klar und deutlich zu sehen, jede glitzernde Welle schien unglaublich nah. Ich hätte jetzt Wale beobachten können, wenn ich lang genug wartete. Wenn ich mein aufgeregt schlagendes Herz unter Kontrolle bekäme. Wenn …

»Ja«, antwortete ich. »Es passt.«

Ich spürte Sebastians Lächeln mehr, als dass ich es sehen konnte. Aber in meiner Vorstellung und in meinem Herzen war dieses Lächeln perfekt.

Und dann lag seine Hand in meinem Nacken. Strich erst dort sanft entlang, dann nach vorn über meine Wange bis zu meinem Kinn, um meinen Kopf in eine bestimmte Richtung zu drehen. Ich hielt den Atem an, ganz instinktiv und so furchtbar hoffend.

Aber Sebastian hielt das Fernglas fest, als ich es sinken lassen wollte, lenkte meinen Blick auf eine bestimmte Stelle im Meer.

»Sieh nur«, flüsterte er, und ich konnte die friedvollen Geschöpfe sehen, die majestätisch durch die Wellen glitten und sich unseren demütigen, dankbaren Herzen für einige Minuten zeigten.

20.

»Schaffst du noch eine Station, oder willst du lieber zurück?«

Ich spürte, wie meine Haut spannte, als ich mich regte, um mich Sebastian zuzuwenden. Er warf einen Blick auf seine Armbanduhr und zog die Stirn kritisch in Falten, während er über etwas nachzugrübeln schien.

Wir saßen seit beinahe zwei Stunden in der Sonne, und auf meinen nackten Armen zeichneten sich die ersten blassroten Zeichen von Sonnenbrand ab. Ich hatte nicht erwartet, dass die Sonne noch so viel Kraft hatte, aber meine Haut war auch sehr empfindlich, weil sie damals so lange überhaupt keinem Sonnenlicht ausgesetzt gewesen war. Als ich einen verstohlenen Blick auf Sebastians Arme warf, bemerkte ich, dass er immer noch gebräunt war, obwohl der Sommer längst vorbei war.

Der Höhepunkt der Flut lag schon eine Weile zurück, und das Wasser hatte sich bereits weit zurückgezogen.

»Ich weiß nicht«, antwortete ich zögernd. »Ich finde, ich habe heute schon einiges geschafft.« Ich wollte es nicht übertreiben.

Sebastian zog die Augenbrauen hoch, bevor er mit einem Satz auf die Beine sprang. Er streckte mir auffordernd die Hand hin. »Einiges geschafft?«, wiederholte er langsam, und ich war mir nicht sicher, ob da ein spöttischer Unterton in seiner Stimme war. »Wir haben nur hier gesessen, Edda. Wir haben nicht einmal geredet.«

Aus seiner Sicht hatte er natürlich Recht. Aber ...

Ohne auf meine Antwort zu warten, nahm er meine Hand und zog mich kraftvoll hoch. Auf die ruckartige Bewegung war ich nicht vorbereitet. Ich taumelte, und er legte einen Arm um meine Taille. Mit der freien Hand griff er nach meiner. Ich spürte, wie sich seine Finger um mein Handgelenk schlossen, und nahm den leicht brennenden Schmerz des Sonnenbrands mit einem Mal kaum noch wahr. Ich spürte seinen Atem auf meiner Wange, wärmer noch als der Sonnenschein, oder vielleicht kam mir das auch einfach nur so vor. Wir standen so dicht beieinander, dass ich die dunkelblonden Bartstoppeln sehen konnte, die seit der letzten Rasur schon wieder nachgewachsen waren. Sie verhärteten sein Gesicht noch mehr, wenn er nicht lachte – was er so selten tat.

Er öffnete den Mund, um etwas zu sagen, während seine Miene ernst wurde. »Hast du die Karte da?«, fragte er.

Ich nickte unsicher und hob meinen Arm, damit er mein Handgelenk freigab. Sebastian ließ mich los und trat zurück, während ich den zerknüllten Zettel aus meiner Jackentasche hervorholte und ein weiteres Mal vergeblich versuchte, ihn glattzustreichen.

Sebastian musterte den Zettel kurz, auch wenn er eigentlich wissen müsste, wohin es gehen sollte. Plötzlich schien er in Eile zu sein. Er holte sein Smartphone hervor und rief ein Foto auf, auf dem ich nur flüchtig einige Zahlen entdecken konnte.

»Wir müssen uns beeilen«, sagte er, während er das Smartphone in seine Hosentasche zurückschob und sich abwandte.

»Warum?«, fragte ich und hob hastig meine Tasche auf, um sie über meine Schulter zu hängen. Sebastian war mir bereits einige Schritte voraus.

»Damit wir es rechtzeitig schaffen.«

»Was?«, fragte ich.

Sebastian tat, als habe er mich nicht gehört.

»Damit wir was schaffen?«, fragte ich lauter und lief schneller, um zu ihm aufzuholen.

Sebastian blieb stehen und seufzte schwer. »Wenn ich es dir sage, ist es keine Überraschung mehr.«

»Eine Überraschung also«, wiederholte ich, und mir wurde etwas flau im Magen. Die Sache mit Überraschungen war eben, dass sie so ... überraschend waren.

»Es ist nichts Schlimmes«, sagte Sebastian, als er meinen Gesichtsausdruck sah. »Meine Güte, Edda. Nimm nicht immer das Schlimmste an. Ich werde dich nicht in einen Heißluftballon stecken, damit du deinen Frieden mit dem Himmel schließen kannst. Du hast heute so viel geschafft, das werde ich dir nicht verderben, okay?«

Ich wusste, dass er Recht hatte, also nickte ich. Und es war nicht nur das: Ich vertraute ihm auch. Ich vertraute darauf, dass er nichts tun würde, das mich in einen Sturm geraten ließ, denn er wusste selbst gut genug, wie sich das anfühlte. Vielleicht war diese Erkenntnis sogar die größte Überraschung an diesem Tag.

Wir liefen auf der Strandseite an den Dünen entlang, und bald schon geriet der feine Sand in meine Stiefel, aber das störte mich nicht. Ich würde sie später vor der Haustür ausklopfen und den Rest an meinen Füßen mit ins Haus tragen. Auf unserem Weg begegneten uns andere Urlauber, Familien mit spielenden Kindern, Paare mit Hunden und alte Menschen, die müde, aber zufrieden aussahen. Im Gegensatz zu uns waren sie in dicke Anoraks gehüllt und trugen Schals und Mützen, um sich vor dem Seewind zu schützen.

Schließlich deutete Sebastian nach vorne. »Da hinten ist es.«

Ich blickte an ihm vorbei und ... »Ist das ...«, begann ich und kniff die Augen zusammen, »... ein Pferd?«

»Ja, mit einer Kutsche. Wir unternehmen eine Wattfahrt.«

»Eine Wattfahrt«, wiederholte ich. »Übers Watt? Über den Meeresboden?«

»Worüber denn sonst, du Genie?«, fragte Sebastian leichthin.

Je näher wir der Kutsche kamen, desto skeptischer beäugte ich den nassen Boden, der sich bis zum Horizont ausbreitete. Würde die Kutsche nicht im Schlick steckenbleiben? Probeweise ging ich ein paar Dutzend Schritte von den Dünen weg, aber abgesehen davon, dass der Sand hier nun nass anstatt trocken war, änderte sich nichts. Der Boden unter mir war zwar weich, aber ich sackte kaum ein. Aber so richtig überzeugt war ich dennoch nicht. Das Wasser war im Augenblick weg, aber das würde ja nicht für immer so bleiben. Wäre jetzt Flut, würde ich vermutlich keinen Fuß über die Dünen hinaus setzen.

»Was, wenn wir steckenbleiben?«, fragte ich.

»Es gibt einige Stellen an der Küste, an denen man knietief einsackt, aber die Wattführer kennen sich aus«, erklärte Sebastian, der mir gefolgt war und mich nun mit verschränkten Armen beobachtete. »Können wir jetzt? Der Wattführer wartet nicht ewig auf uns. Er muss sich an das von den Gezeiten vorgegebene Zeitfenster halten.«

Wir brachten das letzte Stück bis zur Kutsche hinter uns, und je näher wir kamen, desto mehr mischte sich Vorfreude in die Aufregung. Ich mochte Pferde. Und das Tier, das da entspannt in der Sonne stand, war wunderschön mit seinen aufmerksamen, wachen Augen und seinem dunkelbraunen, seidig schimmernden Fell, das von guter Pflege zeugte.

Der alte Mann, der sich gerade an der Kutsche zu schaffen gemacht hatte, drehte sich zu uns um, als er uns kommen hörte. Mit freundlicher Miene ging er auf Sebastian zu, um ihn zu begrüßen. Danach streckte der Mann mir die Hand hin. »Moin. Da hat sich Ihr Freund aber eine schöne Überraschung für Sie ausgedacht.«

Ich öffnete den Mund, um ihm zu sagen, dass Sebastian nicht mein Freund war, dass ich nicht einmal genau wusste, *was* er war, aber auf keinen Fall mein Freund, da sprach der Mann schon weiter. »Nennen Sie mich Harry. Kommen Sie, ich helfe Ihnen beim Einstieg, der ist etwas kniffelig.«

Er strahlte mich aus sympathischen Augen an. Mit seinem wettergegerbten Gesicht und dem schlohweißen Haar wirkte er fast alterslos, so als gehöre er genauso in diese Landschaft wie das Wasser, das zu jeder Zeit wanderte.

Der Einstieg war tatsächlich schwierig, denn die Kutsche war ungewöhnlich hoch. Harry klappte einen Tritt nach unten, sodass Sebastian vor mir einsteigen und mir dann die Hand reichen konnte, um mir hoch zu helfen. Die beiden Sitze waren gerade breit genug für uns, denn die Kutsche war nur für zwei Personen ausgelegt. Aber die Polster waren weich und gemütlich.

Harry stieg auf den Kutschbock und nahm die langen Zügel auf. Als er leise mit der Zunge schnalzte, setzten sich Pferd und Gefährt abrupt in Bewegung. Ich nahm mir eine der beiden Wolldecken, die im Fußraum lagen, und wickelte sie mir um die Beine, denn ich ahnte, dass der Wind weiter draußen frisch werden würde.

Eine Weile sprachen wir nicht miteinander. Es war still,

der weiche Untergrund schluckte den Klang der Hufe, die man auf Asphalt normalerweise schon aus weiter Ferne hören konnte. Außer einigen wenigen Spaziergängern war niemand auf der endlosen Weite des verlassenen Meeres zu sehen. Wenn ich genauer hinsah, konnte ich auf dem Boden jedoch Leben entdecken: Wattwürmer, die sich durch den feuchten Schlamm schlängelten, Krebse, die sich zwischen Algen versteckten, und Möwen, die auf der Suche nach Fressen über uns kreisten und hin und wieder herabstürzten, um einen Wurm zu ergattern.

Harry folgte einem Weg, der durch eingegrabene Zweigbüschel markiert war. Als ich ihn fragte, ob man diesen Weg auch als Fußgänger nehmen könnte, erklärte er mir ernst, dass mit den Gezeiten nicht zu spaßen sei.

»Sehen Sie die Insel dort hinten?« Er deutete mit der Hand auf einen dunklen Fleck, den ich kaum erkennen konnte. »Sie müssen sich vorstellen, viele Wattwanderer glauben, dass sie diese Strecke zu Fuß schaffen. Das ist auch tatsächlich möglich, aber nur wenn man die genauen Uhrzeiten von Ebbe und Flut kennt und weiß, welchen Weg man gehen muss. Die Küste scheint immer nahe zu sein, aber das täuscht.«

Er hatte Recht. Ich warf einen Blick über die Schulter zurück zum Land, und mir erschien die Entfernung wirklich kurz zu sein. Als wären wir erst vor ein paar Minuten losgefahren, dabei waren wir schon mindestens eine halbe Stunde unterwegs und vermutlich schon drei oder vier Kilometer weit vom Ufer weg. Eine Strecke, für die man zu Fuß lange brauchen würde.

»Ist die Flut schneller als man selbst?«, fragte ich.

Harry neigte den Kopf. »Ja, das ist sie. Das eigentliche Problem ist aber, dass die Flut einen anderen Weg nimmt als die Menschen. Es gibt sogenannte Priele hier, Wattrinnen, die sich durch die Strömung mit Wasser füllen. Während Sie also noch auf einer trockenen Sandbank stehen, ist der Rückweg zum Land schon längst unmöglich. Das macht die Flut sehr tückisch, denn im einen Augenblick wähnt man sich in Sicherheit, während man im nächsten bereits bis zum Bauch im Wasser steht und gegen die Strömung ankämpfen muss.«

Als ich das hörte, war ich doch erleichtert, dass ich mich bisher geweigert hatte, auch nur einen Fuß ins Wasser zu setzen, und mich auch kaum mehr als ein paar Schritte ins Watt getraut hatte. Das Meer schien noch gefährlicher zu sein, als ich angenommen hatte.

Sebastian legte seinen Arm hinter mich auf die Lehne, und kurz darauf spürte ich seine Finger am Ende meines Zopfes. Es war ein kaum merkliches spielerisches Ziehen, das mich vielleicht dazu bewegen sollte, den Kopf zu drehen und ihn anzusehen. Vielleicht sollte es mich aber auch einfach nur ablenken. Oder er dachte gar nicht darüber nach, was er da tat.

»Ist hier denn …« Ich wusste nicht recht, wie ich die Frage stellen sollte. »Ist hier denn schon einmal jemand verunglückt?«

»Ach, es gibt immer mal wieder Situationen, in denen unvorsichtige Wanderer von der Küstenwache eingesammelt werden müssen, aber normalerweise geht das glimpflich aus. Und Sie müssen sich keine Sorgen machen, Sie sind ja mit mir unterwegs.«

Ich hörte die unausgesprochenen Worte in diesem Satz. Dass nicht jede Situation glimpflich ausging. Ich erschauerte. Das Meer war eine Urgewalt, und das würde ich nie vergessen.

»Das tue ich nicht«, versicherte ich unserem Führer, auch wenn das nicht so ganz stimmte. »Man merkt ja sofort, wie erfahren Sie sind.«

Harry, der die Zügel locker in der Hand hielt, drehte sich halb zu uns um und lächelte. »Wissen Sie, mein Vater hat die Menschen hier schon übers Watt gefahren. Und er hat mir immer gesagt, ich müsse es in- und auswendig kennen. ›Wisse um jede Welle‹, hat er gesagt, ›um jede winzige Strömung, und du kannst sie so nahe ans Wasser bringen, wie es nur möglich ist.‹ Genau das tue ich seit vierzig Jahren. Und glauben Sie mir, auch nach dieser langen Zeit gibt es für mich nichts Schöneres, als auf dem Rückweg nur noch ein paar hundert Meter vom Ufer entfernt zu sein und dann zu sehen, wie die Flut einen einholt. An ein solches Naturereignis kann man sich nicht gewöhnen. Es bleibt immer einzigartig.«

Ich lächelte, und gleichzeitig war ich froh, dass der alte Mann sich in diesem Moment wieder umdrehte und leise mit seinem Pferd sprach, denn ich spürte, dass Tränen in meine Augen stiegen.

So war es also, wenn ein Mensch Wurzeln besaß. Wurzeln, die ihn an seine Heimat banden, egal, ob sie aus Bäumen, Wiesen, Wasser oder einer Wüste bestand. Sie waren nicht sichtbar, aber sie waren da. Sie waren unverkennbar da.

Ich schloss die Augen, weil ich nicht wollte, dass jemand meine Tränen sah. Ich wusste selbst nicht, warum ich mit einem Mal so berührt war, dass es mir beinahe die Luft zum Atmen nahm.

Sebastians Hand glitt in meinen Nacken, und er drückte meinen Kopf sanft gegen seine Schulter.

Ich wehrte mich nicht gegen seinen Griff. Ich lehnte meine Wange an diese eine Stelle, und es passte so vollkommen, wie ich es mir ausgemalt hatte. Seine Finger strichen in langsamen, hauchzarten Bewegungen über meine Haut, bis ich mich irgendwann beinahe müde fühlte.

Die Luft, redete ich mir ein. Es lag an der Luft.

Ich atmete Sebastians Geruch ein und hörte ihm zu, während er mit Harry sprach. Es war eine belanglose Konversation über das Wetter und Touristen, über die Nachbarn und die neusten Gerüchte aus dem Dorf, über den Fischfang und regionales Essen. Aber es war der Klang seiner Stimme, der mich ruhig bleiben ließ.

Ich hielt es aus, auf dem Meer zu sein, über mir den endlosen Himmel, und ich hielt es aus, weil Sebastian der Fixpunkt war, den ich in dieser Stunde brauchte.

21.

Manchmal wacht man auf, und der Tag, der kommen wird, ist nur eine Ahnung. Man ist noch trunken von den Sternen, von den Berührungen, von dem dunklen Himmel und von schwindlig machenden Träumen. Man verspürt beim ersten Wimpernschlag nach dem Aufwachen noch ein schlichtes Gefühl des Glücklichseins. Aber dann kommt der zweite Wimpernschlag, und dieses Gefühl verfliegt. Man wartet auf das Gewaltige, auf den einzigartigen Moment, den die Traumwelt versprochen hat, auf den besonderen Menschen, auf die Stunde, in der sich alles verändert. Man öffnet das Fenster, um die Welt ein wenig bunter, ein wenig schriller, ein wenig dramatischer vorzufinden, aber das Einzige, was dann passiert, ist, dass der Wind uns den Nachhall des Traumes stiehlt; dass wir klar und vernünftig und leer werden.

Und diese Leere wird wieder unser Leben.

Genauso ist es auch mit großartigen Momenten. Wir durchleben sie, sie rinnen durch unsere Finger, und irgendwann jagen wir ihnen nach, weil wir sie wieder schmecken, uns in sie versenken wollen. Momente verblassen zu Erinnerungen, verschwinden mit den Fotoalben in eine verstaubte Ecke, bis auch die beim nächsten Umzug in die nächste Heimatlosigkeit verloren gehen. Und am Ende ist da nur noch etwas, das man sich schönreden kann: ein Punkt auf der

Landkarte, ein aufgezeichneter Anruf, eine Schallplatte, für die uns der Plattenspieler fehlt.

Als ich an diesem Morgen wach wurde, fühlte ich mich nicht wie sonst. Ich war nicht voll mit Gedanken, mit Emotionen, mit hinauszuschreienden Wünschen, die niemand hörte, weil normale Menschen meine Tonlage gar nicht wahrnehmen konnten. Irgendwie glaubte ich, gestern einen Zuhörer gefunden zu haben.

Ich gönnte mir eine heiße Dusche, bis alle Spiegel und Wände beschlagen waren, bis Kondenstropfen die Fugen entlang rannen, und genoss das Gefühl der kühlen Luft auf meiner Haut, als ich das Fenster öffnete. Das Wellenrauschen war so nah, dass es von den Wänden widerzuhallen schien, und ich fragte mich, wohin man wohl gelangen würde, wenn nicht ein Orkan wie beim *Zauberer von Oz*, sondern das Meer ein Haus mit sich riss.

Im Zimmer nebenan war es still. Vermutlich war Sebastian schon unten, um Frühstück zu machen. Doch als ich in die Wohnstube kam, war niemand dort. Überhaupt wirkte der große Raum verlassen und trostlos, als würde ihm etwas fehlen, auch wenn ich nicht sofort darauf kam, was es war. Vermutlich stand irgendein Blumentopf nicht mehr am selben Platz. Oder ich bildete mir einfach etwas ein, denn so gut kannten das Haus und ich uns dann doch noch nicht.

Ich ging in die Küche, um Tee aufzusetzen, und entdeckte die abgerissene Ecke einer Zeitung, die am Kühlschrank klebte. Der freie Rand war beschrieben. Die Buchstaben waren unordentlicher als beim letzten Mal. Sie prangten krumm und vorwurfsvoll auf dem Schnipsel der Zeitung, als wären die Worte ein unberührtes Stück Papier nicht wert gewesen:

Hilde hat mir ein Haus besorgt. Bin umgezogen. Brauche meinen eigenen Raum, ohne deinen. Sebastian

* * *

Vor sieben Jahren
Zwei Monate danach

»Das ist dann dein Zimmer. Ich meine, es war auch früher schon dein Zimmer.« Martha lachte nervös. »Also eigentlich war es ein Gästezimmer, nachdem ... Also, jetzt ist es auf jeden Fall wieder deins.«

Ich nickte, bis mir einfiel, dass es unhöflich wirken könnte, nichts zu sagen.

»Danke, Martha«, erwiderte ich förmlich.

Die Frau neben mir zuckte zusammen. Nicht äußerlich, aber innerlich. Ich konnte es in ihren Augen sehen, weil ich wusste, wie man völlig geräuschlos und ohne sich zu bewegen zusammenzucken konnte. Aber ich konnte sie nicht anders ansprechen. Für mich war sie nicht einmal meine *andere* Mutter. Sie war nur eine Fremde, die mir ein Dach über dem Kopf angeboten hatte. Ich hatte meiner Psychologin gesagt, dass ich keine Verbindung zu Martha verspürte, keine plötzliche Offenbarung, wie man sie in Filmen oder Dokumentarserien sah. Ich fühlte nichts außer distanzierter Dankbarkeit dafür, dass sie mir einen Ort bot, an dem ich vorerst bleiben konnte. Bis ich wusste, wohin ich tatsächlich gehörte.

Das sei völlig normal, hatte meine Psychologin gesagt, so wie sie all meine Verhaltensauffälligkeiten, vor allem die Agoraphobie und meine immer mal wieder aufkeimende Panik vor Fremden und größeren Menschenansammlungen als posttraumatische Symptome einstufte, die im Rahmen des Normalen lägen. Aber ich fühlte mich nicht normal.

Das würde noch kommen, sagte sie. Mit der Zeit, mit dem Kennenlernen, mit dem nächsten Wunder. Die Zeit war das Einzige, worin sich am Ende alle einig waren. Meine Psychologin, die anderen Ärzte, Martha. Mit der Zeit würde alles, alles besser werden. Trotzdem hatte sie mir einige Nummern von Kollegen in Mainz mitgegeben, als würde sie der Zeit eben doch nicht genügend trauen. Das seien Leute, an die ich mich jederzeit wenden könne, hatte sie gesagt, mit diesem eindringlichen Blick, bei dem ich genau gewusst hatte, was in ihrem Kopf vor sich ging; sie hatte Angst, was geschehen würde, wenn ich keine dieser Nummern anrief.

Mit einem Blick, den Martha hoffentlich als interessiert deutete, schaute ich mich in dem riesigen Zimmer um. In der Raummitte stand ein wuchtiges Bett aus massivem Holz. Auf der linken Seite befand sich ein Kleiderschrank, daneben ein Schreibtisch mit einem alten Laptop. Auf der anderen Seite standen eine kleine Eckcouch und ein Fernseher. Die Wände waren weiß und unberührt. Sogar der Bettbezug war farblos, ein unscheinbares hellblaues Karomuster.

»Ich habe den ganzen Dekoschnickschnack rausgenommen«, meinte Martha. »Damit du dich entfalten kannst, dachte ich. Also, dir selbst was aussuchst und so. Etwas, das dir gefällt, nicht mir.«

Den Rat hat sie sicher von der Psychologin, dachte ich. *Geben Sie ihr Raum, Frau Sturm. Lassen Sie sie sich frei entscheiden. Das muss schon bei den kleinen Dingen anfangen.*

»Danke«, sagte ich wieder und stellte die Reisetasche mit meinen wenigen Habseligkeiten auf dem Boden ab. Darin war die bescheidene Sammlung aus Gegenständen, die die

Polizei später auf meinen Wunsch hin aus Isoldes Haus geschafft hatte. Viel war es nicht gewesen: eine Bürste, ein paar ausgeblichene Kleidungsstücke und die Bücher, die Isolde mir geschenkt hatte, allem voran meine Lieblingsbücher *Der kleine Prinz* und *Sturmhöhe*. Das ein oder andere war später im Krankenhaus dazugekommen, und alles davon trug Jans Handschrift. Er hatte mir neue Bücher geschenkt, die ich noch nicht gelesen hatte, und ein dickes, in himmelblauen Stoff eingebundenes Notizbuch, in dem ich meine Gedanken niederschreiben sollte, wenn ich nicht mit ihnen weiterkam.

Ich unterdrückte mühsam die Stimme in mir, die nach ihm schrie, weil ich wusste, dass es falsch war, sich ihn hierher zu wünschen. Das war ein psychologischer Trick meines Unterbewusstseins. Er war die erste Person, der ich mein Vertrauen geschenkt hatte. Das machte ihn aber nicht zu einem Teil meines Lebens. Und es machte ihn ganz sicher nicht zu jemandem, auf den ich ein Recht hatte. Auch wenn es sich vollkommen anders anfühlte. Auch wenn ich das Gefühl hatte, dass es für mich lebensnotwendig war, ihn bei mir zu haben.

»Wir können ja mal zusammen bummeln gehen. Oder in einen dieser Deko-Läden fahren, da findet man immer was Schönes«, sagte Martha.

Ich war zu müde, um ein drittes Mal ein simples Danke auszuspucken, also lächelte ich irgendwie, und es fühlte sich an, als würde die Haut auf meinem Gesicht reißen, weil sie dieses Dauerlächeln nicht gewöhnt war.

»Ich bin ein wenig erschöpft von der Fahrt«, sagte ich ein wenig zu flehend, aber Martha griff erleichtert nach dem Strohhalm, den ich ihr bot.

»Ja klar, wie dumm von mir. Ruh dich aus. Ich rufe dich,

wenn das Abendessen fertig ist. Du hast doch gewiss Hunger nach der langen Fahrt.«

Martha nickte, als wolle sie sich selbst überzeugen, und ging hinaus. Erst im letzten Augenblick besann sie sich darauf, die Tür einen Spalt weit offen stehen zu lassen.

Ich setzte mich neben meine Tasche auf den harten Laminatboden und schaute mich im Zimmer um, vor dem unüberwindbaren Hindernis stehend, einen Raum und ein Leben zu meinem machen zu müssen, ohne überhaupt zu wissen, wer ich war.

22.

Oktober
Gegenwart

Es ist ja nicht so, dass Menschen dein Leben verändern können. Sie stolpern nicht plötzlich hinein, und dann ist alles ganz anders, besser, farbenfroher und erleuchtet. Das sind nur Geschichten. Verlockende Geschichten, weil sie so weit entfernt von der Wirklichkeit sind. Aber eben doch nur Geschichten.

In Wirklichkeit stolpern diese Menschen in dein Leben und wieder hinaus, und du stehst da und bist traurig, weil du gedacht hast, dass es doch wie in den Geschichten hätte sein können. Doch gescheitert bist du wieder an dir selbst und deinen Ängsten. Oder vielleicht warst du auch gar nicht selbst schuld, aber das zählt am Ende nicht.

Hatte ich also zu viel hineininterpretiert in diese letzten Tage, in die ganze gemeinsame Zeit? Ich hatte über das Phänomen gelesen, dass Menschen in alles etwas hineininterpretieren, dass sie Sätze zerpflücken und Tonarten analysieren, dass sie zwischen den Zeilen lesen, dass sie lesen, wo es nichts zu lesen gibt, nur um am Ende noch ratloser als zuvor zu sein. Dieses Verhalten hatte ich immer irgendwie belächelt: Warum war es so schwer, einfach geradeheraus zu sein, hatte ich mich gefragt. Einfach raus mit der Sprache, mit den Ansprüchen an die Welt und ihre Menschen. Dann wäre alles viel leichter, weil jeder verstand, was man von ihm wollte.

Aber jetzt war ich selbst in diese Falle getreten. Ich hatte geglaubt, dass da etwas zwischen uns war, etwas Schweres und Leichtes und Verbindendes. Und ich hatte tatsächlich geglaubt, dass Sebastians Bemerkung über Mia, als wir nachts vom Feuer nach Hause gegangen waren, eigentlich ihn selbst verraten hatte, seinen Schmerz. Weil er nicht zugeben konnte, dass es ihm wehtat, wenn die Distanz zwischen ihm und anderen kleiner und kleiner wurde. Ich dachte, es ging um uns, um die Nacht, um die Lichter und den Himmel, der für einen Moment so weit weg schien, irgendwo hinter den Sternen und hinter dem All. Als gäbe es zwischen dem Himmel und mir eine Schicht, die Sebastian mit seiner ruppigen, abweisenden und erwärmenden Art irgendwie erschaffen hatte. Und jetzt zerbrach diese Schicht wie eine Glasscheibe, getroffen von falschen Erwartungen. Ich sah ihre Scherben zu Boden fallen.

Auch wenn die Enttäuschung an mir nagte, versuchte ich, weiterzumachen. Ich hatte einen Schritt in die richtige Richtung gemacht. Vielleicht an der Hand eines anderen, aber gegangen war ich ihn selbst, auf meinen nackten Füßen. Es war ein kleiner Erfolg, der mehr war als nur ein schicker Road-Trip ans Meer, mit dem man sich vor anderen brüsten konnte. Ich war hier, um zu lernen und zu wachsen. Und das tat ich. Genau das tat ich.

Ich stellte alle Fenster im Haus auf Kipp und lüftete Sebastians Geruch aus seinem Schlafzimmer. Ursprünglich hatte ich den zusätzlichen Raum für meine Koffer und Taschen nutzen wollen, aber jetzt war er mir zu voll von Erinnerungen. An Schreie und Stille, und an den Anschein von Nähe, wo keine war.

Entschlossen bezwang ich die Kaffeemaschine, frühstückte allein und genoss den Anblick der morgendlichen Ebbe, die eine weite Muschellandschaft zurückließ. Da entdeckte ich Mia, die das Haus ihrer Großmutter umrundete, um zu Hilde auf die Terrasse zu gelangen. Als sie meinen Blick bemerkte, winkte sie mir wild gestikulierend zu, und ich nickte.

Fünf Minuten später stand ich draußen, und das Mädchen kam mir entgegengelaufen. Mias Zöpfe wippten im Takt, aber heute sahen sie ein wenig zerzaust aus. In der Hand hielt sie ein zusammengeklapptes Brot, aus dem hier und da Tropfen einer dunklen Masse hervorquollen.

»Hey«, brachte sie zwischen zwei Bissen heraus.

»Hey. Guten Hunger. Was ist das?«

»Pflaumenmus.« Mia hielt mir eine nicht angebissene Ecke hin. »Willst du mal probieren?«

Ich schüttelte den Kopf. Essen mit anderen Menschen zu teilen war mir nicht geheuer. »Ich habe schon gegessen, aber danke.«

Ich überlegte kurz, ob ich sie nach dem Lichterfest fragen sollte, entschied mich aber dagegen. Vermutlich weckte ich damit nur Erinnerungen, die besser schlummern sollten. Doch Mia kam selbst darauf zu sprechen, auf eine so unbekümmerte Weise, dass mir die Luft wegblieb.

»Du warst neulich abends auch am Strand, richtig? Ich habe dich mit Sebastian gesehen. Es war schön, oder? Das Feuer und die vielen Menschen! So viele sieht man hier sonst nicht an einem Ort.«

Ich lächelte und drängte das Bedürfnis zurück, das Mädchen zu umarmen. »Ja, ich fand es auch wunderschön. Sogar besser als jedes Feuerwerk.«

Mia lachte vergnügt. »Das sagt Oma auch immer. Sie sagt, man soll an Silvester lieber ein paar Lagerfeuer brennen lassen, statt das ganze Vieh mit diesen Krachern zu verschrecken. Aber ich mag Silvester trotzdem. Mein Papa zündet dann immer ein paar Raketen an. Und Wunderkerzen, die sind nicht laut. Die stören niemand, aber funkeln so schön!«

»Oh wow, Raketen anzuzünden ist bestimmt aufregend, oder?« Ich fragte mich, wie es wohl war, Rituale mit seinen Eltern zu haben. Rituale, die nichts mit blauen Flecken oder Hunger zu tun hatten, mit Geschrei und Gewalteskapaden und Kamillentee.

»Jaja, klar. Aber ...« Mias Stimme wurde leiser und unsicher. Sie schien mit sich zu ringen, ob sie weitersprechen sollte. Ob sie es überhaupt *durfte*.

»Aber?«, fragte ich freundlich nach. Irgendwie wollte ich, dass das Mädchen vor mir kein Blatt vor den Mund nehmen musste. Zum Teufel mit dir, Sebastian. Ich konnte das nicht, dieses Mädchen allein lassen. Ich wusste, wie das war, allein zu sein. Trotz Familie.

»Aber ich glaube, dass das nächste Silvester anders wird.« Mia sah mich nicht an, als sie das sagte. Ihr Brot war aufgegessen, also konnte sie nicht mehr so tun, als wäre sie damit beschäftigt. Stattdessen kickte sie einen Stein weg, einen einzelnen Stein von tausenden auf dem Kiesweg. Und dann noch einen.

»Warum glaubst du das?«, wollte ich wissen.

»Weil er dann nicht mehr da sein wird.« Und noch ein Stein.

Ich schluckte, aber meine Stimme hatte ich glücklicherweise unter Kontrolle. »Du meinst wegen der Scheidung deiner Eltern, richtig?«

Das Mädchen blickte endlich auf und verzog das Gesicht zu einer Grimasse, die man als trotzig beschreiben könnte. Sie nickte.

Ich legte eine Hand auf ihre Schulter. »Natürlich ändert sich für deine Eltern eine Menge. Und auch für dich. Doch das muss nicht automatisch heißen, dass ihr nicht mehr zusammen Silvester feiern könnt.« Ich versuchte, aufmunternd zu lächeln.

Mia biss sich auf die Unterlippe. »Kann ich dir was sagen? Also im Geheimen und so?«

Ich neigte den Kopf und legte feierlich eine Hand auf mein Herz. Dabei spürte ich, wie sich in mir etwas zusammenzog. »Na klar.«

»Ich glaube, dass wir dann besser dran sind. Ist das gemein? Wenn man sich seinen Papa fortwünscht?« Ich sah Verzweiflung in ihren Augen aufflackern, Verzweiflung, die mir das Herz zerriss. Kein Kind sollte sich so etwas wünschen müssen.

»Ach«, sagte ich leise, und die Traurigkeit konnte ich dieses Mal nicht ganz aus meiner Stimme fernhalten. »Am Ende geht es für uns alle darum, zu überleben, egal wie. Aber ich glaube ganz fest daran, dass deine Eltern eine Lösung finden, die euch allen, zuallererst dir, guttun wird.« Dann klatschte ich in die Hände. Weg, weg damit, mit diesem Gedankenbrei, in dem man nur zu leicht unterging.

»Morgen ist Dorffest, habe ich gelesen.« Auf einer Kommode des Ferienhauses hatten Prospekte gelegen, die ich mir heute erst angesehen hatte. Ich konnte meine Tage auch allein mit Leben füllen, und ich hatte Lust, etwas zu unternehmen und meinen Urlaubsort weiter zu erkunden.

»Ja, stimmt!« Mias Augen begannen zu leuchten, was mich froh stimmte. Kinderaugen waren dazu bestimmt, zu leuchten, heller als Sterne, heller als im Erwachsenenalter, wenn die Fähigkeit, sich einfach zu freuen, verloren ging.

»Wollen wir vielleicht zusammen hingehen?«, fragte ich.

»Au ja, das wäre super!«, rief sie begeistert aus. »Da gibt's sogar ein Riesenrad.«

»Klasse«, lächelte ich.

Nicht, dass ich mich jemals in ein Riesenrad setzen würde. Der bloße Gedanke schien absurd. Ich blieb mit allem, was ich hatte, an der Erde haften, mit den Füßen und den Blicken, um dem Himmel nicht einen Fingerbreit zu nahe zu kommen. Ich würde nicht einmal den Kopf in den Nacken legen und Mia vom Boden aus zuwinken.

Ich war ein bisschen wie Ikarus. Ich wollte hinaus in die Welt. Ich *wollte* fliegen. Ich musste nur noch die passenden Flügel finden.

* * *

Hilde begleitete uns am nächsten Nachmittag zum Fest. Ihr Gesichtsausdruck war zufrieden, und sie betonte mehrfach, wie glücklich sie war, das Problem mit der Doppelbuchung behoben zu haben. Ich versicherte ihr, dass es für mich ohnehin nicht so dramatisch gewesen war.

»Ja, für Sie vielleicht nicht, Edda, für *Sie* nicht. Aber die aus dem Süden, da unten, die sind manchmal etwas eigenbrötlerisch. Da muss man aufpassen«, hatte sie gesagt und genickt und geseufzt. »Die legen alles auf die Goldwaage, sag ich Ihnen. Na, jetzt ist das Problem ja aus der Welt geschafft, und Sie beide können Ihren Urlaub genießen.«

Die Einwohner hatten sich Mühe gegeben und den Platz in der Dorfmitte mit hunderten von Lampen geschmückt, die über unseren Köpfen leuchteten. Sie verbreiteten an diesem grauen Oktobernachmittag eine beinahe festliche Stimmung. Wie auf einem Jahrmarkt gab es Buden mit Zuckerwatte, gebrannten Mandeln und heißem Punsch. Es gab Schieß- und Los-Stände mit kitschigen Plüschtieren oder grellbunten Plastikfiguren als Gewinn. Außerdem waren in der Mitte des Platzes Karussells für kleinere Kinder aufgebaut. Auf einer Wiese stand das Riesenrad. Ich besorgte Hilde, Mia und mir einen Crêpe mit pappsüßer Nutellafüllung, die aus allen Ecken und Enden heraustropfte. Nach fünf Minuten lachten wir über unsere verschmierten Münder, und ich vergaß, dass so viele Menschen auf einem Haufen mich nervös machten.

»Warum wohnen Sie dann in der Stadt?«, fragte Hilde verwundert, als ich ihr von diesem Problem erzählte. Mia hatte ihren Crêpe in Rekordzeit verdrückt und nun beschlossen, ihr Taschengeld in einer der Spielbuden zu investieren.

Ich dachte kurz nach. »Wahrscheinlich weil die Menschen sich trotzdem fremd sind. Sie laufen aneinander vorbei, aber sie nehmen keine Notiz voneinander. Alles ist distanziert und anonym. Es ist nicht das Gleiche, wie hier zu stehen, wo einen jeder neugierig ansieht, als wäre man das neue Kind in der Klasse.«

Hilde warf ihre Serviette in einen Mülleimer neben uns. »Jetzt, wo Sie es sagen, fällt es mir auch auf. Die Leute gucken wirklich. Aber warum auch nicht. Sie sind eben keine gewöhnliche Frau, Edda.« Sie lachte herzlich, und irgendwie musste ich einstimmen.

»Das habe ich schon oft gehört. Aber bei Ihnen klingt es wie ein Kompliment.«

Wir beide sahen Mia zu, die versuchte, knallbunte Luftballons mit Pfeilen zu treffen. Sie wollte einen riesigen Stoff-Elefanten gewinnen. Für einen kurzen Augenblick malte ich mir aus, wie es wohl wäre, hier zu leben. Dauerhaft, sich ein Zuhause aufbauend.

»Irgendwann vielleicht«, murmelte ich, und Hilde lächelte wissend, als ahnte sie, woran ich gerade dachte.

»Irgendwann«, stimmte sie zu, bevor sie sich abwandte, um weiter ihre Enkelin zu beobachten.

Ich beförderte meine Serviette ebenfalls in den Mülleimer und ließ meinen Blick über die Grüppchen vor dem Zelt wandern. Es war faszinierend zu sehen, dass sich immer dieselbe Art Menschen zusammenrottete, immer dieselben Gruppen, immer dieselben Freunde. Wie viel interessanter würde das Leben wohl sein, wenn wir einfach mal auf Shuffle stellten und etwas Neues wagten?

Schließlich entdeckte ich in der fremden Menge jemand Vertrauten: Sebastian in einem hellblauen Pullover und beigefarbenen Hosen. Sebastian zusammen mit einer jungen Frau neben dem Bierzelt. Er stand vor ihr, ganz nah, sodass ich kaum etwas von ihr sehen konnte. Diese beschützende, fast schon besitzergreifende Haltung, mit der er sie vor den Blicken anderer abschirmte, wühlte etwas in mir auf, das ich nicht erklären konnte.

Es war kein Problem, dass er gegangen war, dass er ein neues Haus bezogen hatte, mit Raum und Zeit für sich. Es ist in Ordnung, sagte ich mir. Völlig menschlich und vorhersehbar. Wir kannten uns eben nicht wirklich. Und offenbar hatte er es dabei belassen wollen.

Ich schaute abrupt weg, als Sebastian genau in diesem Moment herübersah, direkt in meine Gedanken hinein.

Mia kam zu uns zurückgetanzt. Sie hatte den Elefanten tatsächlich gewonnen. Wir verstauten das Plüschtier in ihrem Rucksack, nur der Rüssel passte nicht mehr und ragte wie ein Sprachrohr heraus. Zur Feier des Tages wollte Hilde ihr zwei Runden mit dem Riesenrad spendieren, das in den Sternenhimmel hinaufragte.

»Kommst du mit?«, fragte Mia und hielt mir auffordernd die Hand hin.

»Brauchst du Hilfe beim Einsteigen?«, fragte ich.

»Nein, du und Oma, ihr müsst mitfahren!«

Ich spürte Sebastians Blick immer noch auf mir ruhen. Er konnte unmöglich hören, worüber wir sprachen. Er war zu weit entfernt, in jeder Hinsicht. Es war kein Problem, dass er gegangen war. Es durfte keins sein. Und doch war es eins. Weil es sich so anfühlte, als habe er mich verlassen. Schon wieder.

»Ja«, hörte ich mich aus der Ferne sagen und reichte Mia meine Hand.

Das Riesenrad kam bebend zum Stehen.

23.

Mia lief los und zog mich hinter sich her. Ihr unbekümmertes Lachen war das Einzige, das mich überhaupt einen Fuß vor den anderen setzen ließ.

Ich und mein großes Mundwerk. Mit wild schlagendem Herzen musterte ich die im Wind schaukelnden Gondeln des Riesenrads. Das konnte nie im Leben sicher sein. Es würde umkippen, sobald ich einen Fuß hineinsetzte. Was war schon ein bisschen Stahl, ein bisschen buntes Plastik gegen den Wind, der hier an der Küste herrschte? Und der Himmel … Er würde so nahe sein, noch viel näher als sonst. Der Wind, die Höhe, die wackligen Gondeln … Gab es da nicht sogar diesen einen Horrorfilm, der sich um ein Riesenrad drehte?

Viel zu schnell erreichten wir die kurze Warteschlange. Mia hielt meine Hand fest umklammert. Sie schien nicht eine Sekunde länger warten zu können, während die Reihe meinetwegen noch aus den Bewohnern eines ganzen weiteren Dorfes hätte bestehen können. Hilde trat neben mir unruhig von einem Bein auf das andere und warf mir sorgenvolle Blicke zu. Doch sie glaubte wohl, es stünde ihr nicht zu, Einwände zu erheben. Vielleicht traute sie mir auch zu, einschätzen zu können, was ich schaffte und was nicht. Dabei traute ich mir selbst im Augenblick kein bisschen über den Weg. Mechanisch bewegte ich mich Zentimeter um Zentimeter in Richtung der beiden Männer, welche die Wartenden in die runden Gondeln schleusten, sobald das Riesenrad zum Stehen kam. Der eine trug einen zotteligen, bis zur Brust reichenden Vollbart, was nicht gerade vertrauenserweckend auf mich wirkte.

»Sind Sie schon mal in so einem Ding gefahren?«, fragte Hilde mich.

Ich zwang mich zu einem Lächeln. »Nein, noch nicht. Aber Autoskooter. Ist ja irgendwie fast dasselbe, oder?«

»Beides ist auf jeden Fall nichts für meinen Rücken«, brummte sie und schwang nachdenklich den mitgebrachten Regenschirm. Für mich sah es gar nicht nach Regen aus. Der Himmel war zwar grauverhangen und die Sicht ein wenig getrübt, aber ich fand die Wolken zu hell, als dass sie viel Regen tragen konnten. Andererseits konnte ich das Wetter an der Küste nicht gut abschätzen. Vielleicht hatte Hilde den Schirm aber auch nur dabei, um bei der richtigen Gelegenheit dreimal mit der Spitze auf den Boden zu klopfen und in den Himmel zu verschwinden.

Plötzlich waren wir schon dran. Das Pärchen vor uns in der Schlange war gerade in die Gondel eingestiegen, und nun winkte einer der beiden Männer Mia, damit sie auch hineinkletterte. Der andere half Hilde beim Einsteigen und stellte den Regenschirm aus Sicherheitsgründen zur Seite.

Als ich mich zögerlich näherte, griff der Bärtige nach meinem Arm und brummte: »Is' voll.« Bevor ich recht wusste, wie mir geschah, zog er mich einen Meter zurück, und da hatte sich das Riesenrad auch schon weitergedreht, und die nächste freie Gondel hielt vor uns an. Panik stieg in mir auf. Ich konnte da nicht rein, vor allem nicht allein oder mit völlig Fremden.

»Oh, ich … ich setze noch aus. Jemand anderes soll vor mir ein …«

Der Mann kniff mürrisch die Augen zusammen. »Jetzt zier'n Sie sich mal nich' so. Bezahlt ist bezahlt, also rein in die gute Stube.«

Er zog mich vorwärts und gab mir einen Schubs. Der Stoß in den Rücken war sicherlich gut gemeint, aber zu stark. Ich stolperte in die Gondel hinein und fiel mehr auf die runde Bank mit dem abgeblätterten roten Lack, als dass ich mich setzte. Ich war hin- und hergerissen zwischen dem Bedürfnis, sofort wieder rauszuspringen und mich krampfhaft irgendwo festzukrallen. Zitternd wie Espenlaub wagte ich einen Blick in die schwindelerregende Höhe, hinauf zum höchsten Punkt des Riesenrads, der irgendwo im All zu liegen schien. O Gott, Weltraumforscherin war nie mein Traumberuf gewesen, nicht einmal als Patrick Stewarts glühendste Anhängerin. Ohne mein Zutun krampften sich meine Hände so fest um die Kante des Sitzes, dass die Knöchel weiß hervortraten.

»Moment, ich steige noch mit ein. Warten Sie«, hörte ich eine herrische Stimme, die den Sturm in mir nur noch mehr zum Toben brachte.

»Es ist voll«, murmelte ich, ohne Sebastian anzusehen, doch der lachte nur humorlos ob dieser offensichtlichen Lüge. Nach uns hatte sich niemand mehr in die Schlange gestellt, und ich saß allein in einer Gondel für vier Personen. Die niedrigen Türen schlossen sich, schlossen mich weg, schlossen uns ein, schlossen uns hoffnungslos aneinander, zusammengekettet durch etwas Unausgesprochenes. Es gab als Ausweg nur den freien Fall.

Warum nur war er eingestiegen, wenn er doch eigentlich von mir weg wollte?

Ich setzte eine bemüht neutrale Miene auf. »Das ist sehr nett von dir«, sagte ich und beglückwünschte mich dazu, freundlich zu klingen. Obwohl ich gleich in schwindelerregender Höhe sein würde und Sebastian der letzte Mensch war, den ich dabeihaben wollte, war ich noch annähernd höflich, statt ihn einfach rauszuschubsen.

Sebastian lehnte sich bequem zurück, einen Arm auf das Rückengeländer gelegt. Die runde Sitzbank war so klein, dass seine Fingerspitzen fast meine Schulter berührten. Er wirkte vollkommen entspannt, als sich das Rad nun schaukelnd in Bewegung setzte. Ich unterdrückte ein hysterisches Quietschen.

»Was ist nett von mir?«

»Dass du mit mir fährst.«

Sebastian zuckte mit den Schultern. »Ich habe eine Runde bezahlt.«

Ich presste die Kiefer aufeinander und beschloss, ihn nicht mehr anzusehen und mich stattdessen darauf zu konzentrieren, nicht aus diesem Höllengefährt zu fallen. Natürlich konnte ich nicht wirklich hinausfallen, aber ich hatte das Gefühl, den Boden unter meinen Füßen zu verlieren. Wortwörtlich.

Trotzdem – oder vielleicht gerade deswegen – wanderte mein Blick immer wieder zu Sebastian, als wäre er der Fixpunkt in meiner sich drehenden Welt. Wenn ich ihn ansah, konnte ich den Himmel ausblenden, in den mich das Riesenrad emporhob. Ich konnte die Möwen ignorieren, die über meinem Kopf kreisten, in unberechenbaren Flugbahnen und laut kreischend, als wäre nicht das verstreute Popcorn unten auf dem Erdboden, sondern wir beide ihr Ziel. Ich konnte sogar die Tatsache außer Acht lassen, dass ich gefangen war, dass ich die Gondel nicht einfach verlassen konnte. Ich war gefangen zwischen Himmel und Erde, und Sebastian half mir die Balance zu halten bei meinem Drahtseilakt zwischen Kontrolle und Hysterie.

Sein Gesicht war vertraut, die Linien seiner markanten Wangenknochen und der oft zusammengepressten Lippen. Seine Hände hatten mich einst gehalten, seine Stimme hatte mich aus einem Sturm gerettet. Seine Augen waren ein kalter See, in den ich eintauchen und abkühlen konnte, wenn es in mir brannte.

Ein paar Tage und Nächte, in denen wir uns retteten und kämpften und wieder retteten, dachte ich. Mehr hatte es nicht gebraucht, um Sebastian zu einem Teil von mir werden zu lassen.

Ich schloss die Augen und blendete die Bewegung der Gondel aus. Ich spürte das Rumpeln in jeder Faser meines Körpers, spürte, wie der Wind an meinen Haaren zerrte, als wir oben ankamen.

»Es tut mir leid, dass ich nur einen Zettel dagelassen habe. Du hast noch geschlafen, und ich wollte nicht länger warten.« Seine Stimme war etwas weicher, zugänglicher geworden. Aber ich wollte keine Erklärung hören. Die Luft schien mir dünner zu werden, und als ich die Augen öffnete, schwebte ich über dem leuchtenden Festgelände. Das Riesenrad hatte am höchsten Punkt angehalten.

»Es gibt nichts zu entschuldigen«, sagte ich steif, weil ich mich nicht bewegen wollte. »Es war ein Arrangement auf Zeit.«

»Das war es.«

Ich wünschte, er würde etwas ergänzen, etwas wie *zu Beginn*. Aber ich kannte seine Albträume. Er würde die Distanz zwischen uns nicht überbrücken, nicht wirklich. Dabei waren wir uns inzwischen so nah, dass sich unsere Knie berührten, und sein Daumen glitt über die helle Wolle meines Pullovers. Aber in seinen Augen lag ein abwesender Ausdruck.

Menschen, die einmal verloren hatten, wollten nie mehr verlieren. Nicht sich selbst und niemand anderen. So einfach war das.

»Die Frau am Zelt. Sie ist die Schwester meiner Frau«, sagte Sebastian dann.

Ich unterdrückte ein frustriertes Stöhnen. Ich wollte gleichzeitig näher zu ihm rutschen und ihn wegstoßen.

»Ach«, sagte ich. »Und ich dachte, sie wäre deine neue Mitbewohnerin.«

Sebastian zog die Stirn in Falten. »Ich meinte das ernst, als ich schrieb, dass ich meinen Freiraum brauche. Das war keine Lüge.«

Ich glaubte ihm. Ich wusste, dass er nicht log. Das machte das Ziehen im Herzen trotzdem nicht besser.

»Freiraum ist nicht dasselbe wie Raum in einem selbst«, sagte ich leise.

Sebastian beugte sich vor und kam mit seinen Händen meinen eigenen gefährlich nah. Ich konnte jetzt keine Berührung ertragen. Ich musste mich festhalten, um nicht aus dieser schaukelnden Gondel zu fallen, die sich wieder Richtung Boden senkte. Ich musste mein Herz festhalten, damit es Sebastian nicht wieder einließ. Es war schon wieder gefährlich nah daran, sich ihm zu öffnen, dieses wankelmütige Herz.

Ich fuhr mit zitternder Stimme fort. »Warum bist du hier bei mir? Gehörst du zu dieser Art von Menschen? Die, die etwas zerbrechen und später noch einmal vorbeikommen, um zu sehen, wie die Bruchstücke sich allein so machen?«

»Meinst du nicht, du übertreibst?«

»Ja, vermutlich hast du recht.« Ich seufzte lautlos und starrte stoisch auf meine Hände, mit denen ich mich am Rand des Sitzes festhielt. Immer diese Gespräche über das Sich-nah-Sein oder Sich-nicht-nah-Sein. Sie waren so zehrend. Worte, die sich im Kreis drehten, und am Ende kam man nur wieder bei der Frage an, warum man es nicht wagte und warum man nicht direkt war, ohne dieses Interpretieren und Rätseln und So-tun-als-ob, weil man sich selbst und seine dunkle, dunkle Vergangenheit nicht preisgeben wollte. Sich das Innerste herausreißen, das wollte keiner. Wir versteckten uns hinter Masken und Gleichgültigkeit, und ich verbarg mich hinter dem Himmel, vor dem ich zugleich davonrannte.

Ich wollte nicht mehr davonrennen und nicht mehr den Atem anhalten und nicht mehr auf Zehenspitzen durch das Leben laufen. Und ich wollte nicht, dass Sebastian dasselbe tat, nur auf seine stillschweigende, wütende Art. Ich wollte, dass er das Leben einsog, mit mir an seiner Seite.

War das zu viel verlangt, von einem Fremden? Konnte ich fordern, dass er seine Mauern endgültig fallen ließ, obwohl er mir doch schon längst den Rücken zugekehrt hatte?

Das Riesenrad wurde noch schneller, als es sich zum zweiten Mal auf den Weg in die Höhe machte. Es schien sich aus seinen Verankerungen zu lösen, sich von den gewaltigen Stahlfundamenten befreien zu wollen.

Bin ich vielleicht nicht in der Lage, allein zu leben?, fragte ich mich plötzlich, während sich meine Fingerknöchel weiß färbten, weil es so viel Anstrengung kostete, sich festzuhalten. Als ich aus dem Keller geflohen war, war ich in gewisser Weise wieder zu einem Neugeborenen geworden, ohne jedes Wissen über die echte Welt. Aber man kam nicht drum herum, dass sie einem ihren Stempel aufdrückte. Isolde hatte mich geprägt, auf eine krankhafte Art, die Menschen danach hatten mich geprägt, indem sie mich wie Glas behandelten, und meine Ängste prägten mich, weil ich sie mein Leben zu überschaubar machen ließ. Jan hatte mich geprägt, auf eine neuartige Weise, weil er mein Herz geöffnet hatte – genauso wie Sebastian es jetzt tat.

An diesen Abhängigkeiten würde ich am Ende zerbrechen. Wenn ich es zuließ.

Zitternd brachte ich meine Hände vor Sebastians Wärme in Sicherheit. Ich starrte ihm direkt in die Augen, eine Sekunde, eine Minute, eine Ewigkeit lang. Die Zeit wurde nebensächlich. Etwas in seinen Augen loderte auf, eine Erkenntnis und das Erschrecken darüber. Ich hatte seine Lektion begriffen, und sie schnitt uns beiden ins Herz.

Als das Riesenrad am höchsten Punkt zum Stehen kam, hob ich die Hände, und statt der stählernen Stangen über mir berührte ich die grauen Wolken. Sie tanzten im Wind, während die See in der Ferne schäumte wie ein Splittermeer, wie ein Meer aus silbernem, zerbrochenem Glas.

»Siehst du«, sagte Sebastian. »Du hast es ganz allein geschafft, mit deiner geballten Wut.«

Wir wussten beide, dass es stimmte.

Aber hatte es so schmerzhaft sein müssen?

* * *

Der Erdboden schwankte unter meinen Füßen. Mir war eiskalt, während zugleich Schweiß auf meiner Stirn stand. Mein Magen fühlte sich flau an und schien mir den Crêpe von vorhin übel zu nehmen. Sebastian griff nach meinem Arm und führte mich zu einer Bank, die etwas abseits vom Getümmel stand. Ich hielt Ausschau nach Mia und ihrer Großmutter, aber sie drehten die zweite Runde und befanden sich schon wieder in luftigen Höhen. Ich schaute schnell weg. Genug Wind um die Nase für einen Tag.

Sebastian ließ mich mit einem kurz angebundenen »Bleib hier!« sitzen, und ich fragte mich, ob er nun endgültig genug von mir hatte. Doch kurz darauf kam er mit einem Glas Wasser zurück, das ich dankbar herunterstürzte, weil mein Hals trocken war. In meinem Bauch grummelte es bedrohlich, doch die kühle Flüssigkeit tat mir davon abgesehen gut. Ich zog die Knie an, schlang die Arme darum und atmete ein paar Mal tief ein und aus, bis auch die Übelkeit verflog.

Irgendwann hatte ich das Gefühl, wieder sprechen zu können. »Du hättest nicht ausziehen müssen, um mir klarzumachen, dass man manche Dinge allein bewältigen muss.«

»Nicht allein«, korrigierte Sebastian. Seine Stimme war sanft, aber ich wusste, dass das genauso schnell wieder umschlagen konnte. »Nicht allein, nur für sich.«

»Von mir aus.« Ich sah da keinen Unterschied, aber ich wollte mich nicht streiten. Ich fühlte mich ... gut. Fast ohne mein Zutun breitete sich ein Lächeln auf meinem Gesicht aus. Es durchdrang meinen ganzen Körper, setzte sich in jedem Millimeter ab und füllte ihn mit derselben Hitze, die ich schon in der Lichternacht empfunden hatte.

Sebastian musterte mich aufmerksam. »Adrenalin, hm? Das kann wie ein Rausch sein.«

»Vielleicht.« Ich war stolz und irgendwie erfüllt. Als hätte ich meinem Selbst etwas hinzugefügt.

Wir ruhten eine Weile und lauschten der Musik, dem Tag und dem Gelächter der Menschen, die nie stillzustehen schienen. Je mehr sich mein Herz beruhigte, umso erstaunter war ich, dass ich wieder einen Schritt weiter gegangen war. Ich hatte es geschafft, dem Himmel für einen Augenblick näher als sonst zu sein, und die Angst hatte mich nicht überwältigt. Isolde und ihre flüsternden Warnungen waren noch da, aber sie waren für den Moment, in dem ich schwebte, unbedeutender gewesen.

»Du siehst aus, als würdest du gleich nochmal fahren wollen«, sagte Sebastian und zog fragend eine Augenbraue hoch.

Ich konnte nicht anders, ich musste lachen. »Das nicht, aber ... Die Idee fühlt sich nicht mehr so weit hergeholt an. Ich hab's tatsächlich gemacht. Krass, oder?«

»Ja, das ist echt ... krass«, wiederholte er gedehnt, doch an seinen Mundwinkeln zupfte ein Lächeln. »Du hast wieder einen besonderen Moment erlebt, Edda. Du lebst.«

»So besonders ist Riesenradfahren auch nicht«, widersprach ich lachend. Mia könnte vermutlich den ganzen Abend in dem Gefährt verbringen.

»Aber das war Leben.«

»Und nun?«, fragte ich. »War's das? Leben, Ende, aus?«

»Da gibt's noch mehr.«

»Zwischen dem Leben und dem Ende?« Oder zwischen dir und mir? Aber diese Frage sprach ich nicht aus.

»Zwischen dem Leben und dir«, antwortete er lächelnd.

Ich dachte wieder, wie schön er mit diesem Lächeln aussah, wie befreit und in sich ruhend, obwohl die Ernsthaftigkeit in seinen Augen verriet, wie sehr er an meinem Leben und meinen Gedanken Anteil nahm.

Unwillkürlich fragte ich mich, ob es möglich war, dass wir füreinander doch mehr wurden als nur ein Halt in einer Zeit aus Sturm und Angst.

Mein Herz war wieder weit offen.

Dabei war das doch nie der Plan gewesen.

24.

Vor sieben Jahren
Fünf Monate danach

Es war einer dieser Tage, die die Welt in einen goldenen Zauber bannten. Dieser Zauber, der einen nach draußen zog, sodass man das goldene Licht tief in sich aufnehmen konnte und damit den Dreck, der manchmal in uns allen tobte, für eine Weile überdeckte. Ich hatte diese Herbsttage zu lieben gelernt, wenn die Blätter sich in ein rotes Meer verwandelten und den grauen Asphalt verschwinden ließen.

Meine Hände tief in den Taschen des Parkas verborgen, spazierte ich eine Allee entlang. In meiner Umhängetasche verbarg sich ein Plan mit den Linien und Stationen der öffentlichen Verkehrsmittel, aber wenn möglich, bevorzugte ich es, zu Fuß zu gehen, um den Menschen in den Bussen und Bahnen zu entgehen. Wenn mich jemand anrempelte, stand ich immer noch jedes Mal kurz vor einem Herzinfarkt.

Auch jetzt war ich aufgeregt, allerdings aus einem anderen Grund. In wenigen Minuten würde ich Jan treffen, endlich, das erste Mal seit meiner Entlassung aus dem Krankenhaus. Ich fragte mich nervös, was mich erwarten würde, ob er sich verändert hatte – und ob ich es getan hatte. Wir hatten zwar oft telefoniert, aber es war etwas anderes, sich persönlich zu treffen. Ob er etwas an mir entdeckte, dass ich selber nicht sah? Hatte ich Fortschritte gemacht? Wenn es jemand beurteilen konnte, dann er. Würde er stolz auf mich sein? Oder enttäuscht?

Wir hatten uns in einem Mainzer Café verabredet, in dem überwiegend ältere Menschen verkehrten, aber ich mochte die Stille dort. Manchmal setzte ich mich mit einem Buch und Musik in den Ohren an einen der kleinen Tische und versuchte, den rasenden Alltag auszublenden. Manchmal gelang es mir. Und manchmal konnte ich einfach nicht vergessen, dass all diese Menschen ein langes Leben mit zahlreichen Erinnerungen hinter sich hatten, während es mich selbst noch viel zu oft in ein beengendes Kellerloch zurückkatapultierte.

Jan war noch nicht da, also nahm ich einen Tisch in Beschlag. Obwohl es recht kühl war, wählte ich einen draußen an der Straße und schlang mir den neuen dunkelroten Schal, den Martha mir gestern geschenkt hatte, um den Hals. Vorsichtig wischte ich einige zerkrümelte Blätter von der Tischpatte, die der Wind von den welkenden Bäumen entlang der Straße losgerissen hatte.

Ich bestellte mir einen schwarzen Kaffee bei der Kellnerin, die meinen Vornamen und meine Vorliebe für starken Kaffee, aber nicht meine Geschichte kannte. Vielleicht hielt ich mich deshalb gern in der Stadt auf; weil die Menschen meine Geschichte und mein Gesicht, jetzt, da meine Schlagzeilenzeit vorbei war, nicht mehr miteinander in Verbindung brachten und niemand sein Gespräch abbrach, wenn ich den Raum betrat, wie es so oft zu Hause passierte, wenn Martha Besuch hatte.

Ich beobachtete die vorbeiströmenden Menschen, von denen die meisten sich tief in ihre Gedanken zurückgezogen hatten. Ich sah es in ihnen arbeiten und rasen, und ich fragte mich, was für Dinge es waren, über die man sich derart den Kopf zerbrechen musste. Schließlich kam mein Kaffee, mit einem glitzernden Stück Zucker und einem Plätzchen garniert. Dampfwölkchen stiegen empor und wurden nach nur wenigen Zentimetern von der kühlen Brise in Stücke gerissen. Ich starrte wie immer gebannt auf den Löffel, der auf der Untertasse lag und mein Spiegelbild verkehrt herum zurückwarf. Dieser Umstand erschien mir trotz zahlreicher Erklärungsversuche immer noch geheimnisvoll. All diese winzigen Wunder in der Welt um uns herum. Sah sie denn außer mir niemand?

»Ist die Aussicht so spannend?«

»Wann steht man sonst schon mal auf dem Kopf?«, fragte ich und schaute mit einem strahlenden Lächeln auf.

Da stand er, mit seiner dickrandigen schwarzen Brille und den klugen Augen und den weit geöffneten Armen; die einzigen Arme, in die ich mich bedenkenlos hineinfallen lassen konnte.

»Und ich dachte, du stehst lieber auf deinen zwei Beinen«, sagte Jan grinsend.

»Nicht immer.«

Ich umarmte ihn, wir setzten uns, und die Kellnerin kam, um Jans Bestellung aufzunehmen. Ich spürte ihren neugierigen Blick. Sonst kam ich immer allein.

Eine Weile erzählte Jan mir von seinem Leben, von der Arbeit, vom Krankenhaus, von den Menschen, die mich bei meinen ersten Gehversuchen begleitet hatten. Ich hing an seinen Lippen, denn die Zeit auf seiner Station und später in der psychiatrischen Abteilung war gewissermaßen das erste Zuhause überhaupt gewesen. Es war spannend und befremdend zugleich, zu hören, wie alles seinen weiteren

Lauf nahm, ganz gleich, ob man selbst noch da war oder nicht.

Dann, als unser Gespräch zum Stillstand kam, räusperte Jan sich und musterte mich ernst. »Und?«, fragte er schlicht. Ich wusste, was er meinte. Er fragte mich, wie ich vorankam, ob ich alles ertrug oder ob sich die Momente häuften, in denen mir das Leben wieder zu viel wurde.

Ein paar Jahre später hätte ich die üblichen Floskeln benutzt: Ach. Das wird schon. Mit Schokolade und Kaffee lässt es sich aushalten. Oh, und ich war neulich im Kino, hast du den Film auch gesehen?

Aber ich war noch ehrlich, ungefiltert und kam nicht mal auf den Gedanken, auszuweichen oder zu lügen.

»Ich komme mit Martha ... also, mit meiner Mutter immer noch nicht klar«, sagte ich. »Und das bereitet mir Kopfschmerzen. Sie ist meine *Mutter.* Müsste ich sie nicht lieben?«

Immer und immer wieder fragte ich mich das. Müsste da nicht irgendwas Instinktives in mir sein, das spürte, dass ich zu ihr gehörte? Ganz egal, wie lange wir getrennt waren, es musste doch eine Mutter-Kind-Bindung oder so etwas geben. Nacht für Nacht lag ich wach und redete mir ein, dass ich mich anstellte, dass das schon noch kommen würde, dass ich froh sein konnte, endlich ein freier Mensch mit einer richtigen Familie zu sein. Wenn es doch so einfach wäre, das eigene Herz zu überlisten.

Jan schob seine Tasse zur Seite, damit nichts zwischen uns stand, als er nun meine Hände fest in seine nahm. Wie oft hatten wir das Thema besprochen, damals schon und später, als wir uns die Nächte am Telefon um die Ohren schlugen, redeten und uns beim Atmen zuhörten? Wie hätte ich diese Unsicherheit überlebt ohne diese einzige Freundschaft?

»Isolde ist für dich noch deine Mutter«, sagte Jan. Er sagte es nicht zum ersten Mal. Aber mit meinen Händen in seinen war es leichter, zuzugeben, dass er recht hatte.

»Es fühlt sich noch so an«, antwortete ich, und in mir wuchs dieses Schamgefühl, das mich normalerweise daran hinderte, es auszusprechen. In der Presse nach meiner Befreiung war sie die Irre gewesen, das Monster, die Unzurechnungsfähige, die ein unschuldiges Kind den Armen seiner Eltern entrissen und es dann weggesperrt hatte. Manchmal wünschte ich mir diese simple Sichtweise herbei, die Fähigkeit schwarz-weiß zu sehen, statt grau-blind zu sein.

»Gib dir mehr Zeit«, sagte Jan sanft. Seine Augen strahlten eine Wärme aus, die den goldenen Tag vollkommen machte. Ich fühlte mich mehr bei mir.

»Du kannst die letzten zwölf Jahre nicht innerhalb von fünf Monaten auslöschen. Das wirst du vielleicht niemals können. Also sei nicht so ungeduldig mit dir. Die Vergangenheit gehört zu dir, und Isolde damit auch.«

»Ach, ich weiß ja.« Aber ich fühlte mich rastlos. Ich zog meine Hände weg und deutete auf vorbeiziehende Passanten. »Ich wünschte, das alles ginge nur schneller.«

»Was alles?«

Von irgendwoher ertönte ein dumpfer Knall, und ich zuckte zusammen.

»Normal sein. Normal leben.« Ich wollte mich nicht so melodramatisch anhören, also verzog ich grinsend das Gesicht. »Heiraten, ein Haus bauen, Kinder kriegen?«

Jan lachte herzhaft und in meinen Ohren ein wenig zu laut. »Ich bin mir nicht sicher, ob das zu dir passen würde. Zumindest jetzt noch nicht.« Dann wurde er ernst. »Weißt du«, brach es dann plötzlich aus ihm heraus, »ich könnte mir hier einen Job suchen. Ich könnte kündigen und nach Mainz ziehen und dich unterstützen.«

»Du … was?«

Ich starrte ihn an, ohne zu wissen, wie ich auf seine Worte reagieren sollte, wie ich ihm sagen sollte, dass ich das allein durchstehen musste, ohne seine Hilfe. Und warum sollte er das überhaupt wollen? Sein Leben, seine Familie und seine Freunde aufgeben? Warum sollte er durch das halbe Land reisen, nur um …

Nur für mich?

Mein Herz schien sich zusammenzuziehen und irgendwie aus dem Takt zu geraten. Diese Ahnung, die schon seit einer Weile in mir schlummerte, wollte an die Oberfläche treten, wollte mir mit aller Gewalt zeigen, wovor ich noch die Augen verschloss.

Hier, zwischen uns, war das Potenzial für mehr. Aber ich wollte kein mehr. Er war der Bezugspunkt meiner Welt.

Ich durfte ihn nicht verlieren.

25.

Ich war mit Sebastian verabredet.

Es sollte keine Verabredung sein, um Traumata und Tragödien durchzukauen, bis wir sie wieder und wieder erlebten und uns gegenseitig hinabzogen. Keine Verabredung, aus der man erschöpft herausging wie nach einem Streit, verdorrt wie ein Regenwurm, der zum Sterben in der Sonne lag.

Es war eine Verabredung, die wild und frei sein sollte; wild und frei, mein neues Lebensmotto. Wild und frei wie das Meer, wie das Feuer, wie die stürmischen Gefühle, die in mir tobten, wenn Sebastian und ich kollidierten und unseren Zusammenstoß wieder auffingen. Keine Vergangenheit, hatten wir gesagt. Nur das Hier und Jetzt.

Er hatte gefragt, ob ich Fisch aß, immerhin waren wir am Meer. Ich hatte Nein gesagt, aber auf den Italiener in der nächsten Stadt verwiesen. So kamen wir mal raus aus dem Dorf und unserem Trott, der auch im Urlaub entstand. Und als er zustimmte, konnten wir uns für einen Moment nicht in die Augen sehen, als wären wir nervös und wieder zwei völlig Fremde wie am ersten Tag unserer Begegnung.

Am Abend musste ich nebenan bei Hilde klingeln und mir einen dicken Pullover leihen. Ich hatte mich beim Packen verschätzt und die wärmere Kleidung bereits aufgebraucht. Meine Jacke war von einem kurzen Spaziergang im Nieselregen noch nass, und ich wollte mich nicht erkälten.

Hilde lieh mir einen weißen Wollpulli, der eigentlich ihrer Schwiegertochter gehörte. Er fühlte sich weich an und roch ungewohnt. Dazu trug ich einen braunen Rock mit Stiefeln und flocht meine Haare zu einem seitlichen Zopf. Je länger ich mich hier am Meer aufhielt, desto weniger ließen sie sich zähmen, wurden widerspenstig und spröde. Mein verändertes Spiegelbild gefiel mir trotzdem. Es machte die Verwandlung, um die ich so sehr kämpfte, auch nach außen sichtbar.

Sebastian holte mich um halb sechs ab.

»Hm«, sagte er, als ich einstieg, und sein dunkler Blick haftete lange an mir.

»Äh ... danke?«, fragte ich und lachte, um der Situation die Schwere zu nehmen.

Wir fuhren den geschotterten Weg ins Dorf und bogen dann auf die Landstraße, die in die Stadt führte. Ich hielt den Blick aus dem Seitenfenster gerichtet. Am Himmel zogen dichte Wolken vorbei, aber hin und wieder blitzte die Ahnung des Sonnenuntergangs dahinter durch, wenn sich die zerfaserten Umrisse rot und violett färbten. Wie ein buntes Gewitter, das ganz allein für das All dahinter stürmte. Kein Gewitter, das aus einem Unwetter geboren wurde, sondern eines, das das Leben hinter den Wolken entblößte.

Sebastian bog schließlich auf einen Parkplatz ein und schaltete den Motor ab. Für einen Augenblick genoss ich die Stille und die Dunkelheit, bevor wir beide die Sicherheitsgurte lösten und ausstiegen. Beim Zuschlagen der Autotür klemmte ich meinen Schal darin ein. Fahrig machte ich sie wieder auf, wickelte mir den Schal zwei Mal um den Hals und schloss die Tür noch einmal richtig. Vielleicht war ich so aufgeregt, weil ich keine Ahnung hatte, worüber wir reden sollten, wenn nicht über die Scherben hinter uns. Wie gesagt:

Im Smalltalk war ich nicht sehr gut. Hatten wir uns überhaupt jemals über etwas anderes unterhalten? Ein einfaches Gespräch geführt?

Sebastian legte seine Hand auf meinen Ellenbogen, so leicht, dass ich die Berührung mehr ahnte als spürte, ebenso wie die Gänsehaut, die sich von der Stelle aus über den ganzen Arm zog. Wir überquerten den Parkplatz, und ich hielt vergeblich Ausschau nach der Pizzeria.

»Ähm …«, begann ich, um ihn darauf aufmerksam zu machen, dass wir an der falschen Adresse waren.

»Italiener gibt es doch überall«, meinte Sebastian und schnaubte leicht verächtlich. »Du musst etwas erleben, was du sonst nirgendwo siehst. Damit es sich lohnt.«

»Eine Vorwarnung wäre nett gewesen«, murmelte ich.

»Wo ist deine Abenteuerlust hin?«, fragte er leise und trat für einen Moment nah an mich heran. Unwillkürlich schauderte ich. Bemerkte er die Gänsehaut auf meinen Armen? Konnte er den kurzen Moment spüren, in dem sich mein Atem beschleunigte, in dem ich den Kopf in den Nacken legte, um seinen Gesichtsausdruck bei diesen Worten zu erhaschen? Woran lag es nur, dass ich mich in seiner Nähe zerbrechlich und unverwundbar zugleich fühlte?

Wir spazierten durch zwei Nebenstraßen mit verwittertem Kopfsteinpflaster, die ich mit meinen hohen Stiefelabsätzen eher holprig als grazil bewältigte. Die Häuser in den engen Gassen waren hoch und lagen eng beieinander. Zwischen ihnen waren Leinen gespannt, und ich stellte mir vor, wie hier im Sommer Wäsche trocknete, so wie man das aus Filmen über italienische Dörfer kannte. Die Fenster waren hell erleuchtet und warfen ihr Licht auf die Straße, hier und da erhaschten wir Blicke auf das Leben in den Häusern, eine Familie beim Essen, ein altes Pärchen beim Fernsehen.

Die Gasse mündete auf eine Promenade am Wasser; das Ufer war hier von Steinen gesäumt, gegen die leise Wellen plätscherten. Ein hölzerner Steg führte zu einem matt beleuchteten Gebäude, das auf Stelzen halb über dem Wasser gebaut war. Eine kleine Lokalität mit perfektem Ausblick aufs Wasser.

»Ich hoffe, du magst Mexikanisch«, sagte Sebastian.

»Ich habe es noch nie probiert«, antwortete ich leise. Sieben Jahre waren noch zu wenig für die banalsten Dinge gewesen.

Wir betraten das Restaurant, und ein Kellner führte uns durch das Lokal zu einer Terrasse, die mit niedrigen Tischen, bequemen Rattansesseln und Heizstrahlern gefüllt war. Überall flackerten Teelichter und Laternen, deren Feuer sich im sanften Wellengang spiegelte.

So gleichmütig und ruhig hatte ich das Meer noch nicht gesehen. Ich löste meinen Arm aus Sebastians Hand und lehnte mich an das Geländer neben dem uns zugewiesenen Tisch. Während ich nach unten sah, hielt ich den Atem an. Ich beobachtete die seicht treibenden Blätter auf der Wasseroberfläche und rätselte, ob sich darunter wohl kleine Fische verbargen. Ich blendete die anderen Gäste aus, die uns für einen Moment neugierig musterten, und konzentrierte mich darauf, wie das Meer in sich selbst ruhte. Besonders jetzt in der Dunkelheit wirkte es, als müsse es die fantastischsten Geheimnisse auf seinem Grund hüten. Das Ufer war mit grauen Steinen und Sträuchern übersät und zeigte keine Anzeichen des festen Schlamms, der sich in unserem Dorf bei Einsetzen der Ebbe zeigte. Alles war rein und roch kristallklar und salzig.

Sebastian stellte sich hinter mich. So dicht, dass der Stoff seines schwarzen Hemdes an meinem Schal entlangstrich, dass seine kräftigen Arme sich zu meinen Seiten locker am Geländer abstützten.

»Siehst du«, flüsterte er in mein Haar. »Manchmal geht das Meer nicht verloren. Manchmal bleibt es einfach. Es ist nicht immer Ebbe. Nicht immer nimmt einem das Wasser alles weg, wenn es geht.«

Ich wusste in diesem Moment nicht, ob wir über das Meer sprachen. Vielleicht, dachte ich, geht es um uns.

Nur um uns beide.

* * *

Das Essen war scharf und ungewohnt, und obwohl das Wasserglas an diesem Abend meine Rettung war, gefielen mir das Prickeln auf der Zunge und die Wärme im Magen. Es war erstaunlich leicht, sich über das für mich noch ungewohnt neue Essen, die Aussicht und andere Belanglosigkeiten zu unterhalten. Doch als der Kellner die Teller abgeräumt hatte und zwei Gläser Wein brachte, versiegte das Gespräch.

Als ich die anderen Gäste, insbesondere das ältere Paar drei Tische weiter, lange genug ausgespäht hatte, blieb mir nichts anderes übrig, als meine Aufmerksamkeit wieder Sebastian zuzuwenden. Irgendwie hatte ich Angst, dass, wenn wir uns nur lange genug ansahen, etwas geschehen würde; etwas, das im Rausch des Adrenalins und des Alkohols und der Aussicht über das weite Meer nur eine Nacht überdauerte, etwas, das am Ende zu Bestürzung und Reue führte und mehr Wunden als Heilung zurückließ. Aber ich wollte mehr, ich wollte das, was andere *alles* nannten: alles, was man zu geben hatte.

Sebastian hielt sein Weinglas in der Hand. Mit dem Zeigefinger strich er den Rand des Glases nach, und ich mochte die

Art, wie er in seinem Stuhl lehnte, aufrecht und lässig, aufmerksam und gleichzeitig etwas distanziert.

Das ist doch verrückt, dachte ich. Wie konnte man die Art mögen, wie jemand saß? Oder wie er den Kellner herbeirief; bestimmt, aber höflich. Oder wie er dieses alte Ehepaar anschaute, wenn er glaubte, dass ich abgelenkt war: so voller Hoffnung und Trauer. Vor meinem inneren Auge konnte ich die Bilderfolge in seinem Kopf sehen. Wie sein Leben hätte verlaufen können, wenn nicht ... So war das mit den Tragödien. Sie veränderten die Fotos, die man in sein Familienalbum kleben wollte.

Schließlich durchbrach ich die Stille als Erste. Ich lächelte vorsichtig. »Man muss gar nicht so weit reisen, um außergewöhnliche Orte zu sehen.«

Sebastian strich sich seine Haare, die der Wind beharrlich zerzauste, aus der Stirn. »Mit den Menschen ist es eigentlich nicht anders«, sagte er langsam.

Ich warf ihm einen fragenden Blick zu.

»Seit ich deine Geschichte kenne und das Ziel, mit dem du hergekommen bist ... Seit ich dich nach dem Sturm vom Strand aufgelesen habe, seitdem warte ich auf den großen Knall.« Sebastians Blick war so eindringlich, dass ich atemlos wurde. Seine Worte sickerten durch meine Haut, schmirgelten wie raues Papier etwas von meiner Seele ab, die letzte Schicht des Schutzwalls vielleicht. »Ich habe noch niemanden wie dich getroffen. Niemanden, der so stark und so zerbrechlich zugleich ist. Manchmal sehe ich dich an, sehe die Vergangenheit in deinen Augen und habe Angst, dass du im nächsten Augenblick in tausend Scherben zerspringst und diese Scherben aus meinen Händen gleiten. Aber das tust du nicht. Du tust es einfach nicht.«

Mein Mund war trocken, und es war kein Wein mehr zum

Nachspülen da. »Aber«, wandte ich ein, »du bist es doch auch?«

»Was bin ich?«

»Ungebrochen.«

Sebastian neigte den Kopf. Etwas von dem harten Glänzen, das seine Augen wie ein immerwährendes Licht begleitete, schien zu verblassen.

»Du hättest mich vor einem Jahr sehen sollen. Oder vor einem Monat. Oder letzte Woche.«

Ich schüttelte energisch den Kopf. »Das ist doch völlig normal.« Dann erst begriff ich, was er gesagt hatte. *Letzte Woche.* »Oh.«

Sebastian lachte leise und ergriff meine Hand, um sie behutsam umzudrehen und deren Innenseite zu entblößen. Mit den Fingerspitzen fuhr er meinen Daumen nach. Unsere Köpfe waren über den Tisch hinweg zueinander geneigt, vertraut und offen. Die Barrieren hatten wir auf den Meeresboden geworfen, zu den Muscheln und Steinen, die das Meer seit Äonen zu feinem Sand zerrieben.

»Warst du jemals verliebt, Edda?«

Ich wusste, dass er nicht auf plumpe Art nach meiner Vergangenheit mit anderen Männern fragte, sondern dass er erfahren wollte, wie es um meinen Selbsterhaltungstrieb stand. Wie weit konnte ich mich öffnen, wie bereit war ich, mich auf andere Menschen einzulassen? Denn, so schien mir, das war ab einem gewissen Alter die elementare Frage, wenn man neue Menschen kennenlernte: Gab es bei all der grauen Vergangenheit, bei all den schmerzhaften Erfahrungen noch Hoffnung? Dass dieser neue Mensch mehr Glück als Schmerz in das eigene Leben brachte? Wagte man dieses Risiko?

»Da war jemand …«, begann ich und brach sofort wieder ab. Dieser Jemand zählte nicht. Nicht auf diese Weise.

»Wer?«

Ich schüttelte den Kopf. »Niemand. Schon gut.«

Er hob die Augenbrauen, als wolle er noch nicht von der Frage ablassen.

»Ich … hatte keine Zeit für so was. Es gab immer Wichtigeres«, antwortete ich und widerstand dem Drang, ihm meine Hand zu entziehen und mich hinter meinen Panzer aus alten Erinnerungen zurückzuziehen.

»Du meinst, zum normalen Leben zu finden, richtig?«

»Ja.«

Sebastian bestellte mit einer lässigen Geste zwei weitere Gläser von dem Wein, dessen Wirkung ich bereits spürte.

»War das wirklich wichtiger? Oder hast du dich … zu schmutzig gefühlt?«, fragte er langsam.

Seine Frage traf wie ein Pfeil ins Herz und brachte dort etwas ins Rollen, das mich unter sich begrub und mich für einen Augenblick in den fensterlosen Keller zurückbrachte. In die Arme einer Psychopathin, die meine Mutter war und mich zugleich mit all ihrem Seelendreck besudelt hatte, sodass ich mir nach meiner Rettung am liebsten die Haut vom Körper geschrubbt hätte. Manchmal reichte ein einziger Geruch aus, ein einziges Wort oder der Duft von Kamillentee, und ich flüchtete mich in die Badewanne, lag stundenlang im mit einer halben Flasche Lavendelessenz versetzten Wasser.

»Es war nicht so, dass ich geglaubt hätte, der Liebe nicht wert zu sein«, versuchte ich es zu erklären.

»Sondern?« Sebastians Miene zeugte von ehrlichem Interesse, als wäre meine Antwort von höchster Bedeutung für ihn und das, was er als Nächstes sagen würde.

»Sie fühlte sich an wie eine Schwäche. Und schwach sein konnte ich mir lange nicht erlauben. Ich kann es mir immer noch nicht erlauben. Verstehst du das? Stark sein bedeutet auch, dass man sich beim Stolpern wieder fängt. Und ich muss wissen, dass ich das kann. Dass ich eine Panikattacke durchstehen kann, egal, wie lange sie auch dauert.« Ich musste mich räuspern. »Ich kann mich nicht darauf verlassen, dass jemand mich rettet, so wie du es nach dem Sturm getan hast. Ich muss wissen, dass ich ein paar Minuten oder auch ein paar Stunden später wieder von allein aufgestanden wäre.«

»Ich sage dir jetzt mal was über die Liebe. Ich habe sie erlebt. Ich habe in ihr gelebt. Ich weiß, wovon ich spreche. Wenn es echte Liebe ist, dann macht sie dich nicht schwächer. Ganz im Gegenteil. Aber du findest sie nur, wenn du im Dreck und in Makeln suchst. Die können wir nicht abstreifen. Nur dort sind wir echt.«

Der Kellner brachte den bestellten Wein. Die Gläser klirrten, als wir sie schweigend gegeneinanderstießen und Sebastians Bekenntnis fast schon feierlich herunterspülten.

»Liebe im Dreck zu suchen hat mir auch noch niemand geraten«, sagte ich dann und lächelte.

Manchmal war es so leicht, sich zu öffnen. Und morgen konnte wieder alles anders sein.

»Warum hast du das Thema angesprochen?«, fragte ich und beobachtete ihn aufmerksam.

»Weil du nicht die Einzige bist, die Dinge aussprechen muss. Weil du mir guttust.« Sebastian schloss für zwei, drei Sekunden die Augen. »Edda, verdammt. Merkst du nicht, dass du mich längst verzaubert hast? Ich kannte das gar nicht mehr, dieses Ungezwungene. Unverstellt zu sein, ohne diese Schicht Gesellschaftstauglichkeit. Eigentlich sehnen wir uns doch alle danach, endlich so schräg und kantig zu sein, wie wir uns innerlich fühlen. Wenn wir mal ehrlich wären.«

Unwillkürlich zählte ich die Anzahl an Weinbestellungen nach, aber wir hatten während des Essens nur Wasser und jeweils einen alkoholfreien Cocktail getrunken. Jetzt waren wir gerade erst beim zweiten Glas Weißwein. Ich selbst fühlte mich zwar ein bisschen beschwipst, aber ich war im Gegensatz zu Sebastian auch keinerlei Alkohol gewöhnt. Und ich war bei Weitem noch nicht betrunken genug, um Unsinn zu reden. Trotzdem kam mir Sebastians Aussage unsinnig vor. Verzaubern tat ich ganz sicher niemanden. Höchstens meine Psychologin, die solche Fälle wie meinen nicht häufig auf die Ledercouch bekam.

»Ich glaube, ich bin müde«, sagte ich schließlich. Ich wusste schlicht nicht, wie ich auf seine Aussage reagieren sollte. Sie machte mich glücklich, aber auch ein bisschen unsicher.

Wir bezahlten die Rechnung und gingen zum Parkplatz zurück. Es war stockdüster, und die aufleuchtenden Scheinwerfer des Wagens blendeten mich kurz, als Sebastian die Zentralverriegelung aktivierte. Er öffnete die Beifahrertür für mich, versperrte sie aber mit seinem Körper, bevor ich mich setzen konnte.

»Der Abend war sehr schön«, sagte ich. Und dann schwankte ich, und Sebastian zog mich an sich. Ich hatte erst beim Aufstehen bemerkt, dass der Alkohol doch mehr angeschlagen hatte, als ich gedacht hätte. »Aber Wein bekommt mir überhaupt nicht. Nicht einmal in winzigen Mengen.«

»Du kannst aber noch klar denken, oder?«, fragte Sebastian.

Ich lachte und fühlte mich leicht.

»Ach Edda«, murmelte er. »Ich wünschte, Momente wie diese wären für immer.«

Seine Augen schimmerten dunkel im fahlen Licht einer

entfernten Straßenlaterne. Wie flüssige Nacht. In den vergangenen sieben Jahren hatte ich gelernt, dass *für immer* eine Zeitspanne von zwei Wochen bis zwei Monaten umfasste, dass ein Versprechen eigentlich nur ein Vielleicht war, dass Vertrauen nur selten die Selbstschutzmechanismen überwand. Dass wir alle so wild und frei und unbändig sein wollten, dass wir vergaßen, was Nähe war. Wir sperrten uns hinter all dem Andersseinwollen weg. Und dann warteten wir auf die Veränderung, auf den großen Knall, der diese Zwischenstation, die wir Leben nannten, sprengte.

Aber was, wenn der Knall ausblieb?

»Bumm«, murmelte ich versuchsweise.

Sebastian hob irritiert eine Augenbraue. »Soll ich fragen?«

Ich lachte laut los, und während ich lachte, sah ich die Umrisse der Sterne und glaubte, seinen Atem in meinen Haaren eingefangen zu haben. In meinem Brustkorb pochte etwas so wild, dass es schmerzen müsste. Aber es schmerzte nicht, nicht einmal ein winziges bisschen. Konnte Sebastian es hören? Hören, wie glücklich ich in diesen zerbrechlichen Sekunden war?

»Wenn ich deine Stärke irgendwie inhalieren könnte, ich würde es tun«, flüsterte Sebastian heiser.

Dann küsste er mich, voller Hunger nach dem, was wir hofften, in dem anderen zu finden.

* * *

Ich kannte das aus dem Fernsehen, das mit dem Küssen.

Auch wenn ich meinen ersten Kuss bis zu diesem Abend am See immer hinausgezögert und umgangen hatte, mich immer im letzten Augenblick abgewandt hatte, war es nun nichts Unvertrautes, nichts, das mich aus der Bahn warf. Obwohl Sebastians Kuss überraschend kam, konnte ich mich fallen lassen, konnte den Geschmack des fruchtigen Weins genießen, den salzigen Hauch des Meeres, der auf seinen Lippen lag. Ich konnte loslassen, als stürzte ich direkt in die Tiefen des Ozeans, bis hinab zum schwarzen Meeresgrund und seinen Geheimnissen, wo man nichts mehr sehen und nur noch vertrauen kann.

Sebastian hatte den Kuss nicht geplant, das spürte ich später, als wir eingestiegen waren und er den Motor gestartet hatte. Wir schwiegen beide, während er mich nach Hause fuhr, und die Fahrt war seltsam schwerelos, ohne Reue. Worte hätten die Leichtigkeit zerstört. Also starrte ich aus dem Fenster, während ich Sebastians Hände noch auf meinem Körper spürte. Die nächtlichen Umrisse rasten an uns vorbei, und über uns wachte der Mond. Es war wie in der Nacht, in der ich im Polizeiauto gekauert hatte. Der Mond wachte noch immer über mich, besonders an Tagen, die eine Bedeutung hatten.

26.

Die Leute fragten mich häufig, ob ich nicht gern die Zeit zurückdrehen würde. Alles ungeschehen machen, noch einmal von vorn anfangen, die Uhr auf null drehen. *Mich selbst* auf null drehen.

An diesem Nachmittag lagen Sebastian und ich in Decken gehüllt in einem Strandkorb, während Mia etwas weiter entfernt von uns am Ufer eine Sandburg baute, die immer wieder in sich zusammenfiel, weil der Sand vom nächtlichen Regen schwer und nass war. Seit unserer Verabredung waren drei Tage vergangen. Heute früh stand er mit Brötchen vor der Tür. Sebastian und ich wollten am Morgen, wie zuvor am Telefon besprochen, in die Stadt gehen, und den Nachmittag plante ich mit Mia am Strand zu verbringen, das Mädchen mit seinen Schaufeln und Förmchen und ich mit meinen Büchern. Nach dem Frühstück waren wir also in die Stadt gefahren, um einige Dinge einzukaufen. Wir waren durch die schmale Fußgängerzone geschlendert, und ich konnte einer kleinen Buchhandlung nicht widerstehen, deren Tür einladend offen stand. Obwohl ich Sebastian nicht für einen Bücherfreund gehalten hatte, war er erstaunlicherweise schnell fündig geworden und hatte fast ein halbes Dutzend Bücher gekauft. Danach hatte er sich spontan entschieden, sich Mia und mir am Nachmittag anzuschließen. Eines seiner Bücher hatte er nun mit auf unseren Ausflug ans Meer genommen.

Sebastian und ich hatten in all der Zeit mit keinem Wort erwähnt, wie der Abend geendet war, oder die Frage, wie es nun weitergehen würde, auch nur angedeutet. Wir kauerten einfach unter unseren Decken, umringt von Büchern, abgrundtiefschwarzem Kaffee und Musik. Während ich las, hörte Sebastian mit Kopfhörern die Playlist auf seinem Handy. Ganz leise drangen die weichen Klänge auch zu mir herüber. Jedes Mal, wenn ich einatmete, nahm ich seinen Geruch wahr. Manchmal konnte ich ein Seufzen nicht unterdrücken. Mein Herz lag so weit geöffnet im Sand, dass eine Herde Deichschafe ungehindert hätte darüberlaufen können.

Ein paar Möwen kreisten am wolkenlosen Himmel, und ich beäugte sie immer wieder kritisch, aber Mias fröhliches Geschrei hielt sie von uns fern. Der Sand war vollgesogen, und jeder Schritt, den Mia um ihre Burg herum tat, hinterließ eine Spur, die sich nach und nach mit Wasser füllte. Auf diese Weise war inzwischen fast so eine Art Burggraben entstanden.

»Würdest du die Zeit noch einmal zurückdrehen wollen?«, fragte Sebastian irgendwann leise, sodass Mia uns nicht hörte, und er wirkte merkwürdig beunruhigt.

»Was sollte das bringen?«, fragte ich schulterzuckend. »Die Zeit im Keller wäre kaum anders verlaufen.«

»Nein, die nicht«, gab er zu und zog sich seine Ohrstöpsel heraus. »Ich meine, wenn du gar nicht erst dorthin gekommen wärst. Wenn es keine Entführung gegeben hätte, keine Isolde. Denkst du nicht oft daran, wie dein Leben dann verlaufen wäre? Was für ein Mensch du heute wärst?«

Es wäre eine Lüge, das zu verneinen. Das *Waswärewenn* stahl sich regelmäßig in meine Gedanken, und jedes Mal, wenn mir das Leben aus den Fingern glitt, ein wenig öfter als sonst.

»Ich mag mich, wie ich bin«, sagte ich und furchte mit der nackten Hacke Gräben in den Sand vor dem Strandkorb. Vielleicht brauchte er auch einen Burggraben.

»Also fragst du dich das nie?«

Würde ich lügen, wenn ich es abstritt?

»Doch«, sagte ich schließlich, als mein Schweigen zu lang wurde und es im Grunde ohnehin schon für mich geantwortet hatte. »Aber ändert das etwas? Was bringt es, wenn ich hadere und zurückdenke, wenn ich mein Leben immer wieder von vorne durchspiele? Wir sind in keinem Film. Es gibt keinen Cut, keine neuen Aufnahmen.«

Eine Weile schwieg er. »Ich mag dich auch, wie du bist«, erklärte Sebastian dann, und ich wusste, dass er nicht dasselbe von sich behaupten konnte. Dass er lieber in den Spiegel sehen und darin einen Helden erkennen würde. Einen Helden, der seine Frau hätte retten können.

Ich richtete mich auf. »Es ist okay, dass man sich ab und an scheußlich findet«, sagte ich sanft.

»Findest du dich denn ab und an scheußlich?«

»Ja, manchmal.«

»Warum?«, wollte er wissen.

Ich beobachtete den Flug der Vögel. Ich fand sie ein wenig befremdlich. Wie es sich wohl anfühlte, so frei zu sein, dass einem die ganze Welt offenstand? Wenn man fliegen konnte, wohin auch immer es einen zog? Und wie klein man dann war, wenn über einem der Himmel und unter einem die Tiefe des Meeres lag und man selbst nur ein winziges Ding dazwischen? Ich runzelte bei diesem Gedanken die Stirn. Ob es wohl auch Vögel gab, die sich vor dem Himmel fürchteten, davor, sich unendlich klein zu fühlen?

»Das ist schwer zu erklären.«

»Versuch es«, verlangte er. Sein Gesicht war beinahe

regungslos. Nur seine Mundwinkel zuckten kaum merklich. Meine Antwort war ihm wichtig. Wie beängstigend, stellte ich verwundert fest, wie ich ihn in so kurzer Zeit so gut kennengelernt hatte, dass ich seine Gedanken aus seinem Gesicht ablesen konnte.

»Die Menschen vergessen oft, dass ich mehr bin als das Mädchen aus dem Kellerloch. So oft, dass ich es selbst manchmal vergesse«, sagte ich. »Die Menschen sehen nur meine Vergangenheit in mir. Die Zeitungsartikel. Die Berichte im Fernsehen. Sie wissen, was passiert ist, was ich durchgemacht habe. Dabei ist das nicht alles, was mich ausmacht. Selbst in diesem Kellerloch bin ich jemand geworden. Nämlich *ich*. Ich habe keine Lust mehr darauf, dass die Menschen darauf warten, dass irgendwann mehr kommen muss, dass *ich* mehr sein muss.«

»Du bist genug.« Sebastian hielt mir seine geöffnete Handfläche hin, und darin war eine große Muschel, die aussah wie eine Schnecke. »Nimm sie.«

Ich wusste, was er wollte. »Das ist doch nur ein Mythos, oder?«, lachte ich.

»Hör einfach hin.« Er lächelte.

Ich hielt die Muschel an mein Ohr und ertappte mich dabei, wie ich den Atem anhielt. Es rauschte. Das unendliche Meer rauschte in einer einzigen Muschel, die in meine Hand passte.

Und dann verschwanden die Wellen hinter dem drängenden Klingeln meines Telefons. Ich wollte den Anrufer schon wegdrücken, als mir ein flüchtiger Blick auf den Sperrbildschirm seinen Namen verriet. Es war meine Mutter.

Ich hatte sie in der ganzen letzten Woche kein einziges Mal angerufen, sondern ihr nur einige Textnachrichten geschickt, obwohl ich wusste, dass sie daheim wahrscheinlich durchdrehte. Weil ich allein nicht klarkam. Weil die Welt einfach zu groß für mich war und es immer nur eine Frage der Zeit war, bis ich zusammenbrach wie Mias Burg, die den nassen Sand nicht tragen konnte.

Obwohl mein schlechtes Gewissen sich sofort meldete, drückte ich den Anruf doch weg. Ich schickte eine SMS mit all den Dingen, die man eben schrieb, wenn man im Urlaub war: wie sonnig das Wetter war, wie lecker das Essen, wie atemberaubend die Natur, wie viel man gesehen und wie wenig Zeit man hatte. Dann erhob ich mich.

Ich wollte lieber Sandburgen bauen, die nicht einstürzten.

Mia war froh, als ich mich zu ihr gesellte. Wir verbrachten beinahe zwei Stunden damit, Sand zu formen und aufzuschichten. Trotz unserer Bemühungen gelang uns keine Sandburg, die auf ihrem Fundament heil stehenblieb.

Das Sandburgenbauen sei heute ein unmögliches Unterfangen, erklärte das Mädchen mir traurig. Das ginge nur, wenn der Sand gerade so eben feucht genug war, um zusammenzukleben. Im Sommer war das ganz leicht, weil man dann einfach Wasser zum trockenen Sand geben konnte. Aber den Sand zu trocknen, das war ein unmögliches Unterfangen.

»Dann komme ich eben im Sommer wieder«, sagte ich freundlich. »Ich komme wieder, und du zeigst mir, wie das mit dem Burgenbauen geht.«

Mia sah mich skeptisch an. »Aber vielleicht fährst du nächstes Jahr lieber in die Berge. Da warst du doch auch noch nicht.«

Ich wollte ihr so gern versprechen, wollte sagen, dass es mir ernst war, dass ich wirklich wiederkommen wollte, dass dieser Ort mich magisch anzog. Aber ich wusste nicht, was nächstes Jahr sein würde. Ob ich hier wirklich einen Schritt vorwärtsgekommen war oder ob mein Alltag mich wieder einfangen würde, als wäre nie etwas geschehen. Als hätte ich dem Himmel nie getrotzt und könnte es auch nie wieder.

»Na, komm schon. Wir gehen los und sammeln ein paar Muscheln, ja?«, versuchte ich sie abzulenken. »Du weißt doch bestimmt, wo hier die schönsten sind.«

Mia zeigte mit ihrem dünnen Arm, an dem eine pinkfarbene Uhr mit einem weißen Hundekopf hing, auf das Watt. Der braune Boden erstreckte sich hunderte Meter weit, nur von schmalen Pfützen, Würmern und Steinchen durchbrochen. Winzige Krebse gruben sich ihren Weg durch den Schlamm.

»Die Flut spült jedes Mal andere an«, sagte sie und griff nach einer ihrer Brottüten, damit wir uns auf den Weg machen konnten. Eifrig lief sie voraus, während ich wie erstarrt im Sand stand. Ich hatte das Watt noch nie betreten, zumindest nicht zu Fuß. Und die paar Meter am Abend des Lagerfeuers zählten auch nicht wirklich, oder? Ach, wem machte ich hier was vor? Ich hatte es schon betreten, aber ich hatte immer noch Angst. Angst, das Meer könnte innerhalb von Sekunden zurückkehren.

»Na los«, rief Mia, die von meinem inneren Konflikt nichts mitbekam, und ich atmete einmal tief durch, ehe ich entschlossen mit den nackten Füßen über den Sandstreifen lief, direkt in das kühle Watt hinein. Im ersten Moment erschauerte ich, doch meine Füße gewöhnten sich schnell an die Kälte.

Weiter und weiter entfernten wir uns vom Ufer, hielten immer wieder an, um den Boden zu inspizieren, und zogen Muscheln und von der Natur gefärbte Steine aus dem Schlamm. An meinen Waden klebte verkrusteter Dreck, und obwohl ich so schmutzig war, fühlte ich mich reingewaschen.

Irgendwann war die Tüte voll, und wir schlenderten zurück zum Strandkorb, der in der Ferne noch sichtbar war. Mias Hand schwang in meiner vor und zurück.

»Sollen wir deiner Großmutter einige Muscheln raussuchen?«, fragte ich und sah auf ihren Scheitel hinab. »Sie würde sich bestimmt freuen, oder?«

»Meine Oma hat Muscheln genug, sagt sie. Sie würden für ihr ganzes Leben reichen.« Mia sah zu mir auf und verzog das Gesicht zu einer Grimasse, die Hilde erstaunlich ähnlich war. Ich musste kichern.

Einige Vögel landeten nicht weit von uns entfernt auf einem Haufen aus riesigen Steinen, welche die Grenze zum benachbarten Vogelschutzgebiet darstellten. Ihre zierlichen Köpfe drehten sich in unsere Richtung. Ich hatte keine Angst vor ihnen, denn ich war an der Hand eines Kindes.

»Hast du Angst vor Vögeln?«, fragte Mia.

»Du bist so aufmerksam. Ja, ein bisschen«, gestand ich.

»Warum? Sie tun dir doch gar nichts.«

»Aber sie fliegen.«

Ich erntete einen verständnislosen Blick.

»Ich meine, sie fliegen und man kann sie deswegen nicht kontrollieren. Sie können alles tun, was sie wollen. Das finde ich etwas beängstigend.«

Mia ließ meine Hand los und stemmte energisch ihre Arme in die Seite. Manchmal war sie Hilde so wunderbar ähnlich, dass ich dachte, wie schön es sein musste, Kinder oder Enkelkinder zu haben, denen man etwas von sich geben konnte. Nicht nur die Gene, sondern etwas von seinem Innersten. Man lebte in ihnen weiter, irgendwann.

»Glaubst du wirklich, die Vögel interessieren sich für uns, wenn sie doch fliegen können?«, fragte Mia ernst.

»Du bist einfach schlauer als ich«, sagte ich lachend und

strich ihr behutsam über den Kopf. »Du hast Recht. Wenn ich fliegen könnte, würde ich jetzt nach Alaska fliegen und mir Eisbären ansehen.«

»Oder nach Island. Zu den Ponys.« Mias Augen leuchteten.

»Oder nach Island«, bestätigte ich.

Wir näherten uns dem Ufer, während hinter uns das Meeresrauschen lauter wurde. Die Flut nahte. Beinahe war mir, als könnte ich die gewaltige Bewegung unter meinen Fußsohlen spüren, wie ein mächtiges Vibrieren, eine Erschütterung des Bodens. Aber es blieb ruhig, nur die Stille, die über dem Watt gelegen hatte, verschwand.

»Beeilen wir uns«, sagte ich nervös, obwohl das Ufer schon zum Greifen nah war. Aber noch während ich sprach, schlichen sich dünne Rinnsale an unseren Zehen vorbei und sammelten sich in den Pfützen, die die Kraft der Flut in den Boden gegraben hatte.

Sebastian winkte uns vom Strand aus träge zu, er war in eins meiner Bücher vertieft. Dieser Anblick pochte beharrlich an mein Herz, bat um Einlass in die Sammlung meiner Erinnerungen. Wie wunderschön dieser reglose Mann mit den Buchstaben in seinen Händen war.

Ich kniff die Augen zusammen, als ich noch jemanden entdeckte. Weit hinter Sebastian, oben in den Dünen stand eine einsame Person und starrte zu uns herüber. Ich konnte nicht erkennen, wer es war, weil die Kapuze des schwarzen Parkas tief ins Gesicht gezogen war. Ich fand, dass Kapuzen nicht angebracht waren, wenn kein Regen und kein Sturm aufkamen. Sie verhüllten nur etwas, das eigentlich gesehen werden sollte.

Das Meer kam hinter uns her, und nun rannte ich doch, weil ich es nicht ertragen hätte, wenn die erste Welle an meinen Waden geleckt hätte, ohne dass ich am sicheren Ufer war. Mia ließ ich erst los, als wir den Strand erreichten. Sie blieb hinter mir zurück und sprang jauchzend durch den Schlick, während ich zum Strandkorb ging.

Die Kapuze verbarg die regungslose Person immer noch. Ich spürte den bohrenden Blick, mit dem die Person Mia betrachtete. Doch ich vergaß ihn, als ich mich seufzend in den Strandkorb fallen ließ und Sebastians Blick auffing. Ich sah den aufkeimenden Hunger in seinen Augen.

»Du läufst mit dem Wasser um die Wette. So weit bist du schon«, flüsterte er leise und in diesem Tonfall, dieser belegten, rauen Stimme. Für den Bruchteil einer Sekunde legte sich etwas zwischen uns, so dünn und biegsam wie ein einzelnes Blatt Papier. Ich rückte näher zu ihm heran, zu seinen Armen, in den zeit- und schwerelosen Raum, den er zwischen uns erschuf.

Alles, was uns trennte, waren ein herumtollendes Mädchen und die wachsende Angst, dass unsere Lippen zwei scharfe Messer waren, die zerschnitten, was wir webten.

* * *

Mai
Vor fünf Monaten

Es gab einen Schrank, der immer verschlossen war.

Er stand im Schlafzimmer meiner Mutter. Über die Jahre hatte ich mir angewöhnt, dass ich Martha tatsächlich Mutter nannte, manchmal Mama, aber eigentlich war es wie früher: Ich nannte jemanden *Mama*, damit er sich besser fühlte und das Leben den Hauch eines normalen Alltags erhielt. Es ging dabei nicht um mich.

Dieser Schrank war verschlossen, als ich vor sieben Jahren zum ersten Mal mein Elternhaus betrat, und er blieb es über all die Zeit bis heute. Mit jedem Jahr wuchs die Neugier, und irgendwann wurde diese Neugier zu Wut; darüber, dass meine eigene Mutter mir etwas vorenthielt, dass sie etwas wegsperrte, während mein ganzes Leben in Polizeiakten und Medienberichten nachzulesen war.

Irgendwann hielt ich es nicht mehr aus. Ich durchwühlte das gesamte Haus, riss Schubladen auf und warf Klamotten auf den Boden, aber ich fand den Schlüssel nicht. Die Wut wurde noch größer. Wie konnte meine eigene Mutter nur etwas vor mir verschließen? Wusste sie denn nicht, wie sehr es mich ängstigte, wenn ich rüttelte und rüttelte und nichts geschah? Wusste sie nicht, dass es mir ein Grauen war, wenn es Schlösser gab, aber keine passenden Schlüssel dazu?

Mir war bewusst, dass der Schrank nur eine Art Blitzableiter war, eine schlechte Metapher für etwas Tieferliegendes. Ich war weit gekommen, ich war meistens fröhlich und konnte souverän bleiben, auch wenn ich mich unsicher fühlte. Aber manchmal flippte ich eben doch noch aus.

Als Martha nach Hause kam, hatte ich noch nicht alles wieder aufräumen können. Socken lagen auf der Mikrowelle, Pflasterpackungen waren auf den schwarzweißen Fliesen verteilt, und überall lagen lose Fotos aus fremden Tagen. Die Familie war darin unvollständig und kinderleer. Ich schämte mich fürchterlich und beschloss, dass es so nicht weitergehen konnte. Irgendwann mussten die Nachwehen der Kellerzeit ein Ende haben. Die Krankenkasse sperrte sich schon lange, mir weitere Therapiesitzungen zu bezahlen. Die Psychologen waren müde, mein Hausarzt war müde, meine Mutter war müde, und Jan war abgenutzt und abgeschabt von all den Versuchen, zu mir durchzudringen, bei denen er an meinem

Panzer abgeprallt war. Er wollte einen anderen Schritt gehen, das wusste ich nun, nämlich nicht mehr auf mich zu, sondern mit mir zusammen, und das konnte ich nicht.

Ich lebte ein Leben, aber der letzte Schritt fehlte; der letzte Schritt, damit die anderen mich loslassen konnten.

Das ging so nicht weiter, ich musste etwas tun. Und wenn ich hier nicht loslassen konnte oder wollte, dann musste ich irgendwohin, wo niemand mich festhalten konnte. Wo ich ganz auf mich allein gestellt wäre.

Ans Meer.

Ich würde ans Meer fahren.

27.

Oktober
Gegenwart

Es gibt diese Nächte, die einem alles abverlangen. Diese Nächte, die an dir zerren, weil du dich vor den Monstern fürchtest, die nicht unter dem Bett, sondern im eigenen Kopf lauern. Diese Nächte, in denen du barfuß über Glasscherben läufst. Diese Nächte, in denen du wach wirst und dir das Herz aus der Brust direkt in die Finsternis springen will, weil es dich kaum mehr ertragen kann. Am Morgen danach ist man müde und erschöpft, und jede Bewegung kostet die Kraft eines Bergaufstiegs.

Wenn ich diese Nächte allein überstehe, fühlt es sich nie nach einem Sieg an.

Sebastian war wieder mit einer Tüte Brötchen vorbeigekommen. Diesmal frühstückten wir zusammen im Haus. Ich bekam erst mit, dass er Kamillentee aufsetzte, als ich den Duft wahrnahm. Ich öffnete sofort die Terrassentür, doch der Geruch ließ sich dadurch kaum vertreiben. Ich blieb eine Weile im Türrahmen stehen.

Irgendwann trat Sebastian hinter mich. Ich widerstand dem Drang, mich einfach nach hinten fallen zu lassen, in seine Arme, seine Hitze. Ich wollte ihn nicht mit den Überresten meiner Träume beschmutzen.

»Warum bist du so still?«, fragte er. Diese Ungeduld in seiner Stimme. Manchmal machte sie mich wahnsinnig, wenn sie mich nicht gerade ins Leben zurückstieß.

»Nur so«, murmelte ich.

»Nur so?«, wiederholte er. »Weißt du eigentlich, wie anstrengend es ist, mit dir zu reden, wenn du so schweigsam bist?«

Ich zuckte mit den Schultern und strich mir eine Haarsträhne aus den Augen. Draußen rauschte das Meer und war mir Gespräch genug.

Aber Sebastian gab nicht auf. »Liegt es an mir?«, bohrte er weiter.

Ich schlang die Arme um mich. »Nein«, sagte ich leise. »Es liegt daran, dass Worte so viel Macht haben. Sie können so viel zerstören, Vertrauen missbrauchen oder ein Herz brechen. Sie können Menschen auseinandertreiben, die zueinander gehören. Ich bin noch nicht so weit. Ich kann damit nicht umgehen.«

Ich spürte seinen Griff um meine Schultern und musste mich beherrschen, um ihn nicht sofort wieder abzuschütteln. Sebastian drehte mich zu sich um, und das unruhige Meer verschwand aus meinem Blickfeld.

»Du bist so weit«, sagte er sanft.

Ich wollte ihn wegstoßen und ihn zu mir ziehen. Ich wollte meine Wange an die Stelle legen, an der sein Herz noch für seine tote Frau schlug und von dem ich etwas abhaben wollte. Ich habe nie jemanden oder etwas geliebt, wenn man von meinen Büchern absah. Bis jetzt hatte ich nicht geglaubt, etwas verpasst zu haben.

»Du hast Angst.«

»Ja.«

»Ich habe auch Angst.«

»Ja?« Ich musterte ihn zweifelnd. Hätte ich ihn nicht nachts schreien gehört, erlebt, wie verwundbar er war, hätte ich ihm kein Wort geglaubt.

Ich atmete ein und wieder aus. Noch einmal. Im Sekundentakt, dann langsamer. Ich roch den Kamillentee nicht mehr, da war nur noch herbes Parfüm, salzige Haut, ein Mundwinkel mit einem winzigen Fleck Himbeermarmelade. Jetzt war der Augenblick da, jetzt blieb die Zeit stehen, und mein Verstand setzte tatsächlich aus.

»Ich hatte nie vor, mich zu verlieben«, wisperte ich. »Ich wollte nur das Meer sehen.«

»Ich hatte auch nicht vor, mein ganzes Geld gestern im Buchladen zu lassen.« Sebastian neigte den Kopf. »Getan hab ich's trotzdem.«

Obwohl meine Stimme zitterte und ich kaum fassen konnte, was ich ihm gestanden hatte, musste ich lachen. Wie konnte man einem Menschen nicht verfallen, der Liebe mit Büchern verglich?

»Ich hatte nie vor, dich überhaupt zu mögen.«

»Und ich hatte nie vor, einem Mädchen zu zeigen, wie man eine Kaffeemaschine bedient. Tja. So ist das Leben.« Sebastian strich über meine Stirn, und diese zarte Geste war mir Antwort genug.

Er hatte wirklich Angst, genau wie ich.

Wir hatten alle Angst, immer wieder. Aber ohne Risiko konnten wir nicht fliegen und nicht fallen und nicht wieder aufstehen.

* * *

Wir verlegten das Frühstück nach draußen und räumten danach einen einzelnen Liegestuhl aus dem Gartenhäuschen. Wir kuschelten uns unter einer Decke zusammen und lauschten, wie die Flut immer höher stieg und die Möwen aufschreckte, während wir ausprobierten, wie unsere fremden Körper zusammenpassten, wo Kanten aneinanderstießen und Arme und Beine keinen Platz fanden. Meine Wange ruhte an dieser einen Stelle über seinem Herzen, und es pochte so langsam, so unaufgeregt und stetig, dass es mich beruhigte.

Irgendwann schien das Meer aufzuwachen. Es schäumte wie ein wildes Tier, bäumte sich auf und warf sich der Brandung entgegen, als wollte es ein riesiges Loch in den Boden reißen und alles verschlingen. Leichte Sturmböen zogen über die Küste, bogen das weiche Gras auf den Dünen hierhin und dorthin. Der Himmel wurde dunkel, und die Wolken waren so grau wie Fabrikstaub, der die Luft verpestete.

Ich hatte keine Angst. Zu sehr war ich auf Sebastian konzentriert, auf die Wärme, die er verströmte. Unsere Sehnsucht wuchs mit dem Sturm, ließ uns schließlich hineingehen, Fenster und Türen schließen, ließ uns einander ansehen und atemlos werden. Sie trieb uns Hitze auf die Haut, ließ uns frieren und brennen zugleich. Sie ließ uns behutsam sein und uns suchend vorantasten, an der Angst und den Mauern aus Kleidung und Unsicherheiten vorbei. Sie ließ uns lachend rückwärtsfallen und uns überrascht aneinander festhalten. Die Sehnsucht brachte Vergessen und neue Erinnerungen und half mir einen Schritt zu machen, größer als alle anderen.

Später, viel später, lagen wir da, und meine Wange ruhte wieder an dieser Stelle, Haut an Haut. Trotzdem war es anders als zuvor. Es war, als wären unsere Körper verformt, als hätten sie sich ein bisschen verwachsen, um besser zueinander zu passen.

Ich war glücklich. Und manchmal durften wir für einen einzigen Moment glauben, dass es immer so bliebe.

Bevor etwas die Vollkommenheit zerbrach.

28.

Mai
Vor fünf Monaten

Ich weiß nicht, wie ich zu Isolde kam.

In meiner Erinnerung war ich eigentlich immer bei ihr gewesen. Es gab ein dunkles Davor, leichenblasse Erinnerungen an ein anderes Zuhause, an andere Menschen, aber irgendwann verschwanden die Gesichter aus meinem Kopf und hinterließen nur das vage Gefühl, dass da noch etwas anderes als nur vier Betonwände gewesen sein musste. Es gab einen einzigen Menschen, um den sich mein Leben und meine münzgroße Welt drehte, und es gab Bücher und später auch ein wenig Radio. Manchmal gab es Nachrichten, wenn Isolde einen guten Tag hatte. Aber ich war mit dem Wissen aufgewachsen, dass die Welt da draußen gefährlich war und ich nur hier sicher. Isolde musste es wissen. Sie hatte mich schließlich gerettet, sagte sie. Denn Mütter wollten ja nur das Beste für ihre Kinder.

Im Inneren des verschlossenen Schranks von Martha befand sich meine Geschichte: Da waren all die Zeitungsausschnitte, die Suchaufrufe, die Verzweiflung zwischen den Zeilen. Auch die Fotos klebten hier, die, die in den Familienalben fehlten – aufgenommen bei einem Ausflug mit dem Kindergarten. Es waren die letzten Fotos, die es von mir als

Kind gab. Das Letzte, was meinen Eltern von mir geblieben war.

Ich wurde in einer Nacht von Sonntag auf Montag geboren. Um 03:42 Uhr. Ich war ein zierliches Baby, und Martha erzählte mir irgendwann einmal, dass sie jahrelang ein schlechtes Gewissen gehabt hatte, weil sie sich über ihr zierliches, ruhiges Baby gefreut hatte. Ich war auch später im Kindergarten noch klein für mein Alter und ruhig. Vielleicht zu klein und zu ruhig, als dass die Erzieherinnen hätten bemerken können, wie eine fremde Frau mich beim Spielen auf dem Spielplatz des Kindergartens an der Hand griff und mitnahm. Und selbst wenn sie es gesehen hätten, wer weiß, ob das etwas geändert hätte. Vermutlich hätten sie Isolde für den Babysitter gehalten oder für eine Freundin. Denn wer würde schon ein Kind stehlen? Wer würde so etwas Grausiges tun und Menschen das Wichtigste wegnehmen, das man jemandem nehmen konnte?

Das tat doch niemand.

Als die Polizei schließlich auftauchte, weil meine Eltern ihr verschwundenes Kind abholen wollten, war der ganze Kindergarten bereits in hellem Aufruhr. Die Erzieherinnen durchsuchten alle Räume und jedes Versteck, Ratlosigkeit und Unruhe standen ihnen ins Gesicht geschrieben. So viele Orte gab es nicht, an denen sich ein Kind verbergen konnte, und wenn es noch so klein war. Aber noch wollte niemand das Unaussprechliche aussprechen, noch wollte niemand den kurz vor der Hysterie stehenden Eltern die Hoffnung rauben. Niemand wollte die Verantwortung dafür übernehmen, was geschehen war.

Doch die Zahlen sprachen für sich: Am Anfang des Kindergartentages waren sechsundfünfzig Kinder dort gewesen. Am Ende nur noch fünfundfünfzig. Eines fehlte. Ich.

Einige der Erzieherinnen erzählten der Polizei von einer Frau, die auffällig oft am Spielplatz vorbeigelaufen war. Niemand hatte sich etwas dabei gedacht. Die Fahndung lief auf Hochtouren und irgendwann ins Nichts.

Isolde war mit mir schon längst über alle Berge und hatte sich in ein vierhundert Kilometer entferntes Dorf abgesetzt, in dem sie ein Haus gemietet hatte. Dort blieb sie für sich und hielt sich die Menschen vom Hals.

Und bald schon war der Rummel vorüber: Während das Leben einer ganzen Familie in Trümmern lag, ging das der anderen weiter. Neue Nachrichten verdrängten den Suchaufruf aus den Medien, entlaufene Hunde klebten an den Straßenlaternen über meinem Gesicht, und die Polizei jagte anderen Verbrechern hinterher.

Die Ehe meiner Eltern ging nach einigen Jahren in die Brüche. Dann starb mein Vater, ohne mich noch einmal zu Gesicht bekommen zu haben oder zu wissen, dass ich überhaupt noch am Leben war. Die Großeltern waren tot oder an Demenz erkrankt. Martha blieb allein in dem großen Haus mit dem leerstehenden Kinderzimmer.

Irgendwann wurde ich für tot erklärt und ein Grabstein ohne Leiche aufgestellt.

Wenigstens der Name darauf gehörte noch mir.

29.

Oktober
Gegenwart

Die Zeit war etwas Seltsames. Während die Jahre vergingen, konnte sie dennoch stillstehen. Sie verlor ihre Bedeutung, wenn wir uns nicht änderten, wenn unsere Träume, unsere Wünsche und Gefühle dieselben blieben.

Am Abend saßen wir bei Hilde auf der Terrasse und aßen gemeinsam. Sie habe uns eingeladen, weil wir ihr ans Herz gewachsen seien, sagte sie. Es war ein Abend in familiärer Atmosphäre, mit Wein und gutem Essen und Klaviermusik aus einer alten Stereoanlage. Mia war auch dabei, sie schlief heute bei ihrer Oma. Als wir schon lange aufgegessen hatten und das Mädchen in immer kürzeren Intervallen gähnte, bot ich an, sie ins Bett zu bringen, was Mia begeistert annahm. Ich half ihr, sich fertig zu machen, und las ihr danach lange aus *Der kleine Prinz* vor. Bevor sie einschlief, fragte sie, was es damit genau auf sich hatte: mit dem Herzen gut zu sehen.

»Das bedeutet, dass du dann gut siehst, wenn du alles ausblendest, was dich vom Wichtigen ablenken könnte. Ob jemand schön ist oder viel Geld hat oder viele Freunde. Das alles ist gar nicht so wichtig, weißt du?«

Mias Augen waren klein und müde. »Ach, meine Eltern hätten das Buch lesen sollen. Wenn sie das gewusst hätten …

Dann hätte Papa nicht weggehen müssen. Ich weiß nicht mal, wo er jetzt ist.«

Ich gab ihr einen Kuss auf die Stirn und zog die Decke zurecht. »Ich glaube, dass Bücher unser Leben verändern können. Ja, ganz gewiss können sie das. Aber retten müssen wir uns selbst.«

Mia rieb sich die Augen, in denen Tränen glänzten. Ihr stiller Kummer war herzzerreißend.

»Wie hast du dich heute Abend gefühlt?«, fragte ich. »Mit deiner Großmutter, mit uns?«

»Gut. Ich habe mich gut gefühlt.«

»Halte daran fest. An diesen guten Momenten. Dann werden immer mehr kommen. Die kommen nämlich aus dir.«

Ich strich ihr über die Wange und löschte das Licht der Nachttischleuchte.

»Schlaf gut, Mia.«

Leise schloss ich die Zimmertür und ging nach unten auf die Terrasse zurück. Nur noch Sebastian war da. Hilde hatte aufgeräumt und sich ebenfalls zum Schlafen zurückgezogen. Ich war mir nicht sicher, ob sie wirklich so müde gewesen war oder ob es ein Vorwand war, um mir und Sebastian noch etwas Zeit zu zweit zu verschaffen. Er saß auf den Stufen der Terrasse, meine Tasche neben sich, und sah auf das Meer.

»Ist es nicht zu kalt?«

Er nickte ernst, ohne den Blick vom Wasser abzuwenden. »Es ist eiskalt. Setz dich trotzdem zu mir.«

Ich zog eine Augenbraue hoch. Das hatte ich mir irgendwann von ihm abgeschaut, um auch ein wenig unnahbar zu wirken. Was freilich nicht sonderlich gut funktionierte, wenn einen sein Gegenüber nicht anschaute.

»Bitte«, ergänzte er und sah nun auch zu mir, während er seine Jacke einladend neben sich ausbreitete.

Ich ließ mich darauf nieder und zog die Knie an. Eine dicke Wolkendecke verdeckte Mond und Sterne, es war so dunkel, dass der Himmel wie in schwarze Tinte getaucht wirkte. Vermutlich braute sich dort oben bereits der nächste Sturm zusammen. Aber es war mir egal. Wie nebensächlich diese Dinge geworden waren: die Wolkenmassen, die Regen und graue Tage ausspuckten, die Vögel, die so erschreckend frei waren, die Endlosigkeit des Himmels und des Wassers, die unvorhersehbare Wildheit, die in beiden steckte. Ich war noch immer klein im Angesicht der Naturgewalten, aber ich fühlte mich nicht mehr ausgeliefert. Ich war unmerklich gewachsen und konnte die Wolken auseinanderschieben, um nach den Sternen dahinter zu greifen, wenn ich wollte. Diese Erkenntnis kam einfach so, kam durch die unbeleuchtete Nacht, kam mit der Flut und trieb mir die Tränen in die Augen.

Ich war dort angekommen, wo ich hingewollt hatte. Nicht am Meer, nicht nur. Vielmehr bei mir selbst. Und dafür hatte sich nicht einmal die Welt rückwärts drehen müssen. Ein Lichterfest hatte gereicht. Ein Riesenrad. Dieser eine Mensch. Eine alte Frau und ein Kind und ihre Unbeschwertheit. Zeit. Am Ende war es immer die Zeit, Zeit, Zeit. Noch mehr Zeit.

»Du bist so still«, sagte Sebastian. Seine Hand ruhte auf meinem Knie. »Fürchtest du dich wieder vor der Macht der Worte?«

»Nein«, sagte ich überrascht. »Heute nicht.«

Er lächelte. »Dann lass mal hören.«

»Hm?«

»Worte.«

»Du verzauberst mich«, sagte ich langsam, wiederholte ganz bewusst die Worte, die Sebastian vor ein paar Tagen zu mir gesagt hatte. »Du zauberst mir ein Lächeln ins Gesicht, ein Prickeln auf die Haut, ein nervöses Ziehen in den Magen. Ich halte die Luft an, wenn eine Nachricht von dir auf meinem Handy blinkt. Du zauberst mir ein Stottern auf die Zunge, ein atemloses Schweigen auf die Lippen und diese plötzliche Röte ins Gesicht. Du zauberst mir ein Herz, ein rasendes, sich überschlagendes, verdrehtes und völlig durcheinandergeworfenes Herz, und eine Welt, die auf dem Kopf steht. Du bist derjenige, bei dem ich sein kann, wie ich bin. Und das, nur das, ist genug. Für diesen Augenblick und vielleicht auch für den nächsten.«

Ich war atemlos von all den Worten. Wo hatte ich sie nur alle aufbewahrt? Wo war all der Platz dafür gewesen?

Für einen Moment hörte ich nur unsere zu schnellen Atemzüge. Auch Sebastians Brustkorb hob sich schneller als sonst. Er setzte an, etwas zu erwidern, aber ich hob die Hand, um ihn zu stoppen. Es gab nichts, was ich jetzt von ihm hören wollte. Noch mehr Worte wären einfach zu viel.

»Sag am besten gar nichts.« Ich lehnte mich zurück und lachte. »Das kannst du ohnehin nicht mehr toppen.«

In diesem Augenblick beseelte mich ein Glück, für das ich gar nicht genug Platz in mir hatte. Wir sollten unsere Jahre hier verschwenden, wir sollten all unser Geld ins Meer werfen und im Sand schlafen und uns die Sterne wie Schmuck um den Hals hängen.

Und wenn das Glück verging, kehrten wir einfach nochmal um und fingen wieder ganz von vorne an.

* * *

September
Vor einem Jahr

An diesem Abend war ich mit Jan am See verabredet, obwohl ich wusste, dass er zurzeit nicht die beste Laune an den Tag legte. Er hatte sich vor Kurzem von seiner letzten Freundin getrennt, und das nagte an ihm. Ob es nun wirklich die große Liebe gewesen war oder nicht, konnte ich nicht sagen. Er wich meistens aus, wenn ich ihn danach fragte, wollte nicht über sein Liebesleben sprechen, also hatte ich es irgendwann aufgegeben. Die Anzahl unserer Telefonate und Skypeabende hatte über die Jahre nachgelassen, waren weniger geworden, bis wir irgendwann nur noch alle paar Wochen telefonierten. Er hatte mir nie ganz verziehen, dass ich nicht wollte, dass er nach Mainz zog, dass er nur wegen mir sein ganzes Leben über den Haufen warf, auch wenn wir nie mehr darüber gesprochen hatten.

Deswegen war ich froh, dass er endlich wieder in der Stadt war, um mich zu besuchen. Wir hatten uns so entfremdet, dass ich mich danach sehnte, dass alles wieder so wurde wie früher.

Er war vor zwei Tagen angereist und wohnte bei einem ehemaligen Kollegen, der mittlerweile in der städtischen Universitätsklinik arbeitete. Wir hatten uns gestern schon auf einen Kaffee getroffen, und er war seltsam zurückhaltend gewesen.

Ich bereitete einen Picknickkorb mit frischem Obst und Brot vor, weil es unser letzter Abend war. Ich wollte, dass wir es schön hatten, dass wir einander wieder vertrauter wurden, dass das seichte Plätschern des Sees eindämmerte, was auch immer Entfremdendes sich zwischen uns aufgebaut hatte. Es war einer dieser letzten Spätsommertage, an denen die

Sonne am Tag brannte, aber es am Abend abkühlte, als wäre ihr Licht für immer erloschen.

Wir umarmten uns unbeholfen, als wir aus verschiedenen Richtungen aufeinandertrafen. Jan trug seine Brille wieder, für die er, laut eigener Aussage, während der Beziehung zu stolz gewesen war. Sein schwarzer Labrador Charlie wuselte um unsere Beine und war so aufgeregt über die Aussicht, ins Wasser zu springen, dass er mich fast umwarf.

»Hey«, sagte ich zu Jan. »Du siehst gut aus.«

»Im Leben nicht«, sagte er und grinste. »Ich sehe aus wie ein verlassener Nerd.«

Ich grinste. »Das tust du, aber ich war zu höflich, es zu erwähnen.«

Ich breitete eine Decke auf der Wiese aus und räumte den Picknickkorb aus. Charlie war nun nicht mehr zu halten, er warf sich mit einem Hechtsprung ins Wasser, der eine Fontäne aufspritzen ließ. Bei dem Anblick der Erdbeeren hob Jan bedeutsam seinen Rucksack hoch.

»Hm.«

»Was?« Ich sah fragend auf. Er hatte sein T-Shirt ausgezogen, und rötliches Abendlicht fiel auf seinen drahtigen Oberkörper. Wollte er ernsthaft im eiskalten Wasser schwimmen? Wo die Sonne gleich unterging? Am See blieben jetzt nur noch diejenigen, die sich wehrten, den Sommer und die damit verbundene Zeit loszulassen.

Und wir blieben übrig, die wir uns ebenfalls weigerten, einander loszulassen.

»Ich habe Tortilla-Chips mitgebracht.«

Er erntete einen verständnislosen Blick. »Ja, und?«

Jan seufzte theatralisch. »Ich bin doch ein verlassener Nerd. Ich ertrage keine Romantik. Steck deine Erdbeeren wieder weg.«

»Ich mag aber Erdbeeren.«

Ich ignorierte seine Proteste und steckte mir eine in den Mund. Die rote Frucht war zuckersüß und fest, genau wie ich es mochte. Ich nahm noch eine, während Jan die Schultern zuckte und mit dem zurückgekommenen Charlie ein Wettrennen ins Wasser machte, das er haushoch verlor. Jan stieß einen leisen Schrei aus, als ihm das Wasser gegen die Haut schlug. Ich konnte die Kälte förmlich spüren und grinste, während ich meine Kamera zückte. Ich drehte ein Video von Charlie, der auch nach zwanzigfachem Werfen nicht die Lust am Ballholen verlor, dessen Augen immer leuchteten und der so viel offene, vertrauensvolle Liebe ausstrahlte, dass sich mein Herz zusammenziehen wollte vor Glück. Dann saß ich still da und beobachtete Jan, wie er vor Nässe triefte und hustete. Irgendwann hob ich die Kamera, den Finger hauchzart auf den Auflöser gelegt. Durch die Linse der Kamera war da immer noch diese millimeterdünne, unsichtbare Barriere, die mich fernhielt. Also hielt ich inne und wartete. Ich wartete einfach auf den perfekten Moment, und er kam, als die Sonne das Wasser leuchtend rot färbte und Jan mit gerunzelter Stirn in die Ferne sah, als ob dort irgendetwas auf ihn wartete. In diesem Moment zog sich mir das Herz zusammen – und ich drückte auf den Auslöser.

Irgendwann kam Jan aus dem Wasser und hielt mir seine Hand hin. Er wollte, dass ich mit ins Wasser kam.

Ich stellte mich dumm und deutete auf das ausgebreitete Obst. »Eine Weintraube? Oder lieber Tortilla-Chips?« Ich lächelte.

»Quatsch. Komm jetzt.«

»Wohin?«

»Na, ins Wasser? Wozu sind wir denn hier?«

»Wir sind hier, um uns zu zähmen?« Ich spielte damit auf

Der kleine Prinz an, auf die Stelle, wo er dem Fuchs begegnet und dieser Zähmen mit Freundschaft gleichsetzt. Antoine de Saint-Exupéry war unser beider Lieblingsautor. Jedenfalls früher einmal. Ich war mir nicht sicher, ob es sich bei Jan noch so verhielt, seit wir uns mehr und mehr voneinander entfernt hatten.

Jan schwieg einen Moment. Ich konnte sein Muskelspiel beim Atmen sehen, wie es sich über seinen ganzen Körper zog, als müsste er sich beherrschen, etwas in sich zu halten, etwas nicht hinauszulassen, obwohl alles in ihm danach schrie.

Ich stand mit etwas wackeligen Beinen auf, als er sich immer noch nicht rührte und nicht sprach und einfach gar nichts tat, außer zu atmen.

»Jan?«, fragte ich vorsichtig.

Ein seidener Faden spann sich zwischen uns, ein roter, ein bedeutungsvoller, einer, der etwas sehr Altes wieder reparieren könnte. Er machte einen Schritt auf mich zu.

»Wenn du wüsstest, wie sehr ... Das mit dem Zähmen ...« Er brach ab. Dann nahm er meine Hand und rannte los. Ich war so überrumpelt, dass ich einfach mitlief und erst aufschrie, als ich im kalten Wasser landete und Jan in perlendes Gelächter ausbrach, das nicht mehr enden wollte. Charlie bellte begeistert. Für ihn war das alles ein Spiel, und ich beneidete ihn um diese Unbekümmertheit.

Meine Klamotten sogen sich voll Wasser und klebten so schwer an meiner Haut, dass ich einen Augenblick Angst hatte, unter die Oberfläche gezogen zu werden. Ich strampelte, weil ich vor plötzlicher Panik vergaß, wie man schwamm. Ich war darin noch nicht sehr geübt.

Nicht schon wieder, dachte ich müde. Nicht schon wieder diese Panik bei Banalitäten.

Jan spürte meine plötzliche Veränderung sofort. Manchmal war es mir gruselig, zu sehen, wie sehr er mittlerweile an mich und meine seltsamen Bedürfnisse und Verhaltensmuster gewöhnt war. Der Lauf der Jahre hatte uns zusammenwachsen lassen, obwohl wir immer mehr den Kontakt verloren hatten. Aber irgendwas war immer zwischen uns geblieben. Es war, als wären wir so aufeinander eingestimmt, dass wir uns im Gleichtakt bewegten, innerlich wie äußerlich. Bewegte ich mich, bewegte er sich. Er bereitete sich immer schon auf das vor, was vielleicht kommen würde, sah Gefahren voraus, derer ich mir nicht einmal bewusst war, und so hatte er mir schon manchen peinlichen Auftritt in der Öffentlichkeit erspart. Irgendwann erwarteten die Menschen von einem, dass man über seinen Schatten sprang, egal wie groß der war. Sie erwarteten, dass man so wie sie war, damit sie mein Anblick nicht immer wieder aufs Neue verstörte. Mitgefühl war eine zeitlich begrenzte Sache. Es endete, indem es sich in Unbehagen verwandelte.

»Edda?« Jans Stimme war so zärtlich, als wäre ich aus Glas. Aus angerissenem, hauchdünnen Glas, das jederzeit zerspringen konnte, wenn man nur eine falsche Bewegung machte, ein falsches Wort sagte. Er stellte mich auf den Seeboden und hielt mich an den Schultern fest. Es war eiskalt, und ich hatte Angst. Ich wollte nur noch aus dem Wasser raus, jetzt sofort.

»Du bist hier, Edda. Das weißt du.«

»Ich weiß«, flüsterte ich erstickt. Ich versuchte, nicht an diese ganz schlimmen Tage zu denken, kurz vor Isoldes Tod. Sie hatte das Waschbecken in meinem Zimmer gefüllt und meinen Kopf so lange hineingedrückt, bis ich bettelnd und hustend und halb bewusstlos das Wort *Mama* hervorstieß. Je älter ich wurde, desto rabiater wurden auch ihre Methoden, meine Liebe und Abhängigkeit zu erzwingen. Irgendwann war ich so schmerzresistent geworden, dass ich blaue Flecken erst dann bemerkte, wenn ich sie sah.

Heute spürte ich den Schmerz erst, wenn er mein Herz erreichte.

Jan schien sich denken zu können, was in mir vorging, und zog mich näher zum Ufer, bis das Wasser nur noch bis zu unseren Knien reichte und die Panik nachließ. Wir standen so ruhig, dass die Kreise, die von den Wellen um uns herum ausgingen, immer kleiner wurden und irgendwo in die glatte Oberfläche des Sees übergingen. Das Wasser wurde still, so still wie wir, so still wie die Vögel auf den Ästen und die Wolken am Himmel. Die Zeit stand still, bis Jan mich küsste und damit endgültig brach, was wir einmal gewesen waren. Der Mond verdunkelte sich.

Er wurde eins mit dem schwarzen Himmel.

30.

Oktober
Gegenwart

Tage, die unser Leben verändern, brennen sich in unser Gedächtnis ein. Wir erinnern uns an die nebensächlichsten Details, an Flecken auf der Tischdecke und das rote Kleid, das wir trugen, obwohl es eigentlich zu eng geworden war. Wir erinnern uns an Gesprächsfetzen, an Gedanken, die wir hatten, und an die Träume in der Nacht. Wir erinnern uns daran, weil wir nach einem Grund suchen, nach etwas, das das, was folgt, ausgelöst hat oder es hätte verhindern können.

Als ich an diesem Morgen aufstand, war ich unruhig. Hinter mir lagen Träume, die wirr und schwarz und hektisch gewesen waren. Der Zauber des Abends und der Rausch der Nacht, in den Sebastian und ich vorbehaltlos gefallen waren, schien auch kaum mehr als ein Traum zu sein, während draußen die Sonne schien und die Luft feucht und salzig nach Morgentau roch.

Als ich in der Küche einen Blick auf den Kalender warf, stellte ich überrascht fest, dass mein Urlaub nächste Woche bereits endete. Es war, als wäre ich in ein zeitloses Loch gefallen, nach Nimmerland oder in ein mit Feenstaub überzogenes Reich. Ich hatte kaum mitbekommen, wie die Zeit zwischen meinen Fingern zerronnen war.

Ich wollte noch nicht nach Hause. Wahrscheinlich ist das der Grund für meine Unruhe, dachte ich und tröstete mich damit, dass ich die Zeit immerhin noch für eine Woche vergessen konnte. Sollten die Uhren doch noch eine Weile ohne mich ticken.

Sebastian und ich unternahmen einen Ausflug nach Cuxhaven und verbummelten den Nachmittag in der Stadt. Wir nahmen auf Hildes Bitte hin Mia mit, deren Vater heute mit einem Umzugslaster zurückgekehrt war und Möbelstück für Möbelstück aus dem gemeinsamen Leben wegtrug. Als wir Mia abholten, war uns sein tobendes Gebrüll bereits entgegengebrandet, bevor wir überhaupt die richtige Straße erreicht hatten. Bringt das Kind auf andere Gedanken, hatte Hilde gesagt, und ich sorge dafür, dass das Theater vor eurer Rückkehr vorbei ist.

In Cuxhaven angekommen aßen wir als Erstes ein Eis. Wir saßen im Sonnenschein auf einer Bank in der Fußgängerzone, und obwohl unsere Wangen rot vor Kälte waren, fühlte es sich trotzdem gut an. Ein letzter Gruß an den bereits entschwundenen Sommer. Danach stöberten wir durch die Geschäfte. In einem Antiquariat kaufte ich ein Geschenk für meine Mutter, eine alte Teedose. Ich hätte gern auch etwas für Jan besorgt, aber jedes Mal, wenn ich an ihn dachte, schien sich Sebastian im selben Moment zu mir herunterzubeugen, um mich zu küssen, um mich atemlos zu machen, um mir den Boden unter den Füßen wegzureißen und mich gleichzeitig in einen Orkan zu stoßen … Und dann fühlte ich mich so schuldig, dass ich Jan aus meinen Gedanken verbannte.

Wir verbrachten den ganzen Tag in der kleinen Hafenstadt, zogen unsere Kapuzen hoch, als es zu nieseln begann, und suchten uns ein Café, als aus dem Nieseln ein stürmischer Regen wurde. Ich fühlte mich so normal, wie man sich nur normal fühlen konnte.

Auf dem Rückweg setzten wir Mia in einem still gewordenen Haus ab. Ihre Mutter erwartete uns an der Tür, die Hand gegen das dunkle Holz des Türrahmens gelegt. Ihre Miene war betont ausdruckslos, mit einem kleinen, starren Lächeln auf den Lippen, das wohl geduldig und zärtlich wirken sollte, aber ich sah, was wirklich dahinterlag: Es war Selbstmitleid, ein stiller Vorwurf an die Welt, dass sie als einziger Mensch so unendlich leiden musste. Ich kannte diesen Ausdruck in unverstellter Form von Isolde.

Ich wollte Mia am liebsten mitnehmen und sie noch eine Weile mit der Fröhlichkeit des vergangenen Tages beschützen, aber Sebastian schüttelte den Kopf, und wir gingen allein zu mir nach Hause. Wie immer zu mir, nie zu ihm. Ich hätte gern einmal sein Ferienhaus gesehen, doch Sebastian sagte, dass die hier alle gleich aussahen. Irgendwie konnte ich mir das nicht vorstellen.

Wir bestellten Pizza, und erst im Schein der hellen Küchenlampe bemerkte ich die dunklen Ringe unter Sebastians Augen. Er wirkte müde, als bekäme er nicht genügend Schlaf, so wie es zu Beginn unserer gemeinsamen Zeit gewesen war.

»Der Tag war anstrengend, hm?«, fragte ich sanft.

Sebastian nickte abwesend. Seine Gedanken schienen schon weitergewandert zu sein, in die Wohnung vielleicht, die ich nicht kannte, oder noch weiter weg, zu dem Haus in München, in dem er einst mit seiner Frau gelebt hatte. Beide Möglichkeiten machten mich traurig. So war es oft. Allein mit Sebastian war ich zum Bersten glücklich. Bis die echte Welt in unseren Kokon eindrang. Mias Leid. Sebastians Vergangenheit. Meine eigene. Aber ich wollte das von mir schieben. Und ich wollte, dass Sebastian das Gleiche tat, damit seine Augenringe zumindest noch für eine Weile verschwanden und wir gemeinsam glücklich sein konnten.

Der Pizzabote klingelte und brachte unsere Bestellung. Sebastian gab viel zu viel Trinkgeld und kam dann mit den beiden Kartons auf dem Arm zu mir.

»Du bist an mir vorbeigerannt, weißt du das?«, fragte er und starrte auf die Pappkartons.

Ich stand neben dem bereits gedeckten Esstisch, abwartend. »Wie meinst du das?«

»Ich meine, dass du mich überholt hast. Und das ist gut. Es ist nur ... Du hast mich einfach überholt. Das ist mir inzwischen ziemlich klar.«

Er klang so überrascht und jung zugleich, als er das sagte. Ich wollte auf ihn zugehen, aber er stellte die beiden Pizzen auf dem Tisch ab und schien unser Gespräch im nächsten Augenblick vergessen zu haben.

»Ich habe unglaublichen Hunger.« Er lachte und öffnete den ersten Karton, um die Pizza herauszuholen.

Ich fragte nicht mehr nach. Es reichte mir, dass er hier vor mir saß, dass er bei mir war. Mehr wollte ich in diesem Augenblick nicht wissen.

Nach dem Essen erklärte er mir, dass er gleich aufbrechen und zu seinen Schwiegereltern fahren würde, um zu besprechen, was sie am nahenden Todestag seiner Frau tun würden. Im ersten Augenblick war ich erschrocken, dann aber zu meinem eigenen Beschämen erleichtert. Das war der Grund für seinen erschöpften Zustand. An solchen Tagen kehrte die Vergangenheit mit voller Wucht zurück, und da konnte man sich noch so heftig dagegen wappnen, es riss einen doch immer wieder von den Füßen.

Es tat mir leid, dass es ihm wieder schlechter ging, aber

zumindest lag es nicht an mir, und das machte es mir leichter, ihm Mut zuzusprechen, ihm so viel Hoffnung mitzugeben, wie ich nur konnte. Ich wollte, dass er ein paar seiner Lasten hierließ, wenn er fuhr.

Kurz darauf verabschiedete er sich mit einem flüchtigen Kuss auf den Mundwinkel. Ich blieb vor der Haustür stehen, während er in seinen Wagen stieg und den Motor anließ. Etwas in mir zog sich zusammen. Ich hätte ihm anbieten sollen, ihn zu fahren ... Aber hätte er das überhaupt gewollt? Manchmal kam es mir so vor, als würde er diesen Teil seines Lebens eifersüchtig behüten; in einer kleinen Schatulle, die nur er selbst öffnen durfte. Wann immer wir auf seine Frau zu sprechen kamen, wechselte er rasch das Thema.

Seufzend ging ich zurück ins Haus, als die roten Rücklichter von Sebastians Wagen in der Dunkelheit verschwanden. Ich hatte ein ungutes Gefühl, eine vage Ahnung, dass dieser Tag verhext war, dass irgendetwas in der Luft lag. Ich schalt mich eine Närrin und räumte das Haus auf, das mir ohne Sebastian zu groß erschien.

Eine halbe Stunde später rief Hilde an. Schon beim Klang ihrer Stimme erkannte ich, dass etwas geschehen sein musste. Panik lag darin. Eine alles erschütternde Panik.

»Nicht so schnell. Was ist los?«, unterbrach ich, weil ich ihren aufgeregten Wortschwall nicht direkt verstand. Nur einzelne Worte hatten sich herausgeschält. Mia. Mutter. Rucksack.

Und dann sagte sie einen einzelnen Satz, und obwohl sie dabei anfing zu schluchzen, verstand ich die drei grässlichen Worte genau. »Mia ist verschwunden.«

31.

Ich fühlte mich in der Zeit zurückkatapultiert, zurück zu diesem Tag, als ich selbst am Meer verloren gegangen war und gerettet werden musste. Eine verzweifelte Suche in den Dünen. Es schien eine Ewigkeit her zu sein und war doch so präsent, dass meine Hände zitterten und der Schein der Taschenlampe unstet über den Boden zuckte.

Als Unerfahrenste unter den Freiwilligen ging ich den Dünenweg entlang, im Abstand von einigen Dutzend Metern zu den anderen Einwohnern, die sich bereiterklärt hatten, bei der Suche zu helfen. Hilde hatte so viele Helfer zusammengetrommelt, wie es ihr in der kurzen Zeit möglich gewesen war, und wir hatten uns aufgeteilt. Während die Polizei noch unterwegs zum Dorf war, durchkämmte die versammelte Dorfgemeinschaft bereits den Strand und jeden anderen Ort, der Mia etwas bedeutete. Gerade über Letztere wusste Hilde besser Bescheid als Mias Mutter, die mit fahrigen Händen auf ihrem Sofa gesessen und darüber geklagt hatte, dass Gott und die Welt sie verlassen hatten. Wenn die Tochter doch nur bloß mehr nach ihr als nach dem Vater gekommen wäre, dann gäbe es diesen Schlamassel nun nicht. Ich hatte sehen können, wie Hilde kurz davor gewesen war, ihre Schwiegertochter zu ohrfeigen. Ich hätte es am liebsten selbst getan.

Bevor wir uns aufteilten, erklärte einer der Helfer, der bei der Küstenwache arbeitete, dass die Flut eingesetzt hatte und der starke auflandige Wind sie heute schneller und höher steigen lassen würde also sonst. Das Wasser würde so rasch in die Priele, die Wattrinnen, die sich zwischen den höher gelegenen Sandbänken befanden, getrieben werden, dass es selbst erfahrene Führer überraschen könnte. Wir sollten uns also vorsehen, sagte er mit einem Stirnrunzeln.

Das Licht meiner Lampe begann, in unregelmäßigen Abständen zu flackern, und ich betete inständig darum, mich nicht allein im Dunkeln wiederzufinden, ohne Licht, ohne Begleitung, während die Flut nahte, der Sturm brauste und der Himmel schwarz war. Ich hatte mich einmal verloren, aber dieses Mal musste ich mich zusammenreißen, mich und meine Angst beherrschen, denn dieses Mal ging es nicht um mich, sondern um etwas Wichtigeres. Ich musste bei mir bleiben, weil ich es mir nie verzeihen könnte, wenn ich nun versagte, in dem Moment, in dem es darauf ankam.

Rufe hallten über den Strand, vom Wind in Stücke gerissen und zu hässlichen Lauten verdreht, selbst Mias Name, den wir immer wieder brüllten. Ich hielt mich vom Watt fern, weil ich die Warnungen der anderen ernstnahm: Unterschätze die Flut nicht, bleib vom Wasser weg, die Strömung kommt von hinten und zieht dich ins Meer. Es wird dich verschlingen. Das Meer kann dein Tod sein. Pass auf, pass auf, pass auf.

Meine Hände waren trotz der nächtlichen Kälte verschwitzt, und ich musste den Griff der Taschenlampe fest umklammern, damit sie mir nicht herunterfiel und die Birne darin kaputtging. Unter meinen Gummistiefeln kratzte der nasse Sand, den der Regen auf den Weg gespült hatte. Immer wieder schüttelte ich den Kopf und kniff die Augen zusammen. Mia konnte nicht hier sein. Was sollte sie bei diesem

Wetter am Strand? Sie war hier aufgewachsen, sie kannte die Gefahren, die Sturm und Flut hier mit sich brachten. Sie war zu klug dafür. Sicher war sie irgendwo bei eisern schweigenden Freunden untergetaucht oder in einem verlassenen Schuppen oder wo auch immer. Aber nicht hier, wo die Naturgewalten über einen hinwegwalzten, wenn man nicht achtgab. Wie sollte sie hier Sicherheit finden, an einem Ort, von dem man heute nur wegrennen wollte, irgendwohin, wo es warm war und man ein Dach über dem Kopf hatte?

Ich rief Mias Namen, blieb alle zwei Meter stehen und ließ den Strahl meiner Lampe durch die Dunkelheit gleiten, weil ich glaubte, etwas gehört zu haben, eine Antwort. Manchmal waren es die Stimmen der anderen Helfer, die wie aus einem fernen Land zu mir herüberklangen, als stünde ich auf der anderen Seite eines Spiegels. Manchmal war es der heulende Wind, der ein Flüstern weitertrug, das nicht existierte. Aber ich hörte es. Ich kannte zu viele Geschichten, zu viele Märchen, zu viele Erzählungen, an die ich mich in den Kellerjahren geklammert hatte, um meinen Verstand zu bewahren. Ich hörte das Brüllen der Meeresungeheuer in den Wellen und den betörenden Gesang von Nixen und Sirenen in den Windböen. Ich hörte meine eigene Angst in meinen Ohren rauschen.

Dennoch war ein Teil von mir stolz darauf, dass ich nicht kopflos zurück ins Ferienhaus stolperte, sondern meine Angst unter Kontrolle hatte. Ich hatte dazugelernt. Ich war besser geworden, stärker, kämpfender, lauter, dem Himmel die Faust entgegenreckend. *Ist das alles, was du kannst?* wollte ich in seine Wolken brüllen.

Aber das ließ ich dann doch.

Ich blinzelte, als ich die Lichter der anderen Freiwilligen sah. Sie winkten mir mit ihren Taschenlampen zu und kündigten damit ihren Rückzug an. Der Sturm wurde zu stark. Ich wusste nicht, was ich tun sollte. Zurück zu Hildes Haus gehen? Weitersuchen? Mittlerweile war es mitten in der Nacht. Ich stolperte über kleine Steine und rutschte auf dem feuchten Boden aus, weil ich nichts sah, und der Wind trieb mir Tränen in die Augen. Es war eiskalt und feucht, der Sturm peitschte einen feinen Dunst durch die Luft, trieb ihn unter meine Klamotten.

Innerlich verfluchte ich Mias Eltern, die das Kind in den Mittelpunkt ihrer Ehekrise gestellt und es gleichzeitig völlig alleingelassen hatten. Mias Vater war zwar sofort aufgebrochen, um sich an der Suche zu beteiligen, aber wie groß konnte die Liebe der beiden zu ihrem Kind sein, wenn sie es erst so weit kommen ließen? Was war es nur, das die Menschen so abstumpfen ließ, dass sie erst an sich selbst dachten und dann an das, was sie anderen mit ihrer Ignoranz und dem Kampf gegeneinander antaten?

Ich zog den Reißverschluss meiner Regenjacke hoch, so weit es ging, doch die Feuchtigkeit kroch trotzdem durch den Stoff hindurch und versteifte meine Glieder. Das langsame Vorwärtskommen, vorsichtig, Schritt für Schritt, immer lauschend, immer angespannt, ließ meine Muskeln schmerzen, während mir der kalte Schweiß auf der Stirn stand.

Wo war Mia nur?

Kurz schoss mir die Auseinandersetzung mit Sebastian durch den Kopf. Misch dich nicht in die Angelegenheiten anderer Leute ein, hatte er gesagt. Lass das Kind nicht zu nahe an dich heran. Du wirst ohnehin wieder gehen.

Ich verstand jetzt besser, was er gemeint hatte, nun, da sich mein Herz vor Angst zusammenzog, da Sprache nutzlos wurde, weil mir der Gedanke, dass Mia etwas zugestoßen war, eben jene Sprache raubte. Sie war für mich der Inbegriff der Kindheit. Sie hatte sich etwas erhalten, das auch ihre Eltern ihr nicht hatten nehmen können: ihr grenzenloses Vertrauen und die Unbekümmertheit, mit dem sie fremde Menschen in ihr Leben ließ. Sie wog noch keine Risiken ab, sie schätzte noch nicht ab, ob diese Menschen es überhaupt wert waren. Sie fing sie einfach ein, ganz mühelos, und wob dann ein Netz aus so viel Fröhlichkeit und Neugier um sie, dass man das Mädchen einfach lieben musste.

Wieder und wieder rief ich ihren Namen in die Nacht, brüllte ihn, so laut ich nur konnte, bis meine Stimme heiser wurde. Ich hörte trotzdem nicht auf. Nach ein oder zwei oder tausend Stunden erlosch die Taschenlampe. Irgendwo in meinem Rucksack waren Ersatzbatterien, und ich kramte sie mit klammen Fingern und pochendem Herzen hervor. Als es mir nach mehreren Versuchen endlich gelang, sie auszutauschen, und das Licht wieder aufleuchtete, atmete ich erleichtert auf.

Ich drehte mich um, um zu sehen, ob noch irgendeiner der anderen weitersuchte, aber neben und hinter mir war nur gähnende Leere. Kein Lichtschein in der Nacht. Kein Leben. War ich nun ganz allein am Strand? Hatten wirklich alle aufgegeben? Ich blickte angestrengt um mich, aber ich blieb allein.

»Bleib entspannt, Edda«, murmelte ich. »Du kannst das.«

Hilde hatte nicht gewollt, dass ich mitkam, aber ich hatte darauf bestanden. Auf eigene Gefahr sozusagen. Ich wollte nicht untätig daheim sitzen und nichts anderes tun, als die Hände in den Schoß zu legen.

Ganz leise, in unendlicher Ferne hörte ich Sirenen. Erleichterung durchströmte mich. Die Polizei war da. Die Polizei würde Mia finden. Alles würde gut werden. Ich konnte auf der Stelle kehrtmachen und zurückgehen. Bestimmt war Mia schon wieder sicher zuhause, und alles war nur ein böser Traum gewesen.

Ich drehte mich in Richtung Dorf, aber der Wind, der vom Meer kam, trug mir etwas zu. Ich dachte an eine weitere Einbildung, an den Ruf eines Fabeltiers, entstanden aus meiner Erinnerung und der Angst um das Mädchen. Aber das Geräusch hielt sich hartnäckig. Ein leiser Ton, aber es lag eine Note darin, die mir durch Mark und Bein ging. Ich leuchtete mit angehaltenem Atem auf das Meer hinaus. War das ein menschlicher Hilferuf? Oder war es nur der Wind, der über das Wasser blies?

Obwohl ich Gummistiefel trug, hatte ich mich nicht vom gepflasterten Weg entfernt, um beide Wegesränder im Auge behalten zu können. Nun verließ ich den ebenen Pfad und rannte durch die Dünen zum Strand hinunter. Ich glaubte, das Schreien nun lauter vernehmen zu können. Dann brach es ab, und ich lauschte angestrengt in die Dunkelheit. War es doch nur Einbildung gewesen?

Über dem Meer grollte ein leiser Donner, der erste Vorbote des nächsten Unwetters. Es war so dunkel, dass es mir vorkam, als läge eine Gestalt gewordene Finsternis zwischen mir und dem Nachthimmel. Ich schloss für einen Augenblick die Augen, dachte an die letzten Wochen und an alles, was ich gelernt, was ich wirklich verinnerlicht hatte.

Ich wollte keine Angst mehr vor dem Himmel haben. Ich wollte keine Angst mehr vor dem Donner und den Menschen und dem waghalsigen Leben haben. Egal, wie sehr mein Herz aus meiner Brust springen wollte, ich würde es bändigen und bei mir halten.

Mit dem flackernden Strahl der Taschenlampe leuchtete ich über den aufgeweichten Boden. Das Watt lag wie eine schwarze Grube vor mir, und zögerlich ließ ich den sicheren Strand zurück und arbeitete mich über den glitschigen Untergrund vorwärts. In einigen Pfützen rechts von mir hatte sich Wasser gesammelt, das sich nun schleichend langsam ausbreitete und zwischen den großen Sandbänken entlangsickerte. Ich musste an den Kutschausflug mit Sebastian denken, als der alte Mann uns von den Prielen erzählt hatte, und welche Gefahren von ihnen ausgingen. Was, wenn Mia da draußen war, irgendwo zwischen Wattrinnen gefangen, und nicht mehr wegkam, während das Wasser unaufhaltsam stieg?

Wieder rumorte der Himmel, der Donner war diesmal näher als zuvor und erschwerte meine Konzentration. Ich versuchte, die Richtung zu finden, aus der das Rufen gekommen war, aber ich war mir nicht sicher, ob mein Orientierungssinn mir nicht einen Streich spielte. Als ich mich umsah, hatte ich das Gefühl, in einer anderen Welt gelandet zu sein. Die Nacht drang von allen Seiten auf mich ein, schloss mich wie eine Kuppel aus schwarzem Glas ein.

Dann hörte ich es wieder, einen verzweifelten Ruf, dem die Kraft auszugehen schien. Er schien von allen Seiten zugleich zu kommen.

»Mia?«, rief ich laut, mich gegen den Wind stemmend, der mir die Worte aus dem Mund stehlen wollte. »Mia, bist du das?«

Jenseits des rauschenden Meeres war nur Stille. Ich versuchte es wieder: »Mia? Mia, wo bist du? Kannst du mich hören?«

Dieses Mal hörte ich ihre Stimme klar und deutlich, auch wenn sie schwächer wurde. Ich lief schneller durch den Schlamm, und Wasser spritzte neben mir auf. Mit jedem Schritt stieg es höher, bald war es so hoch, dass mir das eiskalte Wasser in die Gummistiefel lief. Mühsam schleppte ich mich weiter, aber das Wasser stieg unerbittlich höher. Der Untergrund wurde immer schwerer zu begehen, sackte unter meinen Stiefeln ein. Vor mir befand sich ein Priel, und Mia war dahinter. Ihre Rufe waren nun ganz nah.

Ich wusste, dass ich mich beeilen musste, denn die Flut kam. Der nächste Schritt ließ mich hüfthoch im Wasser versinken. Meine Kleidung sog sich voll, bis sie schwer und eiskalt an mir klebte. Das Wasser schwappte gegen meinen Oberkörper. Ich musste mich gegen den Strom stemmen, und das Laufen war so anstrengend, dass ich kurz innehalten musste, um nach Luft zu schnappen. Ich hielt den Arm mit der Taschenlampe hoch, damit sie nicht nass wurde, aber bald begann meine Schulter zu schmerzen.

Dem Himmel sei Dank wurde es nicht noch tiefer. Ich durchquerte die Wattrinne, so schnell ich konnte, Schritt für Schritt. Als ich auf der anderen Seite wieder nach oben kam und das Wasser mir nur noch bis zu den Knien reichte, atmete ich erleichtert auf, auch wenn ich wusste, dass dieser Pegel sich nicht lange halten würde.

Ich rannte weiter, denn Mias Stimme war nun ganz nah und ganz leise, beinahe nur noch ein Wimmern. Ich fand sie zitternd am höchsten Punkt der Sandbank sitzen, die das Wasser in diesem Moment überströmte.

Tränen der heißen Erleichterung liefen über meine Wangen, als ich sie in meine Arme riss. Das Mädchen bebte am ganzen Körper, und ihr Gesicht war leichenblass.

»Edda«, flüsterte sie schwach. »Du bist hier.«

»Wo sollte ich sonst sein?« Ich wollte ihr eine der Decken aus meinem Rucksack umlegen, aber ich wusste, dass der Inhalt nach Stunden im Sturm klatschnass sein musste. Eine Decke würde uns beim Rückweg nur behindern. Ich holte mein Handy hervor, und verfluchte mich, dass ich nicht vorher daran gedacht hatte. Es war ebenfalls nass und gab kein Lebenszeichen mehr von sich.

»Mia, kannst du laufen? Wir müssen hier weg.«

Sie schüttelte schluchzend den Kopf. »Ich bin umgeknickt.«

Ich griff fest nach ihrer Hand. Die Sandbank war überspült, wir mussten sofort zurück. Mit der Taschenlampe leuchtete ich mehrmals wild nach oben, in der Hoffnung, dass irgendjemand das Licht sah. Aber dann flackerte es und erlosch, und ich warf die Taschenlampe achtlos in die Wellen.

Ich nahm rasch den Rucksack ab und kniete mich hin. »Komm, klettere mir auf den Rücken, dann trage ich dich.« Doch als ich sie zu mir zog, spürte ich Widerstand. Mia rührte sich nicht vom Fleck. Mit weit aufgerissenen Augen starrte sie in die Dunkelheit, die den Strand vor uns verbarg. Hoffentlich fand ich die richtige Richtung.

»Wir schaffen das nicht«, wisperte sie ängstlich.

Ich wusste, dass ich sie notfalls auf den Arm nehmen würde, wenn sie sich weigerte, sich selbst festzuhalten, aber wie lange konnte ich das durchhalten? Lange genug, um das Ufer zu erreichen?

Ich griff nach Mias Kinn, damit sie mich ansah, statt ängstlich in die Nacht zu blicken.

»Wir schaffen das«, erwiderte ich bestimmt. »Wir werden heil nach Hause kommen. Das verspreche ich dir.«

»Woher willst du das wissen?«, fragte sie und schüttelte heftig den Kopf. Ihre Stimme klang hysterisch. Ich kannte den Tonfall. Er war der meine gewesen, früher, immer.

»Weißt du noch, wie ich hier angekommen bin? Wie ein Gewitter im Anmarsch war, als wir uns kennengelernt haben?«

Das Mädchen nickte kaum merklich.

»Weißt du noch, wie ängstlich ich war? Dass ich dachte, ich könnte das nie, draußen bleiben während eines Sturms? Und jetzt stehe ich hier mit dir, unter dem schwarzen Himmel, unter Donner und Sturm. Wenn ich das schaffe, dann schaffst du das auch, oder?«

Mia schien kurz zu überlegen, dann nickte sie wieder. Ich zog sie zu mir, und dieses Mal klammerte sie sich freiwillig an meinen Rücken, als ich aufstand. Ich war mittlerweile so durchgefroren, dass ich nur mit viel Disziplin verhindern konnte, dass meine Zähne klapperten, aber ich wollte mich vor dem Kind zusammenreißen, um ihr nicht noch mehr Angst einzujagen. Ich wollte ein Vorbild sein, ihr Anker.

Als wir uns durch den Priel kämpften, legte ich die Arme fester um Mias Beine, damit sie nicht vom Wasser weggerissen wurde. Der ständige Kampf gegen die Strömung, gegen den Druck der Fluten ließ mich allmählich müde werden. Mir kam es vor, als schlichen wir im Schneckentempo vorwärts, als stiege das Wasser schneller, als wir vorwärts kamen. Und tatsächlich war es so. Jeder Schritt war ein einziger Kampf gegen die Müdigkeit, gegen die einsetzende Erschöpfung. Ich rief so laut ich konnte um Hilfe, in der Hoffnung, dass mich jemand hörte, so wie ich Mia gehört hatte.

Dann wurde für den Bruchteil einer Sekunde der Griff um meinen Hals locker, und instinktiv riss ich den Arm nach oben, um nach Mia zu greifen. Doch die Flut war schneller. Sofort riss die Strömung ihren leichten Körper fort.

Ich dachte nicht lange nach. Eigentlich dachte ich überhaupt nicht nach, keine einzige Sekunde. Ich sah nur dieses Mädchen, das ich bewunderte und beneidete, weil es trotz seiner Umstände so lebendig war, und ich dachte nicht mehr an mich und die reißende Kraft des Wassers und die Schwere des Himmels. Ich dachte nicht darüber nach, wie mutig oder leichtsinnig ich war, ob ich überhaupt eine Hilfe war oder nur ein Blatt Papier, das sich voll Wasser sog und auf den Wellen davontrieb.

Ich zerrte mir die dicke Jacke vom Leib, die eine zu große Last geworden war. Stoff riss, als sich der Reißverschluss darin verhakte. Dann warf ich mich nach vorne, verlor den Kontakt zum Boden und schwamm.

Wie sollte ich sie nur erreichen? Ich konnte zwar schwimmen, aber meine praktische Erfahrung beschränkte sich auf die wenigen Male, die ich in den letzten Jahren im Schwimmbad gewesen war. Ich versuchte, meine Kräfte zu schonen, als ich den Boden plötzlich nicht mehr unter den Füßen spürte und meinen ganzen Körper einsetzen musste, um über Wasser zu bleiben. Ich hörte, wie ihre Arme hektisch schlugen. Immer wieder sah ich den dunklen Umriss ihres Kopfes über der Wasseroberfläche auftauchen und wieder verschwinden. Dann wurde das Geräusch des platschenden Wassers, wenn ihre Arme auf die Meeresoberfläche trafen, seltener. Ihre Kraft schwand. Keuchend warf ich mich vorwärts, während ich auf ein Wunder hoffte.

Der erste Blitz zuckte über den Himmel, und ich wusste, in welch gefährlicher Lage wir uns gerade befanden. Wir mussten so schnell wie möglich aus dem Wasser raus.

Es war beinahe zu spät, als ich Mia erreichte und meinen Arm um ihren zerbrechlichen Körper schlang, um ihren Kopf über der Oberfläche zu halten. Ihr Atem ging flach, und ihre Augen waren geschlossen, aber sie lebte.

Sie lebte noch.

Ich wusste, dass das Wunder nicht darin lag, das Mädchen in die Hände zu bekommen, sondern es gegen die Strömung ans sichere Ufer zu bringen. Zum ersten Mal bekam ich es nun mit einer tiefen Angst, einer allumschlingenden Panik zu tun, die ich so noch nicht kannte. Die Sorte von Angst, die man bekam, wenn einem klar wurde, dass man die nächsten Minuten wahrscheinlich nicht überleben würde. Sie ließ mich in Sekundenbruchteilen darüber nachdenken, wohin ich gehen, was ich tun, wen ich lieben würde, wenn ich diese Unmöglichkeit überlebte. Welche Worte ich zurücknehmen und welche ich rücksichtslos in die Welt hinausschreien wollte. Ich wusste um all die Dinge, die ich bereute, nie getan zu haben. Sie zuckten wie Gedankenblitze in meinem Kopf auf, wie flüchtige Erinnerungen aus anderen Leben, die ich nie geführt hatte.

Ich schluckte Salzwasser, das in meiner Kehle brannte, und versuchte, meine Füße in den schlammigen Grund zu stemmen, um Halt zu gewinnen, doch unter mir war nichts. Waren wir immer noch in dem Priel, oder war die Flut so hoch gestiegen? Der nächste Blitz zuckte über den Himmel, beleuchtete das Ufer, verwischt und unscharf. Ich schwamm in die Richtung, doch das Ziehen der Strömung brachte meine Orientierung durcheinander. Mir rannen Tränen über die Wangen, salzig wie das Meer. Ich schwamm und schwamm und schwamm, und meine einzige Aufgabe war, Mias Kopf über Wasser zu halten und nicht zu verharren. Ich durfte auf gar keinen Fall aufhören, aufgeben, regungslos werden. Meine Glieder wurden taub, und ich trieb sie mit purer Willenskraft voran. Ich befahl mir selbst, nicht stillzustehen, mir nicht zu erlauben, auch nur ganz kurz auszuruhen, und nicht einmal für den Bruchteil einer Sekunde daran zu denken, die Augen zu schließen, denn dann wären wir verloren.

Vor mir bewegten sich Lichtpunkte. Ich war mir nicht sicher, ob es Lichter an der Küste waren oder ob sie nur vor meinen Augen tanzten. Ich schwamm. Sie bewegten sich. Ich schwamm. Sie wurden größer. Ich schwamm. Sie brannten sich in meine Pupillen. Ich schwamm. Stimmengewirr. Mia entglitt mir, und ich musste nachgreifen, sie an mich pressen. Boden unter mir. War es Boden oder doch nur der Meeresgrund? Bekam ich noch Luft? Meine Beine waren schwer wie Blei, und ich sackte zusammen. Unzählige Hände packten uns und zogen uns weiter. Mein Körper war ankerschwer. Jemand wollte mir Mia aus dem Arm nehmen.

Ich ließ nicht los.

32.

»Edda? Edda, lass sie los.«

Oh, diese Stimme. Sie musste mich in einem früheren Leben schon einmal gerettet haben. Sie klang so vertraut.

»Edda, du musst sie loslassen, hörst du? Lass sie los, damit wir sie versorgen können. Damit wir euch beide versorgen können. Bitte, lass los. Lass einfach los.«

Ich öffnete die Augen.

Sebastian hielt mich im Arm, während ich die bewusstlose Mia an mich presste. Mein Körper hörte noch immer auf den Befehl, dass Loslassen den Tod bedeutete. Ich wollte den Tod nicht gewinnen lassen. Der Tod würde Mia nicht bekommen.

»Edda, du warst so unsagbar tapfer. Du hast es geschafft. Du kannst loslassen.«

Sebastian öffnete meine steifen Finger. Einen nach dem anderen. Neben uns standen zwei Sanitäter mit knisternden Rettungsdecken und Sauerstoffmasken.

Ich ließ los, als ich verstand, dass wir in Sicherheit waren. Der Sanitäter hob Mia aus meinen Armen. Die Kraft und das Adrenalin wichen aus mir, und ich sackte zusammen.

»G-g-geht es i-ihr gut?«, brachte ich zwischen klappernden Zähnen hervor. Mein Hals schmerzte bei jeder Silbe, aber ich dachte nur, dass es nicht umsonst gewesen sein durfte.

»Der Notarzt kümmert sich um sie, okay?«, antwortete Sebastian beruhigend. »Aber sie atmet. Das ist ein gutes Zeichen.«

Ich versuchte mich aufzurichten, um an ihm vorbeizusehen, dorthin, wo Mia hingetragen worden war. Aber Sebastian drückte mich bestimmt in die Liege zurück, während der zweite Sanitäter eine goldene Decke über mich warf und feststeckte.

»Danke«, flüsterte ich Sebastian zu. Mein Mund war trocken. »Dass du mich schon wieder gefunden hast. Dass du uns gefunden hast.«

Er schwieg lange, und ich dachte mir nichts dabei. Ich mobilisierte meine letzten Kräfte, um die Augen offen zu halten. Ich wollte ihn ansehen. Ich wollte etwas Erfreuliches sehen, ein Gesicht, in das ich versinken konnte, ohne dabei zu ertrinken. Hinter uns erhellten Krankenwagenscheinwerfer die Nacht. Ich wollte, dass er meine Hand nahm und mir sagte, wie stolz er auf mich war. Ich war endlich mutig gewesen, *wirklich* mutig. Hatten wir nicht die ganze Zeit nur darauf gezielt?

Sebastian starrte mich an, als hätten wir uns noch nie gesehen, als wären wir zwei Fremde, so wie am allerersten Tag auf der Türschwelle. Ich sah etwas in seinem Blick, das mir eine Gänsehaut bereitete und eine Enge im Hals verursachte, die mich daran hinderte, zu atmen. Etwas, das mein Herz zerschnitt, messerscharf, genau durch die Mitte, eine saubere Wunde.

Ich musste einen erstickten Laut von mir gegeben haben, denn der Sanitäter griff sofort nach einer Sauerstoffmaske. Ich wollte den Kopf schütteln und nach Sebastians Hand greifen, um ihn festzuhalten, denn ich wusste in dieser Sekunde mit untrüglicher Sicherheit, dass er die fugenlose Mauer zwischen uns wieder aufgebaut hatte.

Doch dann wurde er zur Seite geschoben, weg aus meinem Blickfeld, aus meiner Reichweite, und er ließ mich zurück, mein Herz in den Händen haltend, während die Wellen das Loch in meiner Brust füllten und mich von innen heraus zerrissen.

Bitte nicht, dachte ich und tat einen letzten Atemzug.

Dann setzte der Sanitäter mir die Sauerstoffmaske auf das Gesicht, und alles wurde schwarz.

33.

Manchmal gab es diese Tage, an denen man sein Herz mit Leere umgab, damit nichts und niemand es berühren oder verletzen konnte. Man schob Menschen und Worte und Wünsche von sich, bis man von einer emotionalen Wüste umgeben war, in der man dann in sicherer Einsamkeit stand.

Aber das hielt man auch nur eine Weile lang aus.

Sie behielten mich zur Beobachtung für eine Nacht im Krankenhaus. Martha und Jan riefen an, weil sie von Hilde über die Geschehnisse in Kenntnis gesetzt worden waren. Ich versicherte ihnen, dass es mir gut ging und ich keinen Rückfall erleiden würde. Im Gegenteil, ich hatte mir selbst etwas bewiesen. Ich wusste jetzt, dass ich stärker war als die Angst. Ich hörte die Skepsis durch die schlechte Handyverbindung. Ich konnte nicht weinen und nicht lachen, aber zum ersten Mal konnte ich meiner Mutter sagen, dass ich sie liebte, weil ich jetzt etwas besser verstand, wie sie sich zwölf Jahre lang mit dem Gefühl des Verlustes gequält hatte.

Hilde selbst kam zu Besuch und erzählte mir, dass es Mia schon viel besser ging und sie nach mir gefragt hatte und dass sie das Kind nun in ihre Obhut nehmen würde, bis Mias Eltern sich wieder gefangen hatten. Ich stimmte ihr zu, dass das eine gute Entscheidung war. Vielleicht bestand dann, nach ein wenig Zeit, sogar noch Hoffnung für die Familie.

Hilde ging nach nebenan zur Kinderstation, und ich wartete.

Ich wartete, dass der Tag vorüberging, dass Sebastian kam, dass Sebastian anrief, dass Sebastian mich abholte. Am Abend bestellte ich mir ein Taxi und ließ mich ins Ferienhaus fahren. Ich traute mich nicht, Sebastian anzurufen, weil ich Angst hatte, dass damit etwas endgültig wurde, von dem ich bisher nur eine Ahnung hatte.

Am Abend saß ich am Meer und beobachtete den Sonnenuntergang. Es war so friedlich, dass nur der abgeknickte Strandhafer und die wilden Spuren im Sand an die letzte Nacht erinnerten. Es war die friedliche Ruhe nach einem gewaltigen Sturm.

Dann ging der helle Mond auf, und er brachte die Sehnsucht mit.

EPILOG

Ein Jahr später

Im Herbst fuhr ich wieder ans Meer.

Ich wählte einen anderen Monat und einen anderen Ort, aber das Meer blieb gleich, und seine Wirkung blieb es auch. Ein Plaid lag um meine Schultern und schützte mich vor der frischen Brise. Ich saß auf einer Mauer, die den Strand von der Promenade trennte, und ließ meine sandigen Füße in der Luft baumeln. Nieselregen legte sich wie ein feucht glitzernder Schleier auf meine offenen Haare.

Ich war im Sommer noch einmal zurückgekommen, zu Hilde und Mia. Die beiden zu sehen – und nicht nur ihre Stimmen am Telefon zu hören – war ein wenig wie Nach-Hause-Kommen gewesen, aber es hatte auch den alten Schmerz geweckt, der manchmal noch seine Klauen an mir wetzen wollte. Deswegen beschloss ich, auch andere Orte auszuprobieren, einen anderen Zauber zu schmecken. Es hatte lange gedauert, bis ich begriffen hatte, dass hinter Sebastians Entschlossenheit, mir zu helfen, noch zu viel Verletzlichkeit in ihm selbst lauerte. Dass sein Abschied ein endgültiger gewesen war, auch wenn er ihn nicht in Worte verpacken oder ihm irgendwie Ausdruck verleihen konnte. Meine Anrufe hatte er ignoriert, meine Briefe ebenfalls. Und irgendwann hatte ich ihm einen letzten Brief geschrieben, um ihm für alles zu danken, was er für mich getan hatte. Aber so schmerzhaft es in den ersten Wochen gewesen war: Schlussendlich hatte ich nach vorne sehen müssen, Wind und Sonne und Leben entgegen. Sebastian war noch nicht bereit gewesen. Er konnte die Arme und das Herz nicht so weit öffnen wie ich, weil er dem Leben noch nicht verziehen hatte.

Aber *ich* war bereit. Ich spürte es. Besonders in Augenblicken wie diesem, wenn der Wind an meinen Haaren riss, wenn ich das Salz auf meiner Zunge schmeckte und dem Kreischen der Vögel lauschte, die im Sturzflug über das Watt jagten. Ich spürte es in der Kraft, mit der die Flut kam und ans Ufer schlug.

Ich war bereit für das Leben, und das zeigte mir kein sommerlicher Sandstrand mit blauem, wolkenlosem Himmel und Menschenmassen, die in der Sonne brieten. Ich spürte es am allermeisten dann, wenn ich früher vor Angst erstarrt wäre: wenn die Natur bebte und das Meer wild war, wenn die Wellen peitschten und die Felsen unter ihrer Wucht erzitterten. Wenn ich auf einen Felsvorsprung kletterte und die Arme in die Höhe warf und ungehemmt lachte und dieses Lachen vom Wind in alle Ecken der Welt getragen wurde. Wenn ich barfuß über kantige Steine und Matsch rannte und den Boden aufwühlte. Wenn der Himmel dunkelgrau und voller stürmischer Gewalt war und seine Wolken grauen Rauch spuckten. Ich war am lebendigsten, wenn es um mich herum tobte, wenn die Welt unterging und ich die Wolkenbauten mit meinen Händen einreißen konnte.

Sebastian hatte den Sturm in mir beruhigt und ihn zugleich entfacht. Ich war frei. Ich war still.

Ein Bellen erklang in der Ferne, und ich lächelte. Ich drehte den Kopf und sah sie. Zwei Schatten, die über den Strand in meine Richtung rannten.

Ich war endlich am Leben.

DANKSAGUNG

Uns Autoren liegt jeder einzelne Roman, der aus unserer Schreibfeder stammt, am Herzen, denn irgendwo in ihm versteckt ist immer ein Teil von uns, und sei er noch so winzig. Aber manche Romane sind bedeutsamer, wichtiger, gewaltiger als andere. Manche schreiben wir mit Herzblut und Tränen und Lachen und Verzweifeln. Wir schreiben sie, wenn wir nicht mehr weiter wissen oder wenn wir es doch ganz genau wissen.

Dieser Roman ist ein solcher.

Daher möchte ich allen Menschen danken, die diesen Roman mit mir gemeinsam zu dem gemacht haben, was er heute ist:

Meinen Testleserinnen Kristina, Fabienne, Jana, Hannah, Anette und Christiane. Vielen Dank, dass ihr Edda und mich auf unserer Reise begleitet habt!

Außerdem danke ich ganz besonders zwei starken Buch-Frauen: Meiner Agentin Anja Koeseling für ihre stets so leidenschaftliche Unterstützung sowie meiner Lektorin Anne Rudolph für die wunderbare, konstruktive und sensible Zusammenarbeit an diesem für mich so wichtigen Roman.

Ich danke aus tiefstem Herzen den wichtigen Menschen in meinem Leben: Meinen Eltern, Heike und Volker, meiner ganzen Familie, meinem Herzmenschen Pete und den besten Freunden Sarah, Christoph, Tine, Simone, Katja und Sandra. Ihr erleuchtet das Leben jeden Tag.

Außerdem danke ich den Leserinnen und Lesern dieses Buches. Danke, dass ihr euch auf eine ungewöhnliche Reise gemacht habt, die nicht nur ans wilde Meer, sondern vor allem zu der Erkenntnis führt, dass sich hinter unseren Ängsten etwas Schönes verbergen kann: das Leben selbst!